U0529064

狄更斯小说的
空间研究

王欢欢 / 著

中国社会科学出版社

图书在版编目（CIP）数据

狄更斯小说的空间研究 / 王欢欢著. -- 北京：中国社会科学出版社，2025.3. -- ISBN 978-7-5227-4420-9

Ⅰ.I561.064

中国国家版本馆 CIP 数据核字第 2024GG5645 号

出 版 人	赵剑英	
责任编辑	郭晓鸿	
特约编辑	杜若佳	
责任校对	师敏革	
责任印制	戴　宽	

出　　版	中国社会科学出版社	
社　　址	北京鼓楼西大街甲 158 号	
邮　　编	100720	
网　　址	http://www.csspw.cn	
发 行 部	010-84083685	
门 市 部	010-84029450	
经　　销	新华书店及其他书店	
印　　刷	北京明恒达印务有限公司	
装　　订	廊坊市广阳区广增装订厂	
版　　次	2025 年 3 月第 1 版	
印　　次	2025 年 3 月第 1 次印刷	
开　　本	710×1000　1/16	
印　　张	14.75	
插　　页	2	
字　　数	215 千字	
定　　价	86.00 元	

凡购买中国社会科学出版社图书，如有质量问题请与本社营销中心联系调换
电话：010-84083683
版权所有　侵权必究

目　录

引　言 …………………………………………………… （1）
　第一节　国内外研究现状与不足之处 ………………… （1）
　第二节　研究思路与研究内容 ………………………… （6）
　第三节　研究方法与可能的创新之处 ………………… （9）

第一章　空间理论与狄更斯小说研究 ………………… （12）
　第一节　空间与空间理论 ……………………………… （13）
　第二节　文学研究与空间理论 ………………………… （28）
　第三节　狄更斯小说空间研究的可行性分析 ………… （48）

第二章　狄更斯小说的空间概述 ……………………… （56）
　第一节　狄更斯小说"伦敦空间"的类型 ……………… （56）
　第二节　狄更斯小说空间的整体特征 ………………… （65）
　第三节　狄更斯小说空间的个体特征 ………………… （69）

第三章　狄更斯小说的空间建构 ……………………… （85）
　第一节　与小说空间建构相关的几组概念辨析 ……… （86）
　第二节　狄更斯小说文本中空间建构的形态 ………… （98）
　第三节　狄更斯小说文本中空间建构的手法 ………… （108）

· 1 ·

第四章　狄更斯小说空间叙事 …………………………………（117）
　　第一节　狄更斯小说空间元素的叙事功能 ………………（118）
　　第二节　狄更斯小说空间元素的叙事策略 ………………（133）
　　第三节　狄更斯小说空间叙事中的空间与时间的
　　　　　　关系特征 ……………………………………………（146）

第五章　狄更斯小说空间的现代性特质 ………………………（160）
　　第一节　城市空间生产与现代性关系 ……………………（162）
　　第二节　狄更斯小说空间中人的现代性经验 ……………（173）
　　第三节　狄更斯小说中现代性的表征空间 ………………（188）
　　第四节　狄更斯小说空间的现代性危机 …………………（201）

结论　狄更斯
　　　——大变革时代空间的书写者 ………………………（213）

参考文献 …………………………………………………………（216）

后　　记 …………………………………………………………（230）

引　言

第一节　国内外研究现状与不足之处

狄更斯小说的空间研究是指以狄更斯在小说中建构的空间为研究对象，以空间理论为理论支撑展开的一项研究工作。近些年，随着空间理论的兴起，狄更斯小说的空间研究越来越受到学界的重视，成为狄更斯学术研究的一个新的学术生长点。但是，目前关于狄更斯小说空间研究的成果并不多，且主要在国外。

一　国外研究现状

国外关于狄更斯小说空间的研究可以分为以下三类。

第一类是描述性研究。通过对狄更斯在作品中建构的各种城市空间进行绘图、记录和实地考察，对狄更斯小说中所涉及的具体城市空间进行地理实证研究，为狄更斯小说研究提供了一种基于地理事实的历史语境，例如亚历山大·威尔士（Alexander Welsh）的《狄更斯和伦敦》、哈罗德·布鲁姆（Harold Bloom）的《伦敦文学地图》等。

第二类是小说的空间叙事艺术研究。主要研究狄更斯小说中的空间在谋篇布局、塑造人物性格、改变人物命运、推动情节发展等方面的作用。乔治·吉辛（George Gissing）在《查尔斯·狄更斯：批评研究》中指出了狄更斯小说中人物生活环境（空间）的描写对创造情节、刻画人物、构思作品、取得艺术效果及提炼主题等方面有重要作用。埃德温·缪尔（Edwin Muir）在《小说结构》一书中把狄更斯的小说归为以"空间"为特征的人物小说。他在书中指出："在人物小说中，时间是假定的，而情节是在空间上继续不断地再分配和改组的一个静止模式。正是人物情节在时间上的固定和在一定空间范围发展的这种特点，使得他各个部分相称而有意义。狄更斯笔下伦敦近乎梦魇的浮华生活，熙熙攘攘的一大群人物，以至场面似乎拥塞到了饱和点，有无比充塞的空间感。"①

第三类为主题研究。主要研究狄更斯小说作品中所提及的各种城市空间的表征意义，例如，希拉里·斯科（Hilary Schor）的《狄更斯和屋子里的女儿》、格雷斯·莫尔（Grace Moore）的《狄更斯与帝国：狄更斯作品中的阶级、种族和殖民话语》、亚历克斯·沃洛克（Alex Woloch）的《一对多：小说中的小人物和主人公空间》等。这类研究最具代表性的两篇文章是 D. A. 米勒（D. A. Miller）的《不同声音中的规训：官僚机构，监管，家庭和荒凉山庄》与杰里米·坦布林（Jeremy Tambling）的《监狱的束缚：狄更斯与福柯》。D. A. 米勒在《不同声音中的规训：官僚机构，监管，家庭和荒凉山庄》中关注的是"规训"一词。他在文中指出："狄更斯在《荒凉山庄》中建构的空间可分为以大法官庭为主体的公共空间，与以各类家庭空间为主体的私人空间。从表面上来看，狄更斯对以'规训'为目的的公共空间持有反对的态度。但是在小说的后半部分，侦探、警察等社会力量频繁出入私人空间与公共空间之中，调查相关案件，维护了社会的稳定和正常运行。这从另一方面显示出了狄更斯思想的矛盾之处，既排斥空间规训，又依靠空间稳定的秩序。"②

---

① [英] 卢伯克、福斯特、缪尔：《小说美学经典三种》，方土人、罗婉华译，上海文艺出版社1990年版，第97页。

② D. A. Miller, "The Bad Faith of Pip's Bad Faith：Deconstructing Great Expectations", *Elh*, Vol. 54, No. 4, 1987, p. 941.

杰里米·坦布林在《监狱的束缚：狄更斯与福柯》中则认为："监狱是狄更斯小说中经常出现的空间意象。它们规训了文中人物的言行和生活方式。在这个过程中，空间这个客体是主动的，而人物这个主体是被动的。然而在《远大前程》中却不然，匹普自我的上进意识与以绅士话语为主导的社会空间共同完成了匹普身份的建构。"①

第四类是理论研究。从城市空间角度研究狄更斯及其作品的传统可谓源远流长，它肇始于马克思（Karl Heinrich Marx）和恩格斯（Friedrich Engels）。恩格斯发现了狄更斯的小说主要反映伦敦的都市生活后，指出："作为最具时代特色和民族特色、最具影响力的作家，狄更斯想象世界中的伦敦也影响了他同时代及后几代人对于伦敦的想象和认识。"② 恩格斯的这一观点成为瓦尔特·本雅明（Walter Benjamin）、雷蒙·威廉斯（Raymond Williams）等人研究狄更斯城市空间现代性的理论基点。德国文化批评家瓦尔特·本雅明揭示了狄更斯在城市空间中的闲逛和艺术创作之间的关系。本雅明的城市空间理论给予英国文化批评家雷蒙·威廉斯很大的启迪。威廉斯的城市文化空间批评、沿袭了本雅明的核心概念，如经验、人群、大众、闲逛者等。威廉斯有三部著作论述了狄更斯，分别是：《文化与社会》《乡村与城市》《英国小说：从狄更斯到劳伦斯》。威廉斯在《乡村与城市》中认为："对现代城市新特征的认识从一开始就离不开闲逛者，狄更斯的城市小说创造了闲逛者意象。狄更斯开新型城市小说之先河。"③ 在《英国小说：从狄更斯到劳伦斯》中，威廉斯说："狄更斯的独创性在于他呈现了伦敦最引人注目的现象——城市经验的混杂性、多样性、偶然性和瞬间性……唯有狄更斯将城市经验写进小说中，只有在城市

---

① Tambling, Jeremy, "Prison-Bound: Dickens and Foucault", *Essay in Criticism*, Vol. XXXXVI, Issue 1, January 1986, pp. 11 – 31.
② 《马克思恩格斯全集（第四卷）》，人民出版社1995年版，第104页。
③ [英] 雷蒙·威廉斯：《乡村与城市》，韩子满、刘戈等译，商务印书馆2013年版，第237页。

经验的维度上才能理解狄更斯的天才。"① 总之，随着空间理论的兴起，许多文学研究者创造性地将狄更斯小说与空间理论结合起来开展研究，使狄更斯小说的空间研究日趋丰富、更见深意。

二 国内研究现状

国内狄更斯小说的空间研究相对比较薄弱。中国狄更斯研究领域较有影响力的学者赵炎秋教授最早关注到了狄更斯小说中空间的学术价值。他在《狄更斯长篇小说研究》一书中指出狄更斯小说的叙事结构为多元整一的网状空间叙事结构，而非线性的时间叙事结构，并进一步挖掘出狄更斯小说中的空间在塑造人物形象、改变人物命运、推动情节发展等方面的作用。赵炎秋教授对狄更斯小说中的"监狱"这一特定空间也做了系列研究，连续发表了三篇有影响力的学术论文，分别是：《狄更斯小说中的监狱》《对于历史的道德叩问——狄更斯小说中的监狱形象之二》《狄更斯与晚清中国外交官笔下的英国监狱——狄更斯小说中的监狱研究之三》。赵炎秋教授认为狄更斯小说中的监狱存在两面性，"在狄更斯的小说中，监狱既是揭露社会黑暗的地方，又是惩罚罪犯的场所，既是普通民众的谋生之地，又是不良分子聚集之处"②，狄更斯作为一名批判现实主义作家，虽然在小说中把更多的笔墨放在了揭露监狱阴暗面上，但他并没有忽略监狱的积极作用。目前，关于狄更斯小说空间研究的博士学位论文只有一篇，即陈静的《压制、惩罚、异化：狄更斯主要作品中的空间视角》。该论文选取了"狄更斯完成于不同时期的三部小说《大卫·考坡菲》、《小杜丽》和《远大前程》作为研究文本，在亨利·列斐伏尔（Henri Lefebvre）空间理论的框架内，结合米歇尔·福柯（Michel Foucault）的权力空间

---

① Raymond Williams, *The English Novel: From Dickens to Lawrence*, New York and London: Oxford University Press, 1970.
② 赵炎秋：《狄更斯小说中的监狱》，《外国文学评论》2005 年第 2 期。

理论，剖析了三部小说中的'个人成长空间'、'权力空间'和'精神空间'，揭示出了空间的能动作用及其对人的制约与重塑作用，探究了狄更斯小说中空间书写的文化意义"①。但是该论文仅选取狄更斯的三部作品，只关注了狄更斯对空间的批评维度，忽视了狄更斯在小说中对有序、稳定空间的重视。

三 不足与局限

狄更斯小说的空间研究是狄更斯小说研究的一个分支。在后理论时代，空间理论的兴起赋予狄更斯小说的空间研究新的方法和视角，但在研究中也存在着一些问题，具体表现如下。

首先，研究者用文学理论强制阐释文学文本，导致文本的主体地位丧失。新时期以来，西方各种新潮的文学理论纷至沓来，给我们的文学批评提供了新的视角和方法，同时也带来不少问题。诸如研究者强制用理论解读文学作品，消解了文学文本的主体地位，文学批评变成理论的游戏等。这些问题在狄更斯小说空间研究中具体表现为：用列斐伏尔、福柯等的空间理论强制阐释狄更斯的作品，不作具体文本分析，没有问题意识，强制裁定文本的意义和价值，违背文本的原意，在某种程度上造成批评个性、批评主体精神的丧失。例如某期刊刊发的《〈远大前程〉的空间批评》一文，作者开篇梳理了文学的空间批评理论，后面接着罗列了小说中的物理空间、心理空间、社会空间。然而，这三类空间与列斐伏尔、福柯的空间理论是一种什么关系？狄更斯怎样用叙事之笔在小说的空间中展开空间批评？作者对这些问题没有交代，更没有分析，就草草地下了结论，即：狄更斯是生活在资本主义社会，具有空间批评思维和人道主义思想的批判现实主义作家。

其次，研究者过分关注狄更斯小说中空间的批判价值，忽视了文

---

① 陈静：《压制、惩罚、异化：狄更斯主要作品中的空间视角》，博士学位论文，上海外国语大学，2013年。

本的复杂性和艺术性。监狱、学校、法庭等空间场所是狄更斯作品中经常出现的叙事意象，也是列斐伏尔、福柯的空间理论关注的焦点。研究者经常套用空间理论给狄更斯笔下的空间贴上"规训""压制""惩罚"等标签，却忽视了狄更斯作品中空间的叙事功能和表征意义。

最后，研究者常把文本中的空间与文本中的风景、环境、场景等概念相混淆。环境、风景和场景是经常和空间相混淆的概念。它们都是场所概念，都具有物质性，也是文学研究中经常出现的概念性名词。但是，空间不完全等同于环境、风景与场景，在具体的研究过程中我们一定要注意区分。

本书拟在反思狄更斯小说空间研究存在的不足的基础上，以狄更斯小说的文本为主体，与不同的学术观点展开对话，深入挖掘狄更斯小说中的空间在塑造人物性格、推动情节发展及表达主体思想等方面的作用，集文学的内部研究与外部研究于一体。

第二节 研究思路与研究内容

针对狄更斯小说中的空间展开研究并不是一件容易的事情。狄更斯是一位多产的作家，著作等身，其长篇小说、中篇小说与短篇小说加起来达到百余部，仅阅读文本就要耗费相当长的时间。狄更斯是一位生活在维多利亚时期的现实主义作家，对其展开研究还需要对维多利亚时代的社会思想与政治动态了然于心。百年来狄更斯学术研究成果浩如烟海、汗牛充栋，但质量参差不齐。阅读、梳理、甄别、筛选以往的狄更斯研究成果是一项浩大的工程。文学的空间批评是一种新兴的批评方法，与哲学密切相关，与文学的后殖民批评、西方马克思主义批评、女性主义批评等交织在一起，具有很强的哲理性和思辨性，但内容晦涩难懂，不易掌握。狄更斯是一位用英语写作的作家，文学空间批评的理论来源和研究也主要由英语学者完成。故笔者在写作过程中，需要阅读大量的英文文献，对于非英语专业出身的笔者来说，是一个不小的挑战。

一 研究思路

阅读狄更斯的文学作品和大量翻阅中外狄更斯学术研究资料是本书展开研究的基础,熟知和掌握文学空间批评理论是本书展开研究的前提,文学空间批评理论是贯穿全文的总指导方针。本书拟从狄更斯所生活的大时代背景出发,以狄更斯在小说中建构的空间为中心展开研究工作。本书首先指出狄更斯小说空间的独特性;其次,本书在对狄更斯小说中的空间进行分类的基础上,研究狄更斯在小说中如何建构空间,及怎样运用空间之力塑造人物形象、推动情节发展、表达思想主旨。本书集文学的内部研究与外部研究于一体,可以对狄更斯的小说有一个完整和深刻的阐释,使理论和文本较好地融为一体,避免理论强制阐释文学作品、文本丧失主体地位、理论和文本处在隔离状态等情况的出现。

二 研究内容

除去引言与结论,本书的主体部分由五章构成。

第一章,空间理论与狄更斯小说研究。空间与空间理论部分以时间为线索,梳理了空间概念在西方文化中的历史流变;文学研究与空间理论部分指出了文学空间理论在空间理论和文学理论的交汇、互动中形成,文学中的空间不再只是故事发生的场景和人物活动的舞台,而是作为一个具有象征、指示意义的系统,成为文学批评的对象;狄更斯小说空间研究的可行性分析部分主要把狄更斯小说文本与具体的空间理论相结合,指出了运用空间理论研究狄更斯小说的可行性。

第二章,狄更斯小说的空间概述。狄更斯是伦敦的社会"观察家"和城市的"闲逛者",伦敦高耸的烟囱、新建的铁路、蜿蜒的泰晤士河、林立的教堂、污秽不堪的贫民窟、繁忙的街道、腐朽的债务人监狱都是狄更斯小说的描写对象。与同时代的作家相比，狄更斯写出了伦敦城市空间的独特性、复杂性和全面性。该章首先讨论狄更斯小说中的空间类型，然后从整体到个体、从具体到抽象全方位地概括出狄更斯小说空间的独特性。

第三章，狄更斯小说的空间建构。与小说相关的几组概念的辨析部分，主要分析了空间与风景、环境、场景等场所概念的联系与区别。狄更斯小说文本中空间建构的形态部分，主要从边界、规模、密度、维度、层次等几个角度对空间作出定位，以便读者能更好地把握和理解狄更斯在小说中建构的空间。狄更斯小说文本中空间建构的手法部分，着重分析了表征、并置、重叠这三种空间建构手法。

第四章，狄更斯小说空间叙事。该章主要从空间元素的叙事功能、空间元素的叙事策略、空间叙事中的时间与空间关系特征等方面展开研究。狄更斯小说空间元素的叙事功能主要表现在狄更斯小说中的空间元素是行动着的地点，狄更斯在小说中用空间元素组织叙事、表达主题意义；狄更斯小说空间元素的叙事策略部分主要研究了狄更斯小说空间叙事中的空间选择策略、表现策略和信息控制策略；狄更斯小说空间叙事中的空间与时间的关系特征部分主要指出狄更斯小说中的时间和空间互为一体，空间表现着时间、改造着时间。

第五章，狄更斯小说空间的现代性特质。狄更斯在小说中建构的空间主要是城市空间，第一部分主要从现代性与城市空间生产、城市空间与现代性的历史关联、城市空间与现代性的辩证关系等方面探讨了城市空间生产与现代性的关系；第二部分主要分析了狄更斯小说空间中人的现代性经验；第三部分具体研究了狄更斯小说中的废墟、贫民窟、铁路等现代性表征空间；第四部分主要关注了狄更斯小说中空间的现代性危机，诸如城市中贫富差距逐渐扩大、资源分配不均、空间正义缺失、社会分化严重、阶层流动困难等。

综上所述，狄更斯在小说中建构的这些空间场所不只是事件发生的背景、故事上演的舞台，也是一个动态的富含表征意义的空间场域，狄更斯在文中用空间谋篇布局、塑造人物形象、表达主题思想等；空间是人类实践的对象，也是人类实践的产物，它必然会打上人类实践活动的烙印，不同的生产主体居住的空间也不尽相同；另外，空间与时间互为一体，空间处在不停的发展变化之中，狄更斯在小说中运用空间的这些特征塑造人物形象、推动叙事进程；此外，通过空间的表征意义，狄更斯试图反映广阔的社会生活，再现维多利亚时代的风貌，唤起人们对贫富差距、空间正义缺失、环境污染等社会问题的关注。这或许就是狄更斯位列世界经典作家行列及狄更斯研究百余年来一直欣欣向荣的原因所在。

第三节 研究方法与可能的创新之处

一 研究方法

1. 文本精读法

文本细读是人文社会学科展开研究的基础。狄更斯是一位多产的作家，有长篇小说 15 部，中篇、短篇小说百余部。虽然狄更斯的小说几乎全部都有中文译本，但是版本较旧，不同出版社译本的译文也有出入。为了准确地把握狄更斯小说的思想和艺术特征，对照中、英两个版本进行文本精读是本书必须开展的一项工作。在阅读文本的过程中，精确地标出文本中与空间相关的内容，按照属性和类型进行分类，可以为下一步研究工作的开展夯实基础。

2. 文献梳理法

俗语说"站在巨人的肩膀上才能看见远方"，在阅读相关研究文献的基础上展开文献梳理工作，是"看见远方"的前提。百余年来狄更斯学术研究成果繁多，甚至形成了"狄更斯产业"，但研究质量参差不齐，阅读、梳理、甄别这些学术研究文献，去粗取精、去伪存真，总结狄更斯学术研究的成就与不足，萃取相关的研究成果，是本书必须完成的工作。

3. 影响研究

作者生活的时代背景和经历，必然对其文学创作产生不可忽视的影响；此外，狄更斯是一名现实主义作家，文学的空间研究又深受哲学、社会学的影响，因此，影响研究是本书的主要研究方法之一。如文中探讨了维多利亚时代功利主义思想和卡莱尔的哲学思想对狄更斯小说空间表征意义的影响。

4. 文学空间批评法

空间理论是贯穿本研究过程的总指导方针。文学的空间批评方法主要被用来研究作者在文本中采取怎样的策略和手法对空间进行编码重组，以及作者在文本中所建构的空间具有怎样的文化内涵和表征意义。本书以文学的空间批评为指导方针，对狄更斯在小说中所建构的空间进行分类研究，分析其建构策略和手法，揭示建构空间的文化表征意义。

5. 综合法

综合法建立在分析的基础之上，是把部分结合为整体的研究方法，也是本书的重要研究方法。本书将在精读文本并对狄更斯学术研究文献进行全面梳理后，以文学的空间批评理论为指导方针，对狄更斯文学作品中的空间进行综合研究。

二 可能的创新之处

1. 研究视角的创新

本书站在中国学者的角度对狄更斯小说的空间展开研究。中西方由于政治文化背景的差异，学者面对同一研究对象，往往会从不同的研究角度进行阐释。就狄更斯小说的空间研究来说，由于政治意识形态的影响，在相当长的一段时间内，狄更斯在中国被定位为批判现实主义作家，中国学者常从压制、规训、惩罚等角度对其展开研究。本书在以往研究的基础上，开辟了新的角度，关注了狄更斯小说空间问题的复杂性。

2. 研究内容的创新

研究内容的创新性体现在以下几个方面：一是已有的研究著作中很少涉及对狄更斯小说的空间的研究；二是本书既包括文本的内部研究又包括文本的外部研究，研究内容完整且自成一体；三是以中国学者的角度对以往的研究成果进行再考量，例如书中对狄更斯小说中家庭空间和权力空间的再研究与再考量。西方著名的女权主义者凯特·米莱特（Kate Millett）认为，狄更斯在文学作品中把女性形象妖魔化，存在歧视女性的倾向，是父权制度的捍卫者；西方正统马克思主义者往往从阶级、意识形态的角度出发来解读狄更斯小说中的权力空间，认为狄更斯是一位反对资本主义和阶级压迫的激进者。本书在通读这些研究资料的基础上，从狄更斯的生活经历、时代背景和文本出发，对狄更斯作品的阶级、性别空间作出了再讨论，尽量避免曲解和过度阐释。

3. 研究方法的创新

文学的空间批评研究方法是一种新兴的文学批评方法，源于人文社会学科的"空间转向"，西方马克思空间理论和文化地理学是其理论来源。文学的空间批评方法主要研究作者在文本中采取怎样的策略和手法对空间进行编码重组，以及作者在文本中所建构的空间具有怎样的文化内涵和表征意义。狄更斯小说的空间研究是一项综合、系统的研究，本书运用了影响研究、平行研究、阐释研究等多种研究方法。

第一章　空间理论与狄更斯小说研究

20世纪西方思想文化界发生了许多大转向，如语言学转向、心理学转向、文化转向等。思想文化界的这些大的转向改变了人类的思维方式、认知方式与言说方式，哲学、美学、社会学、文学、文化研究等相关学科都有所涉及。空间转向是20世纪西方思想文化界的又一个重大转向，改变了空间长期受忽视、被遮蔽和被支配的状态。空间转向以哲学为载体，涉及历史学、文化地理学、社会学、文学等学科，文学空间理论就是在文学理论与空间理论相互交融的过程中形成的。文学空间批评的空间是指作者以语言文字为工具，运用虚构、象征、模仿、想象等手段建构的语言符号空间。它们是文化表征空间的重要组成部分，反映了社会历史进程，是各种意识形态言说自我的场域，是各种文化权力交织斗争的空间。文学的空间批评以文学空间为对象，主要研究作者在文本中采取怎样的策略和手法对空间进行编码、建构，考察作者在文本中所建构的空间具有怎样的文化内涵和表征意义。

狄更斯生活的维多利亚时期，英国已经初步完成工业革命，人口剧增、城市化进程加快、殖民地规模扩大，伦敦成为世界的政治、经济和金融中心。狄更斯12岁时随家人来到伦敦，除了短暂的外出旅游和访问，他一直居住在这里。他是伦敦的"闲逛者"，从伦敦的东区到西区，从贫民窟到工厂区，从泰晤士河河滨到考文垂花园都留下了他的脚印。狄更斯的15部长篇小说，除了《艰难时世》，其他都以伦敦为描写对象，他用文字建构了"文学伦敦"，伦敦的司法机构、监狱、学校、家庭、教堂、铁路等都出现在他的小说中，表征着维多利亚时代的政治文化内涵和作者的思想情感。此外，这些空间在小说中还具有重要的叙事功能，狄更斯用这些空间塑造人物形象、推动叙事进程等。因此，狄更斯小说与文学空间理论具有很强的契合度，文学空间批评适用于狄更斯小说研究。

第一节　空间与空间理论

空间在20世纪之前的西方历史上一直作为一个静止、固定、非辩证的容器存在着，处于被支配和被遮蔽的状态。列斐伏尔《空间的生产》一书的出版改变了这种状态，开启了思想文化界的"空间转向"，空间从此成为一个动态的、辩证的、富含政治文化内涵的存在物。下文我们就以时间为线索，梳理一下空间概念在西方文化中的历史流变。

一　西方传统空间概念的历史流变

（一）古希腊的空间概念

空间和时间一样是人类存在的两个基本维度，与人类的生产、生活息息相关，一直是人类认知的对象。不同时代的先贤哲人，受限于自己所处的时代，对空间都做出了具体的思考。古希腊是人类社会的童年时期，哲学以本体论认知为特征，主要思考这种问题：什么是存在？属性是什么？古希腊的空间概念也具有本体论认知的特征。毕达哥拉斯学派、柏拉图（Plato）和亚里士多德（Aristotle）是古希腊空间哲学的代表性人物，他们之间具有一脉相承的关系。毕达哥拉斯学派认为空间是一种虚空的存在，他们把数学和神学结合起来指出："虚空是由球状宇宙之外的无限嘘气被吸入宇宙而形成的，虚空（嘘气）区分着自然物，并与自然物一起构成宇宙。"[1] 虚空就意味着空间具有相对性、无限性等特征。柏拉图是毕达哥拉斯学派的追随者，他在《蒂迈欧篇》中对空间概念做出这样的界定："介乎本质世界与流变的、可感的事物的世界两者中间的某种东西。"[2] 在柏拉图看来，空间是不能被看到的、永远存在着的、不能被创造也不能被消灭的一种存在物；同时，空间也为一切被创造的物质提供了一个处所，即一切存在都必然会占据某个空间。柏拉图的空间观既意识到了空间的虚空特质，又意识到了它的"处所"作用。亚里士多德在批判借鉴前人空间观的基础上，继承发展了柏拉图空间观中的"处所"概念，他认为："空间不是宇宙，而是宇宙的一个与运动的物体相接触的静止的内限。"[3] 亚里士多德在《物理学》中形象地举例说明："船在河里移动着，包围着船的河水只是容器，而整条河才是空间，因为从整体着眼，河是不动的。因此，空间是包围着的静止的最直接的界面。"[4] 在亚里士多德看来，"空间是一种分离着独立存在的事物……这是不可能的"[5]。"如果不曾有某种空间方面的运动，也就不会有人想到空间上去。"[6] "正是由于物体有位置移动，相互换位和数量增减等空间方面的运动，所以空间被认为是显然存在的。"[7] 亚里士多德的空间观集空间物质、运动于一体，运动是物质在空间里的运动，空间是物质运动存在的必然条件。

（二）西方近代的空间概念

"虚空"和"处所"是古希腊先哲们讨论的两大空间问题。空间

---

[1] 黄大军：《西方传统空间观的历史演进——美学视域下的检视与反思》，《河北师范大学学报》（哲学社会科学版）2015 年第 5 期。
[2] ［英］罗素：《西方哲学史》（上卷），何兆武、李约瑟译，商务印书馆 2015 年版，第 185 页。
[3] ［古希腊］亚里士多德：《物理学》，张竹明译，商务印书馆 2009 年版，第 95 页。
[4] ［古希腊］亚里士多德：《物理学》，张竹明译，商务印书馆 2009 年版，第 93 页。
[5] ［古希腊］亚里士多德：《物理学》，张竹明译，商务印书馆 2009 年版，第 106 页。
[6] ［古希腊］亚里士多德：《物理学》，张竹明译，商务印书馆 2009 年版，第 89 页。
[7] ［古希腊］亚里士多德：《物理学》，张竹明译，商务印书馆 2009 年版，第 92 页。

是否存在，是实的存在物还是虚的存在物？是静止的还是运动的？这些问题一直困惑着古希腊的先贤们。近代空间观起源于对古希腊空间观的批判和反思，经中世纪、文艺复兴，最终在牛顿（Isaac Newton）那里形成。近代空间研究的代表人物有以笛卡尔（René Descartes）、莱布尼茨（Gottfried Wilhelm Leibniz）为代表的理性主义者和以贝克莱（George Berkeley）、休谟（David Hume）为代表的经验主义者，以及折中理性主义和经验主义者康德（Immanuel Kant）等。近代空间观的起源带有浓厚的基督教和几何主义色彩。中世纪到文艺复兴时期的哲人多半是虔诚的基督教徒，他们运用数学、物理学、天文学的方法推算出接近无限上帝的、几何图景式的完美空间，并"最终将空间绝对化、神圣化为上帝的行动框架"[①]。牛顿在此基础上提出了"相对空间"和"绝对空间"的概念，绝对空间是接近无限上帝的静止的、绝对的、三维的、均质的先验存在物，相对空间则是人的身体器官能感知到的"依附于物体，与物体一起穿过的绝对空间"[②]，牛顿所说的"绝对空间"是"相对空间"的抽象存在。

　　近代空间观的核心问题是人怎么认知空间，空间不再是脱离认知主体而存在的纯粹客体。近代欧洲的哲学思潮是认识论哲学，其内部分为两大派别，分别是欧洲大陆的唯理论哲学和英伦三岛的经验主义哲学。唯理论哲学认为人对世界的把握和认知建立在理性分析、推理、演绎、归纳的基础上，经验主义哲学对世界的认知侧重于人的感知器官对客观对象的感知。因此，两大哲学派别具有不同的空间观。唯理论哲学的代表性人物笛卡尔发明了几何坐标，他用平面上一点到两条固定直线的距离来确定这点的位置。笛卡尔的空间观也具有几何思维色彩，他认为空间是物质的广袤，是和物质不可分离的存在物，广袤

---

① ［法］亚历山大·柯瓦雷：《从封闭世界到无限宇宙》，张卜天译，北京大学出版社2008年版，第200页。

② ［法］亚历山大·柯瓦雷：《从封闭世界到无限宇宙》，张卜天译，北京大学出版社2008年版，第147页。

之于物体正如灵魂之于心灵，它们之间是普遍性和个性的关系。"物质或物体的普遍本质不在于硬度、重量或颜色，而只在于这样的事实：它是一个在长宽高上延展的实体……构成一个物体之本质的统一广袤，也构成了空间的本质……不仅充满了物体的空间如此，被称为真空的空间亦如此。"[1] 承接笛卡尔的个性到普遍性、具体到抽象的思维方法，唯理论哲学的另一位代表人物莱布尼茨否定牛顿的绝对空间，批判借鉴笛卡尔的"广袤性"概念，在此基础上提出自己对空间的见解。笛卡尔认为世界上存在神、精神、物质三个实体，空间是物质的广袤，广袤是物质的本质，莱布尼茨则认为单个实体不具有广袤性，他甚至否定物质的实在性，认为世界的属性是单子。单子即简单的实体，是一种精神性的存在，单子不可分割、不会消亡、具有知觉，它们相互之间不发生关系，但品级具有高下之分，"空间是单子反映世界时按照某种秩序排列所呈现出来的表象和幻觉。"[2] 英伦三岛的经验主义哲学家的空间思考则和主观认识密不可分，并且他们的主观认知被严格界定在身体器官的感知经验上。洛克（John Locke）是英国经验主义哲学学派的创始人，他认为物质有主、次两种性质，主性质是和物质不可分割的那些性质，例如形状、质量、体积、充实性和广延性等；次性质则是物质不主要的性质，只存在于人的知觉中，例如颜色、气味、声音等。洛克在某种程度上否定了空间的存在，在他看来，"空间不是一个真正的实体，而是仅仅具有让物质客体存在的可能性"[3]。洛克的继承人柏克莱则完全否定了空间的存在，他认为物质只有被感知时才存在。柏克莱在《视觉新论》中从视觉、听觉和触觉入手，运用联想和经验对空间进行了系统的研究，认为"空间是视觉和触觉的共同对象。但是……这种意见只是一种幻想，这种幻想是由想

---

[1] ［法］笛卡尔：《哲学原理》，关文运译，商务印书馆1958年版，第38—40页。
[2] ［英］罗素：《西方哲学史》（下卷），马元德译，商务印书馆2015年版，第119页。
[3] ［美］格瑞特·汤姆逊：《洛克》，袁银传、蔡红艳译，中华书局2002年版，第39页。

象迅速地、顿然地提示出来的"①。

康德的认知论哲学以主体何以可能认知客体为立足点，改变了主观与客观相分离的形而上学局面，从而实现了对唯理认知论和经验主义的全面超越。康德甚至在《纯粹理性批判》第二版的序言里自比哥白尼（Nicolaus Copernicus），认为自己在哲学领域完成了一次"哥白尼革命"。他在《纯粹理性批判》中指出空间和时间不是具体的概念，而是"两种感性直观（intuition）的纯形式"②。黑格尔（G. W. F. Hegel）反对康德把空间看作一种先验的直观形式，在他看来，空间只是抽象出来的一种形式，和思维密切相关。黑格尔在《自然哲学》中说："自然界最初的或直接的规定性是其己外存在的抽象普遍性，是这种存在的没有中介的无差别性，这就是空间。"③

从古希腊到近代，人类对空间的认知经历了从本体论到认知论的发展变化过程，空间的概念也经历了从虚空到广延、从客观实体到抽象形式的演绎过程，但是不变的是空间只是一个空洞的、抽象的、静止的容器。从古希腊到牛顿时期是空间的本体论认知阶段，空间多被视为具有几何图景性质的均匀的、永恒的、静止的、神圣的空间。在认知论阶段，虽然加入了人类的主观认知活动，但是"认识论的空间研究预设了主体与客体的两元分立原则，导致空间思考陷入空虚与实在、绝对与相对、超验与经验、理性与感性、心理与物理的割裂分离状态，使空间问题始终无法摆脱本体论所残留下来的形而上学品性"④。

二 空间转向与空间理论的形成

人类社会进入 20 世纪，经工业革命的推动、世界大战的洗礼、资

---

① ［英］柏克莱：《视觉新论》，关文运译，商务印书馆1957年版，第55页。
② ［德］康德：《纯粹理性批判》，邓晓芒译，杨祖陶校，人民出版社2004年版，第27页。
③ ［德］黑格尔：《自然哲学》，梁志学等译，商务印书馆1980年版，第40—41页。
④ 谢纳：《空间生产与文化表征：空间转向与当代文艺理论建构》，王宁主编：《文学理论前沿（第七辑）》，北京大学出版社2010年版，第77页。

本主义国家殖民活动的开展,生产力水平大幅度提高,人口剧增,城市化进程加快。就欧洲来说,欧洲的人口总数1800年是2亿,1900年已增加到4.5亿;"1800年,欧洲只有17个城市人口超过10万以上,总人口不到500万,而到1890年时,此等规模的城市达到了103个,总人口扩大了六倍以上"①。以煤、石油、电为燃料的火车、轮船、飞机等交通工具的发明,电报、电话等通信工具的出现,都加强了世界各地区、各国家之间的联系。20世纪出现了三种新的社会空间形式:"大都市空间、全球化空间和超空间(hyperspace)。"② 都市是一个人口高度集中的地方,不同阶级、不同职业、不同文化背景的人聚集在一个空间里。根据职能的不同,都市空间内部又可被划分为住宅区、商业区、工业区等若干空间区域。与古代线性的、具有展示和表演意义的权力管理模式不同,为便于生产、生活和提高管理效率,现代都市中的学校、监狱、法庭等一系列空间形式中都有权力规训的身影,权力成为超越时间、渗透在空间中的"超权力"。另外,都市中的空间也获得了自身的价值,并成为资本增值最快的领域之一。全球化空间建立在第三次科技革命的基础上,第三次科技革命使现代交通、通信技术高度发达,人、物、信息、资金可以在全球范围内快速流动,尤其是互联网技术的普及,使信息可以在非常短的时间内传播到全球。人类的时间在压缩,空间在扩展,共同处在"地球村"这个大的空间场域之中。全球化空间的形成对人类来说既是机遇也是挑战,以共同的民族、语言、宗教信仰等为特征的国家界限将被打破,人类社会作为一个整体,亟须形成新的文化身份认同。超空间是20世纪末出现的一种空间形式,这个概念最早由弗雷德里克·詹姆逊(Fredric Jameson)提出。詹姆逊认为超空间是在"空间转向"这个大的时代背景下形成的,"空间范畴终于能够成功地超越个人的能力,使人体不能

---

① 《马克思恩格斯选集(第一卷)》,中共中央马克思恩格斯列宁斯大林著作编译局编译,人民文学出版社1995年版,第276页。
② 冯雷:《理解空间:现代空间观念的批判与重构》,中央编译出版社2008年版,第12页。

在空间的布局中为其自身定位……人的身体和他的周遭环境之间的惊人断裂，可以视为一种比喻、一种象征，它意味着我们当前思维能力是无可作为的。"① 例如在当今世界，庞大的跨国企业遍布全球，信息流通过没有特定中心的互联网传播到全球，人类作为主体，却被困于信息流中，始终无法掌握偌大网络的空间实体。这些新空间形式的出现改变着人们的空间观，也引发了哲学社会科学领域空间理论的变革。

（一）20 世纪前期的空间现状

随着人类社会空间实践的变化，人类的空间认知也发生了很大的转变，但这个重大转变却是一个缓慢的过程。20 世纪前期的哲学领域中，亨利·柏格森（Henri Bergson）的生命哲学处于盛行状态。柏格森重视时间，贬斥空间，他认为，空间与理智相关联，具有物质性，与人的知觉相关联的时间才能体现生命的特征。此时，时间仍旧统领着空间，空间仍然处于被遮蔽的状态，但是，莫里斯·梅洛－庞蒂（Maurice Merleau-Ponty）、马丁·海德格尔（Martin Heidegger）、加斯顿·巴什拉（Gaston Bachelard）等哲学家已经敏锐地意识到空间的剧烈变化。梅洛－庞蒂的空间与身体和知觉紧密关联，他认为："空间不是物体得以排列的（实在或逻辑）环境，而是物体的位置得以成为可能的方式。"② 这也就是说梅洛－庞蒂否定了"客观空间"，而赞成与身体和知觉相关联的"深度空间"。海德格尔的空间则与存在相关联，他在其前期的著作《存在与时间》中说："此在本身有一种切身的'在空间之中的存在'，不过这种空间存在唯基于一般的世界之中才是可能的。"③ 他又指出："时间性是操心的存在意义。此在的建构和它去存在的方式在存在论上只有根据时间性才是可能的……此在特

---

① ［美］詹明信：《晚期资本主义的文化逻辑》，张旭东编，陈清侨等译，生活·读书·新知三联书店1997年版，第497页。
② ［法］莫里斯·梅洛－庞蒂：《知觉现象学》，姜志辉译，商务印书馆2001年版，第310—311页。
③ ［德］海德格尔：《存在与时间》，陈嘉映、王庆节译，生活·读书·新知三联书店1999年第2版，第66页。

有的空间性也就必定奠基于时间性。"[1] 由此可以看出,海德格尔前期把时间和空间都归入此在之中,但时间和空间的地位并不平衡,时间统领着空间。面对剧烈的空间变化,海德格尔后期意识到了空间的重要性,他在后期的《筑·居·思》《物》《艺术作品的起源》等作品中揭示了"域""空间"和"位置"的关系,进而引出了"栖居"的概念。"栖居乃是终有一死的人在大地上存在的方式。"[2] 人栖居的位置是一个容纳了天、地、神、人的空间。海德格尔的空间观把空间与栖居、存在联系起来,在一定程度上改变了经验主义、先验主义空间观中主体与客体相分离的状态。当然,海德格尔的空间观也存在许多不足,例如他忽略了政治、经济、科学技术等要素对空间的影响。受现象学的影响,法国哲学家巴什拉运用现象学、心理学和象征的手法对人类居住的空间场所展开诗意的分析。巴什拉的空间和海德格尔的诗意栖居一脉相承,空间不再是容纳物体的客观容器,而是人类意识的居所。

(二) 空间理论的形成

1. 列斐伏尔的空间生产理论

1974 年西方马克思主义地理学家列斐伏尔发表了《空间的生产》一书,这标志着"空间转向"的开始。列斐伏尔批评近代空间观,继承和发展马克思主义政治经济学,并在此基础上提出了"空间生产理论"。列斐伏尔敏锐地意识到在人类社会发展变革的过程中空间长期处于被遮蔽的状态,只是生产关系变革的容器,于是将马克思的实践观和马克思政治经济学批判的方法引入空间中,把空间中的生产转变为空间的生产,由此改变了空间在社会历史演变过程中被忽视的状态,开创了空间研究的新视角。列斐伏尔的"空间生产理论"由空间的社会性、空间的三元辩证法、资本主义空间的政治经济学批判三大部分

---

[1] [德]海德格尔:《存在与时间》,陈嘉映、王庆节译,生活·读书·新知三联书店1999年第2版,第416页。

[2] [德]海德格尔:《演讲与论文集》,孙周兴译,生活·读书·新知三联书店2005年版,第156页。

组成。空间的社会性主要是指空间是人类实践活动的对象，也是人化自然的产物，空间为新的生产关系的产生提供场所，同时又是新的生产关系作用的结果，例如银行、机场、火车站等都是具有资本主义生产关系的社会空间。空间的三元辩证法主要是指列斐伏尔对马克思主义的历史—社会二元辩证法进行拓展而得到的历史—空间—社会的三元辩证法。列斐伏尔敏锐地察觉到西方哲学界一直存在的二元对立思维阻碍了空间理论的深入发展，他把"空间"这个第三项插入社会—历史结构中，打破了固有的二元思维，空间不再是社会、历史上演的背景和容器，而是和社会、历史并存的第三个存在物。

资本主义空间的政治经济学批判则是列斐伏尔空间生产理论最为重要的组成部分。列斐伏尔认为纳入资本主义生产体系的空间是一种抽象的空间，它既是生产资料和消费对象，又是政治工具以及阶级斗争的领域。资本主义空间由全球化空间、都市空间、日常生活空间三部分组成。通过公路、铁路、机场、互联网通信网络和银行等商业中心组成的巨大网络，全球化空间将资本主义生产空间扩张到全世界。作为生产资料的全球化空间能够为资本流通助力，提高生产的效率，加快财富积累的速度。同时，全球化空间也造成了区域和地区发展的不平衡，国际的政治经济发展局势被少数发达国家所控制。全球化空间中全球化与区域化之间的矛盾、各民族国家之间的矛盾促使全球化空间成为国际政治经济斗争的场域。都市空间是资本主义生产方式的产物，是一种客观的物质存在物，它是为服务资本主义的发展而被建构出来的，都市里的土地、空气、车站、码头等公共设施都是资本增值的场域。资本是城市建设的指挥棒，都市空间成为资本增值最快的领域。市中心商业化、住宅区和工厂区郊区化，工作地点和住宅区相分离，不同阶级有不同的聚集区域。都市中还出现大量的贫民窟，无产阶级的处境更加艰难。日常生活指的是人的"日常性生活"。在当下日常生活中，技术、商品、消费、广告充斥着人们的生活空间，甚至都市人的日常休闲也被商品消费占据，变成一种生产方式，日常空间变成了单调、乏味、无聊的景观空间。另外，日常生活空间作为一个政治性的、操作性的工具被专家和技术官僚设计出来，具有严格的层级，层级与阶级相对应，日常生活空间中弥漫着权力和监控的气息。

2. 福柯的空间权力论

福柯和列斐伏尔都是20世纪中后期法国著名的思想家，空间也是福柯关注的对象，他敏锐地感知到，空间和时间在西方人文社会科学中的发展极不平衡，空间处于被遮蔽的状态。列斐伏尔关注空间怎样被生产出来，与列斐伏尔不同，福柯关注空间由谁生产出来的问题，空间是怎样组织、监管、操纵社会和规训、惩罚身体的？在这个过程中知识—空间—权力发生了怎样的关联？福柯认为，与古代社会的情况不同，现代社会中权力的规训、操控更具有隐蔽性，一般通过空间来组织实施。知识谱系学在福柯的空间权力论中也发挥了重要的作用，为了探究知识—空间—权力的隐秘关联，他走访了欧洲许多国家的监狱、医院、工厂、精神病院等场所。在对监狱史和精神病院史进行了细致的研究后，福柯发现杰里米·边沁（Jeremy Bentham）在1787年所设计的"圆形监狱"是体现现代化统治技术的完美案例。圆形监狱使权力弥漫在空间的每一个角落，"不管它是否真的投入运作，它的功能都是加强控制，它所有的形式、物质性、所用的层面，一直细到最微小的细节，目的都在于赋予其功能一种特定的诠释"[①]，圆形监狱对犯人的统治方式已经由肉体的惩罚过渡到精神上的规训。现代统治技术把"圆形监狱"的建构原理推广至工厂、学校、军营等诸多空间中，诸多类似的空间组成的现代社会是一个规训和监控空间，生活在其中的每个社会成员都不能逃脱被规训的命运。

3. 詹姆逊的后现代空间理论

詹姆逊是西方马克思主义和后现代主义的代表性人物，空间是后现代主义理论的关键词汇之一，自然而然，空间也是詹姆逊所关注的对象。詹姆逊的后现代空间理论秉持马克思主义的基本方法和观点，其

---

① 包亚明主编：《后现代性与地理学的政治》，上海教育出版社2001年版，第32—33页。

中，马克思主义的生产方式、资本、阶级等总体性概念对詹姆逊的后现代空间理论影响最大。詹姆逊从资本积累的角度出发把资本主义划分为三个阶段，与这三个阶段相对应，资本主义也生产出了三种不同的空间范式。第一阶段是市场资本主义阶段，资产阶级通过圈地运动等横征暴敛的活动完成了资本的原始积累，航海贸易把国内市场和国外市场联系起来，资本主义市场最终确立。第二阶段是垄断资本主义阶段，资本主义发展由自由竞争阶段过渡到垄断阶段，海外殖民体系最终确立，资本主要被投入大规模的重工业生产中。第三阶段是晚期资本主义阶段，在这个阶段，资本在全球范围内自由流动，主要奔向期货、股票等金融市场。与资本主义三个阶段相对应的三个空间范式分别是：同质的、均匀的、可延伸的笛卡尔式的空间，生存体验与生活方式的地点相分开、充满政治经济和意识形态斗争的殖民空间，仿真或拟象控制的"超空间"（后现代空间）。三种空间范式对应的文化形态分别是：现实主义、现代主义和后现代主义。詹姆逊认为，在前两个发展阶段，时间占有绝对的主导地位，"而空间范畴和空间化逻辑则主导着后现代社会，空间在后现代社会的构建过程中起了至关重要的调节作用"[1]。后现代空间是詹姆逊关注的焦点，在他看来，后现代空间是一个具有极强同化能力、和科学技术密切相关、具有异质和差异性的空间形式，随着科学技术的发展，互联网等通信网络的普及，"仿佛把一切都彻底空间化了，把思维、存在的经验和文化的产品都空间化了"[2]，改变了人类的时空观；后现代空间具有极强的同化能力，经济全球化使各个国家和地区的市场界限被打破，世界统一为一个具有不同劳动分工的标准化空间；文化方面，精英文化和大众文化的界限被打破，日常生活审美化，文化被用于商品消费领域。其次，在同质化的前提下，后现代空间内部

---

[1] Fredric Jameson, *Postmodernism or the Cultural Logic of Late Capitalism*, Durham, N.C.: Duke University of Illinois Press, 1990, p.104.

[2] [美] 詹明信：《晚期资本主义的文化逻辑》，张旭东编，陈清侨等译，生活·读书·新知三联书店1997年版，第293页。

还存在着许多异质性的局域空间,全球化经济发展不平衡,发展中国家和发达国家的空间现状存在着"非共时性",在后现代空间中占主导地位的消费文化仍受到具有地方特色的民族文化的负隅顽抗。在詹姆逊看来,面对纷繁复杂、眼花缭乱的后现代空间,人类置身其中丧失了感知能力,既不能给自身一个明确的定位,也无法有效地组织周围的环境,人类需要通过一种"认知图绘"美学去克服现有的认知危机。当然,詹姆逊的后现代空间理论存在许多不足,内部矛盾重重,但是,詹姆逊为我们把握后现代空间逻辑提供了一把钥匙。

4. 大卫·哈维的空间政治经济学

大卫·哈维(David Harvey)是西方马克思地理学的代表性人物之一,其学术生涯的早期从事空间实证主义研究。20世纪70年代以来,西方社会的城市问题日益突出,社会空间研究兴起,哈维开始尝试给自己的空间实证主义研究注入人文视角。哈维游学法国,受列斐伏尔等法国马克思主义代表人物的影响开始研读《资本论》,从此走上了马克思主义的道路。哈维认为,马克思主义所研究的资本主义生产其实是空间生产,空间研究是马克思主义未完成的事业。哈维以此为出发点,把空间生产整合到马克思主义政治经济学中,发展成空间政治经济学。他还以资本主义生产的空间分析为基础,提出了"空间分析"和"时空压缩"理论。

哈维认为,在资本主义社会,空间和时间都具有社会性,它们是资本主义生产方式的组织结构和生产关系的载体。马克思主义认为,疯狂追求资本是资本家的本性,而由资本积累、生产过剩带来的危机在资本主义生产方式下是不可消除的。资本过度积累带来的危机主要表现为:劳动力失业、市场饱和、商品价格下降等。为了缓解危机,各国政府对内加大对基础设施建设的投入(主要表现在城市空间的频繁改造方面),对外扩展市场(主要表现在全球空间生产关系的建构方面)。哈维将这种处理危机的方式称为"时空修复"。从理论层面来看,时空修复具有双层含义,一方面是指"整个资本的其中某一部分在一个相对比较长的时期内以某种物理形式被完全固定在国土之中和国土之上",另一方面是指"通过时间延迟和地理扩张解决资本主义危机的特殊方法"①。时空修复由时间修复和空间修复两部分组成,空间修复是哈维关注的重点。哈维在资本积累的三次循环中对"时空修复"进行了反复讨论,从而得出这样的结论:时空修复只能暂时缓解资本主义生产方式的危机,而不能从根本上消除危机。"时空压缩"则是对后现代空间的解释。哈维认为,后现代主义并不是和现代主义完全决裂的文化形态,而是和现代主义存在着诸多联系。与詹姆逊、吉恩·鲍德里亚(Jean Baudrillard)等人不同,哈维从政治经济学角度出发解释后现代空间。哈维指出,马克思主义的生产方式用于后现代资本主义的研究还是完全有效的。20世纪70年代以来西方社会的资本积累模式发生了剧烈的变化,以高投入、高消耗、大规模生产为资本积累特征的"福特主义体制"走向瓦解,取而代之的是"弹性积累"模式。伴随着弹性积累模式而来的是资本主要作用于金融行业,而非生产领域。资本、劳动力等生产要素打破了空间的壁垒,在全球范围内快速流通,给人空间压缩之感。另外,生产技术、消费产品等更新换代速度之快超出人类的想象范围,给人时间压缩之感。因此,时空压缩是"朝向周转时间的加速(生产、交换和消费的流动速度都倾向于变得更快)和空间范围的缩减"②,它是人类在后现代社会独特的空间体验。哈维在"时间压缩空间"理论的基础上,建立了空间政治经济学,积极寻找人类实现自由发展的可能性。虽然哈维的空间理论存在许多不足之处,例如更多地关注政治经济领域而忽略了其他方面的因素,但他为我们更好地理解空间提供了许多新的视角。

5. 爱德华·索亚(Edward W. Soja,又译爱德华·苏贾)的第三空间理论

爱德华·索亚是后现代都市学研究的代表性人物,因《后现代地理

---

① [英]大卫·哈维:《新帝国主义》,初立忠、沈晓雷译,社会科学文献出版社2009年版,第72页。
② 包亚明主编:《现代性与空间的生产》,上海教育出版社2003年版,第389页。

学》《第三空间》等著作在空间理论界具有重要的地位。索亚和哈维一样深受列斐伏尔空间思想的影响，也认为马克思主义虽然富含深厚的空间思想，但没有形成理论体系，有待进一步发展。索亚在列斐伏尔空间理论的基础上发展马克思主义空间思想，他破除历史决定论，确立空间本体论，提出第三空间理论，建立了自己的空间理论体系。19世纪以来，受社会达尔文主义影响的历史决定论在马克思主义社会批判理论中一直占支配地位。索亚并没有否定以时间为导向的马克思主义社会批判理论的有效性，但他认为这种思维模式忽略了社会空间批判的丰富性，空间只被看作一种静止的、客观的存在。索亚从三个方面出发，进一步总结了马克思社会空间批评长期被忽略的原因：富含空间思想的《政治经济学批判大纲》在第二次世界大战后才广为传播、马克思主义具有反空间的传统、和资本主义剥削相关联的剩余价值与劳动时间密切相关。索亚由此试图在社会—空间之间建立更加灵活、敏感的社会空间辩证法。为建构社会空间辩证法，索亚首先区分了空间与空间性。索亚认为："空间是一种语境假定产物，而以社会为基础的空间性，是社会组织生产，被人创造出来的空间。"[①] 索亚还指出，"空间是一种独立的结构，具有构建和转换的规则，独立于更广泛的社会结构"[②]；同时，社会结构和空间结构又是不可分割的一个整体，社会结构为空间结构阐释提供理论基础，空间结构为社会结构提供实践基础。"空间性同时又是一种社会产物（或结果），也是社会生活中的一种构建力量（或媒介）。"[③] 然而，索亚在建构空间—社会辩证法的时候并没有忽视时间，他认为时间、空间和社会三位一体、不可分割。

索亚对空间问题的探讨并没有止步于空间本体论和社会—空间辩证

[①] [美]爱德华·W. 苏贾：《后现代地理学——重申批判社会理论中的空间》，王文斌译，商务印书馆2004年版，第1页。

[②] [美]爱德华·W. 苏贾：《后现代地理学——重申批判社会理论中的空间》，王文斌译，商务印书馆2004年版，第122页。

[③] [美]爱德华·W. 苏贾：《后现代地理学——重申批判社会理论中的空间》，王文斌译，商务印书馆2004年版，第11页。

法。索亚于1966年发表《第三空间：去往洛杉矶和其他真实和想象地方的旅程》，提出了"第三空间"理论。第一空间主要是指实体的物质空间，如村庄、城市、地区、民族、国家等；第二空间则具有观念性、建构性和精神性等特点，是哲学家、艺术家和建筑设计师展开辩论的场域。空间到底是主观的还是客观的？是精神的还是物质的？这种争锋及解构主义、现象学、阐释学、存在主义等思想方法的注入使第一空间和第二空间的边界趋向模糊，两种空间认识论在相互斗争中扩张了彼此的范围。"第三空间起源于对第一空间第二空间二元论的肯定性解构和启发性重构。"[1] 什么是第三空间？正如索亚所说，"第三空间是最有趣和最具洞见的空间及空间性的思考新方式"，在第三空间里，一切都汇聚在一起：主体性与客体性、抽象与具象、真实与想象等。

曼纽尔·卡斯特（Manuel Castells）的"流动空间生产"和齐格蒙特·鲍曼（Zygmunt Bauman）的"全球化空间生产"理论也是空间理论的重要组成部分。卡斯特最早关注网络空间，他把列斐伏尔的空间生产理论引入网络空间，提出了"流动空间"概念。"流动空间"由网络中的电子交换回路系统、节点（node）和核心（hub）、精英管理者等组成，所对应的是"地方空间"与草根空间；"流动空间"对城市空间的发展产生巨大的影响，催生了信息城市和巨型城市。鲍曼则注意到第三次科技革命催生的"信息化"是全球空间的主要特点，他以马克思主义中资本在全球的自由流动为考察视角，认为信息化使时空压缩，而时空压缩令资本在全球范围内能更加自由地流动，资本的经济权力加强，民族国家色彩和国家政治权力变弱，个体更加自由但陷入消费主义泥潭。此外，20世纪90年代以来，空间理论逐步与文化研究相融合，产生了"文化地理学"，代表人物是英国学者迈克·克朗（Mike Crang）和美国学者菲利普·韦格纳（Phillip E. Wegner）。迈克·克朗在《文化地理学》一书中着重探讨了英国城市、住宅、园林等地理景观的文化

---

[1] [美]爱德华·W. 苏贾：《第三空间：去往洛杉矶和其他真实和想象地方的旅程》，陆扬等译，上海教育出版社2005年版，第81页。

内涵，涉及社会意识形态、价值观念等多个方面的内容。他在书中还专门用一章的篇幅论述文学与地理景观的关系，认为文学不是地理景观的简单再现，而是一张具有复杂现实意义的网。在此不一一赘述。

第二节 文学研究与空间理论

首先，文学是人类认知和把握世界的一种方式，作为文学描绘对象的世界具有空间性；其次，文学作品试图透视、创造的精神世界也是物质世界的折射，同样无法脱离空间。然而，文学和空间的关系不是简单再现与被再现的关系，它们是两个相互关联的知识秩序，文本投射于空间之中，其本身成为丰富多元空间经验的重要组成部分。但是长久以来，文学的空间研究也一直处于被忽视和遮蔽的状态，空间只是文中人物活动的舞台和故事上演的背景。在思想文化界"空间转向"的影响下，文学空间理论（批评）在空间理论和文学理论的交汇、互动中形成，文学中的空间不再只是故事发生的场景和人物活动的舞台，而是作为一个具有象征、指示意义的系统，成为文学批评的对象。

一 文学中遮蔽的空间

受哲学和其他学科空间观的影响，与时间相比，文学中的空间也一直处在被遮蔽和忽视的状态，与时间相关联的人物形象、叙事时间、情节结构长期以来都是文学批评的主要关注对象，文学作品中的空间只是人物活动的舞台和故事情节上演的背景。正如莎士比亚（William Shakespeare）在《皆大欢喜》中所说："全世界是一个舞台，所有的男男女女不过是一些演员；他们都有下场的时候，也都有上场的时候。一个人的一生中扮演着好几个角色，他的表演可以分为七个时期。"[①] 莎士

[①] ［英］莎士比亚：《莎士比亚全集（三）》，朱生豪译，人民文学出版社1978年版，第139页。

比亚所说的七个时期是人从孩童到老翁必经的七个阶段，从无目、无味、无知到无目、无味、无知，这是人生的一个轮回，在这个过程中，空间只是一个空洞、一个无趣的容器，里面上演着人类的悲欢离合。

　　文学批评忽略空间的传统可追溯到古希腊时期。柏拉图虽然对文学抱有极端仇视的态度，但他却是西方文学批评的开创者。柏拉图认为诗歌是模仿的艺术，而模仿的对象是行动和行动者。这就奠定了西方文学批评重视人物和情节的基调。亚里士多德发展了柏拉图的模仿说，提出了有机整体论诗学：文学（悲剧）是对于一个严肃、完整、有一定长度的行动的模仿，由情节、性格、思想、言词、形象和歌曲六部分组成。情节是亚里士多德最看重的部分，他为此提出了"情节整一律"。在亚里士多德看来，"只有情节的整一性才能充分显示行动的必然联系，确保作品成为一个有机的整体，反之，如果以人物性格为担当，由于一个人物往往会关涉许多事件，那就势必导致全剧结构的涣散"①。文艺复兴和新古典时期的批评家更加强调情节的重要性，他们把亚里士多德的"情节整一律"推向极端，提出了"三一律"。"三一律"要求一出戏剧的演出时间必须严格控制在24小时之内，戏剧中的动作应该发生在统一地点，行动应构成一个统一的整体。虽然现在看来"三一律"将生活和艺术混为一谈，严格限定了戏剧的表现范围，成为束缚戏剧发展的清规戒律，但是，从另一方面也可以看出时间和情节在文学批评中的重要性。莱辛（Gotthold Ephraim Lessing）是德国文艺复兴和新古典时期的代表人物，现代德国独创文学的奠基人。《拉奥孔》是莱辛的主要批评著作，他在书中从拉奥孔这一题材在古代雕塑和古代史诗中的不同艺术处理方式入手，对诗歌和绘画的界限进行了区分。对诗与画关系的探讨最早可追溯到古希腊诗人西蒙尼德斯的"画是有声的诗，诗是无声的画"的论述。莱辛则根据时代的需要否定了诗画统一说，提出了诗画差异说。他判定诗歌是时间的

---

　　① ［古希腊］亚理斯多德、［古罗马］贺拉斯：《诗学·诗艺》，罗念生、杨周翰译，人民文学出版社1962年版，第28页。

艺术，绘画是空间的艺术，"绘画运用在空间中的形状和颜色。诗运用在时间中明确发出的声音。前者是自然的符号，后者是人为的符号，这就是诗和画各自特有的规律的两个源泉。"① 莱辛在书中虽然处处将画和诗进行对比，揭示它们各自的创作规律，但得出的结论却是诗歌比绘画具有更多的优越性。在莱辛看来，诗歌侧重想象，不受视觉方面的限制，也完全不必选择某一瞬间来束缚自己，因而与绘画相比，诗歌的表现题材更为广阔，还可以表现持续的动作。这再一次显示了在文艺作品中时间相对于空间具有无比的优越性。

生活在19世纪后期的亨利·詹姆斯（Henry James）不仅是一位小说家，也是一位卓有成就的文学批评家，他除了广泛评述英国、法国、俄国的作家和文学作品外，还阐释了一套较为系统的现实主义小说理论，为英美小说批评奠定了良好的基础。亨利·詹姆斯认为，作家的想象力对创作文学作品十分重要，他认为，作家如果有了丰富的想象力，也就有了"从已经看见的东西揣摩出从未见过的东西的能力、探索出事物的含义的能力、根据模式判断出整体的能力"②。文本中的心理描写是亨利·詹姆斯最看重的方面，他指出："小说最突出的优势在于整个人类的意识都可以成为它描写、表现的对象。"③ "一个心理上的原因就是一件生动如画、令人为之神往的东西。"④ 与文本中的心理描写相比，文中的空间场景描绘则是亨利·詹姆斯反对的对象。众所周知，巴尔扎克（Honoré de Balzac）是法国19世纪最为著名的现实主义作家，他以19世纪的巴黎为描写对象，全面刻画了19世纪的巴黎城市空间。巴尔扎克的小说就是一幅关于19世纪巴黎的风俗画，为城市地理学家

---

① ［德］莱辛：《拉奥孔》，朱光潜译，人民文学出版社1979年版，第181—182页。
② ［美］亨利·詹姆斯：《小说的艺术：亨利·詹姆斯文论选》，朱雯等译，上海译文出版社2001年版，第5—6页。
③ ［美］亨利·詹姆斯：《小说的艺术：亨利·詹姆斯文论选》，朱雯等译，上海译文出版社2001年版，第35页。
④ ［美］亨利·詹姆斯：《小说的艺术：亨利·詹姆斯文论选》，朱雯等译，上海译文出版社2001年版，第26页。

研究19世纪的巴黎提供了翔实的资料，但亨利·詹姆斯对此颇有微词，他在《奥诺雷·德·巴尔扎克》一文中指出："巴尔扎克一方面有着结实的想象力，另一方面，他又是一个近在眼前的、物质的、当前的事物'杂拌儿'的孜孜不倦的笔录者，这两种性格水火不容，以致那个具有想象力的艺术家常常被'杂拌儿'窒息的半死不活。"[1] 20世纪小说评论家E. M. 福斯特（Edward Morgan Forster）的《小说面面观》是一部公认的西方小说美学的奠基之作，该书从开场白、故事、人物、情节、幻想、预言、布局七部分探讨了小说的艺术，其中故事、情节和人物是该书关注的重点，对小说的空间，《小说面面观》却只字未提。

20世纪前期最盛行的文学批评流派当数俄国形式主义和美国新批评学派。他们继承了形式主义批评的传统，即重视时间而轻视空间。俄国形式主义是十月革命后出现的一个文学批评流派，建立在"莫斯科语言学小组"和"诗歌语言研究会"的基础上。俄国形式主义的代表人物有雅各布森（Roman Jakobso）、什克洛夫斯基（Viktor Shklovsky）等，他们提出了文学性、陌生化等一系列主张。俄国形式主义的最终目的是使文学研究成为一门独立的学科，而文学性就是使一部文学作品真正成为文学的那种东西，为此，俄国形式主义者认为，人类学、哲学、心理学、政治学等学科关于文学的探讨都不属于文学批评；他们甚至不能忍受"形象思维"这个说法，空间自然也不属于他们认定的文学批评的范畴。"陌生化"是俄国形式主义的另一核心概念。陌生化即创造新的艺术形式，恢复人们对世界的感觉，延长读者审美感知的长度，使我们习以为常的事物复活，让文艺作品焕发新的活力。什克洛夫斯基十分重视小说的情节和叙事时间，他认为，一部小说实现陌生化最好的手段是利用情节和叙事时间对故事加以陌生化，为此，他对英国18世纪斯泰恩的小说《项狄传》推崇备至。新批评派是20世纪前期美国最流行的文学批评流派，代表人物有兰色姆（John

---

[1] ［美］亨利·詹姆斯：《小说的艺术：亨利·詹姆斯文论选》，朱雯等译，上海译文出版社2001年版，第92页。

Crowe Ransom)、布鲁克斯（Cleanth Brooks）、维姆萨特（William K. Wimsatt）等。新批评提倡一种文本批评（Textual Criticism），把文本看作一个客观独立的客体，认为文学批评的根本任务就是立足文本进行分析和评价，并提出了一系列批评理论，如意图谬见、感受谬见、结构—肌理、张力、隐喻与反讽等。新批评反对内容和形式的二分法，反对把文学当作抽象的命题来研究，文学的空间场景研究被新批评看作历史研究，归属于抽象的命题，由此被排斥出文学批评的范围。雷纳·韦勒克（René Wellek）是西方文学批评史上一位十分重要的文学理论家和批评家，他和奥斯丁·沃伦（Austin Warren）合著的《文学理论》在中西文学界都有很大的影响力。雷纳·韦勒克常被视为美国新批评后期的代表人物，确切地说，韦勒克并非全受新批评的影响，他的文学理论集俄国形式主义、美国新批评、英伽登的现象学美学于一体，兼收并蓄、博采众长。韦勒克把文学理论分为文学本质论、文学批评、文学研究、文学史四个部分，其中文学研究分为文学的内部研究和文学的外部研究。文学的外部研究是关于文学的背景、环境等外因的研究，文学的内部研究就是坚持新批评根植于文本的研究。韦勒克更看重的是文学的内部研究，他认为："文学研究的出发点理应是解释和分析作品本身。把大量的精力耗费在对文学的背景和环境的研究上，会使文学本身的分析和评价陷入捉襟见肘、一筹莫展的尴尬境地。"例如，萨克雷（William Makepeace Thackeray）和狄更斯曾描写了维多利亚时期伦敦的风貌，巴尔扎克则在《人间喜剧》中详细地记录了波旁王朝复辟时法国巴黎的社会生活等，韦勒克对此都颇具微词。由此我们可以看出韦勒克对文学空间的忽视态度。

从柏拉图、亚里士多德到韦勒克，似乎奠定了文学批评的基调：重视时间，轻视空间。文学批评主要关注的对象是文本中的故事情节、叙事视角、叙事结构、人物形象等，唯独没有空间的一席之地。这种状况一直到西方思想文化界出现"空间转向"的思潮才有所改观。

二　文学研究的空间转向

随着人类社会的不断发展，20 世纪 50 年代以来，互联网逐渐普及，交通工具、通信技术日益发展，全球化进程加快，时间在空间移动中的作用日益下降，空间的作用日益凸显，改变了人们的时空认知。在这样的大时代背景下，人文社会科学领域开启了"空间转向"，形成"空间理论"。时空互为一体，任何文学作品都会涉及一段时间，也会涉及某几个空间，不涉及空间的文学作品是不存在的。但是，文学作品的叙事工具是语言，语言具有突出的时间性，以往的文学研究十分重视文学的时间维度，而有意无意地忽视文学的空间维度。面对"空间转向"这个大的时代背景，文学研究作为人文社会科学的一个重要分支也不可能置身事外。文学研究和空间理论呈互动之势，它们相互促进，一起完成了文学研究的"空间转向"。具体表现如下。

（一）空间理论对文学空间的关注

文学空间是作者以文字符号为工具，通过对现实世界的模仿和想象而建构的一种空间形式。文学空间具有现实空间的某些特征，但并不等同于现实空间。作为作者虚构的艺术空间，它具有丰富的隐喻性、象征性、层次性、伦理性和审美性等特征，成为空间理论家关注的对象。

英国的文化地理学家迈克·克朗（Mike Crang）在《文化地理学》一书中专门用一个章节探讨文学空间和地理空间的关系。克朗的文学空间理论的基本观点是："文学不是一面反映世界的镜子，而是复杂意义网络的一部分。"[①] 克朗并不强调文学和现实世界的对应关系，他反对把文学空间看作我们认知现实空间的地图和数据，更看重文学空间所蕴含的文化意义、权力关系、情感因素等。克朗在书中重点研究了文学中的地区空间、家园空间、城市空间等，并指出，文学的地区

[①] [英]迈克·克朗：《文化地理学》，杨淑华、宋慧敏译，南京大学出版社 2005 年版，第 52 页。

空间不是现实时间的简单再现，而是作者主观经验的投射，寄托着作者丰富的情感；从整个文化体系来看，文学中的地区空间蕴含着过去、现在和未来的变迁。克朗在文中举例指出，哈代（Thomas Hardy）笔下的威塞克斯和现实世界中的威塞克斯并不是完全对应的关系，但是，它展示了威塞克斯的风土人情，揭露了金钱对土地的控制关系，为消失的田园生活唱了一曲挽歌。创造家或故乡的感觉是古今中外文学作品中经常出现的一个命题。《奥德赛》中的主人公奥德修斯被迫外出征战，历经十年，功成名就，他在归家的途中经历千辛万苦，也和许多女性发生了关系，而其妻子却在家中为他守身如玉，拒绝了许多男子的求婚。最终，奥德修斯回到家中，重新确立了男人的权威。杰克·凯鲁亚克（Jack Kerouac）为20世纪50年代欧美"垮掉的一代"写的诗集，展示了另一种离家模式——主人公为了逃避义务、责任和束缚而离开家园。这有力地证明，文学作品的家园空间不是一个单纯的地理范畴，而是一个流动性、欲望、自由、束缚等交织的地方，这个地方要求女性具有"女性气质"，男性具有"男子气概"，是一个充满道德和意识形态的文化空间。城市是文学作品中的常客，以往的文学研究常把城市作为文学作品的故事情节的背景来看待，克朗通过考察波德莱尔（Charles Pierre Baudelaire）笔下城市的"闲逛者"认为，波德莱尔、狄更斯、福楼拜（Gustave Flaubert）等城市作家自身就具有"闲逛者"的气质，城市已经融进城市作家的"血液"中，"远不能把文学作品当做简单描绘城市的文本、一种数据源，我们必须要重视文学作品中的城市以何种方式建立起来的"[①]。克朗还对《悲惨世界》中的巴黎城市空间进行了具体的解读。雨果（Victor Hugo）将《悲惨世界》故事的发生地设置在巴黎周围，文中穷人居住的黑暗、狭窄的小巷和灯火辉煌的城市主干道形成了鲜明的对比。灯火辉煌的主干道是政府可控的、有序的地理空间，黑暗的地下空间则是潜在的、

---

① ［英］迈克·克朗：《文化地理学》，杨淑华、宋慧敏译，南京大学出版社2005年版，第27页。

可以和政府对抗的世界。作者在文中多次俯瞰城市全景，却似乎不能完全看清，只有一片黑暗、迷茫，这也预示着暴乱的发生。克朗的文学空间理论深受列斐伏尔"空间生产理论"和雷蒙·威廉斯相关文化研究理论的影响，并具有地理学家的独特视角。这种跨学科的文学批评方法，改变了我们对文学空间固有的看法，使文学空间成为一个富有生机的批评场域。

大卫·哈维是西方马克思主义空间理论的代表人物，是当今世界最为活跃的人文学者之一。哈维的空间理论也涉足许多文学作品，他在一次采访中说道："其实我向来就爱阅读文学作品，只是从未想过把文学作品用于我的研究中。一旦开始引用，我发现诗歌和小说能够使如此之多的历史观念得以阐明、重现光芒。而有了这样的转变，一切就一发不可收拾了。"[1] 哈维对19世纪法国首都巴黎的城市空间的现代性体验特别感兴趣，19世纪的巴黎是现代性城市空间生产的一个完美案例。巴黎的城市空间的现代性体验从来不缺少关注者，它多次出现在巴尔扎克、福楼拜、波德莱尔等大文豪的笔下，本雅明更是对奥斯曼的拱廊街和"闲逛者"波德莱尔进行了灵性解读。难得可贵的是，哈维在本雅明的巴黎城市空间现代性体验的基础上还有新的发现。哈维在《巴黎城记：现代性之都的诞生》一书中，把《人间喜剧》中的空间经验区分为巴黎和外省、内空间和外空间，经过对比阅读，他对文中关于巴黎城市空间的整体性描绘进行了整体性解读。哈维在文中指出，巴尔扎克虽然把《人间喜剧》的主场景放在19世纪的巴黎，但是文中的许多人物来自外省，诸如《高老头》中的拉斯蒂涅、《交际花盛衰记》中的吕西安等。在19世纪，人类社会的现代化进程进入高峰阶段，城市化进程加快，在城乡二元体制中，城市处于支配性地位，文中乡村的冷清、悠闲的生活方式和巴黎的繁华、匆忙的日常生活形成鲜明的对比。这些怀揣梦想来到巴黎的外省人急切地想出人头

---

[1] ［美］大卫·哈维：《希望的空间》，胡大平译，南京大学出版社2006年版，第13页。

地、发财致富、挤进上流社会，然而，"对外省出身与外省权力的热切否认，演变成巴黎生活的创始神话；而巴黎是个自足的实体，完全无需仰赖它所鄙视的外省世界"[1]。哈维把文中巴黎的物质空间称为外部空间，把人物的精神空间称为内部空间，其中，外部空间存在着对立的两极：贫民窟和圣日耳曼区（富人区）。它们是现代性、资本、权力等共同作用的结果。这个被金钱、货币、冷酷的数学计算公式主宰的外部世界必然会内化于生存其中的人的精神世界，导致人人奉行利己原则、疯狂追逐资本货币、丧失真情实感。哈维发现，巴尔扎克在文中还常用全知全能的视角对巴黎城市空间进行整体性的描写。巴尔扎克笔下的巴黎城市空间有严格的区域划分，其中不同的阶级有不同的空间归属，属于该阶级的道德秩序就镶嵌在空间之中。随着资本主义的发展、城市现代化进程的加快，这种严格的空间界限被打破，巴黎的空间逐渐呈现流动的、建构的、相因而生的特质。通过对巴尔扎克《人间喜剧》中的城市空间经验的解读，哈维厘清了资本主义政治经济关系镂刻在现代巴黎的空间关系生产和城市空间构型上的方式，确定了资本主义政治经济关系在打造现代巴黎城市空间过程中的支配性地位。哈维这种融文学中的城市空间现代性体验、现实世界中的空间生产、资本主义政治经济批判于一体的文学批评方法也为文学城市空间批评提供了借鉴范式。

除了上述空间理论家专门谈过文学的空间问题，丹尼尔·贝尔（Daniel Bell）和詹姆逊等人亦在著作或论文中涉及了文学的空间问题。比如丹尼尔·贝尔指出："文学的空间问题已经随着时间问题（在柏格森、普鲁斯特和乔伊斯那里）成为这个世纪头几十年里主要的美学问题，也成为20世纪中叶文化中主要的美学问题。"[2] 在此不

---

[1] [美]大卫·哈维：《巴黎城记：现代性之都的诞生》，黄煜文译，广西师范大学出版社2010年版，第36—38页。

[2] 参见[美]戴维·哈维《后现代的状况——对文化变迁之缘起的探究》，阎嘉译，商务印书馆2003年版，第251页。

再一一分析。

（二）文学研究内部对空间的关注

俄国文学理论家和批评家巴赫金（Mikhail Bakhtin）最早关注文学空间形式打破了德国美学家莱辛宣称的文学是时间的艺术在文艺理论界的统治地位。巴赫金关于小说的"时空体"研究受康德时空观的影响，"时空体"的命名则假借于爱因斯坦（Albert Einstein）的相对论。康德认为时间与空间作为一种先验形式而存在，是人们认识世界必不可少的两个维度，巴赫金在此基础上提出：文学是作家时空认识的反映，现实生活中的时空体塑造了个人，小说中的时空体决定了文学作品的体裁和人物形象。与康德不同的是，在巴赫金那里时空不是一种先验形式，而是包含内容和形式的一个文学审美范畴。不同时代有不同的文学时空体特征，文学的历史进程也因此变得十分复杂。巴赫金以古希腊到启蒙运动之间欧洲各种小说体裁的发展为素材，考察了各种体裁小说的时空体形式。在文学理论史上，巴赫金最早从价值观意义方面来研究小说时空形式，这也是他和莱辛的最大区别，莱辛宣称小说是时间的意义。莱辛的时间主要是指叙事意义上的时间，而巴赫金的时间是空间化的时间，其所追寻的是时空形式的象征和比喻意义。巴赫金的时空体研究是文学研究空间转向的重要组成部分，但是巴赫金时空体中的空间不是地理学意义上的概念，而是一种隐喻和象征形式，在巴赫金的时空体中占主导地位的仍然是时间，他并没有明确地提出小说空间这个概念。

雷蒙·威廉斯是英国著名的马克思主义文学理论家、批评家。威廉斯虽然没有对空间下具体的定义，但是他的《乡村与城市》一书却具有鲜明的文学空间批评视野。威廉斯在书中把文学作品呈现的乡村、城市、大都市与现实中的乡村、城市、边界巧妙地结合起来，并进行对比研究，揭示了乡村、城市两者之间关系的变化历程及文学空间所具有的阶级烙印和意识形态色彩。这也使威廉斯成为西方文学空间批评转向中不可忽视的一位文学批评家。城市和乡村是人类的主要居住形式，在文学作品中，作者对这两种居住形式倾注了强烈的情感，并将这种情感形式概括化，将农村和城市作为两种基本的生活方式对立了起来。威廉斯结合自己在"边界"（城市和乡村的交汇处）的生存体验，以英国工业革命前后变动时代的文学作品为参照，运用"情感结构"的分析方法，对乡村、城市、边界这三个空间主题进行了深入的研究，勾勒了动态的英国文化地理空间。英国有描写乡村空间的悠久传统，威廉斯以描写乡村空间历史最悠久的田园诗为切入点，深入研究了近代英国乡村传统的空间形态。他首先对田园诗进行反思，指出田园诗所描绘的没有苦难、没有剥削的有机乡村不过是编造出来的意识形态神话，是对真实历史的误导。文艺复兴之前的田园诗还存在着真实的乡村经验，它们既歌颂乡村的淳朴、美好，也谴责战乱剥削给农民带来的深重灾难。文艺复兴后，尤其是在17—18世纪英国新古典主义作家的笔下，乡村变成了脱离现实而存在的一个抽象文学形式，它作为城市的对立面，以纯真、富足、安静的姿态出现在田园诗歌中，成为逃离世俗和喧嚣城市的落脚点。威廉斯联系17—18世纪英国的社会现实，指出了田园诗的这种情感结构所蕴含的意识形态功能。17—18世纪是英国资本主义农业秩序被开创出来的时代，这些田园诗的矛头指向资本主义制度，田园诗中理想和谐的自然经济其实是在维护封建时代的价值观念。事实上自然和谐的自然秩序从来都不存在，即使在文艺复兴之前，乡村中也存在腐败和剥削现象。17—18世纪时资本主义已经深入乡村，封建秩序已经被资本主义农业秩序取代。城市和乡村也不存在绝对的对立，乡村成为城市的附庸，城市是乡村的代理人。进入19世纪，英国随着工业革命的完成，现代化进程加快，城市逐渐取代乡村成为人类的主要聚居空间。与社会现实相对应，英国文学史上出现了许多以城市空间为描写对象的文学作品。威廉斯在文中以时间为线索，分阶段对文学作品中的城市空间进行了研究。18世纪末，英国城市化的初期，文学作品的城市空间是作为乡村空间的参照物出现的，它被描写为一个喧闹、贪婪、肮脏的地方。那个时期的作家多半站在城市外围观照城市，忽略了城市的复杂性。威廉斯认为真正的城市空间书写应该站在城市之中，以城市人的视角和切身体验描绘出城市的随意性、多样性、矛盾性和混杂性，这也是威廉斯十分推崇狄更斯的原因所在。19世纪中期，英国的城市人口超出了乡村人口，这标志着一个新文明的转向。生活在这个时期的狄更斯在作品中展示了光明与黑暗交织的伦敦城，并把城市的复杂性融进人物的语言、行动和作品的结构中。城市化进程发展到19世纪末20世纪初，出现了以"聚集"为特征的大都市，这种聚集不仅是人口、经济、文化的聚集，也是革命力量的聚集。出现在这一时期最盛行的文学流派——现代主义流派作家笔下的城市经验多呈现个体化、内在化、主观化等特征，这些个体意识的觉醒为未来城市革命积蓄了力量。英国文学作品中除了城市文学和乡村文学外，还有一种地方文学，威廉斯将之命名为边界文学，其代表作家有劳伦斯（David Herbert Lawrence）、哈代等。文学作品中的边界空间介于城市和乡村之间，是联系城市和乡村的桥梁。这种边界空间既有乡村的和谐互助也融合了城市的工业主义，所以，边界被威廉斯看作最理想的生存空间。威廉斯关于英国文学的空间批评，驳斥了城市和乡村二元对立的错误观念，并指出了乡村空间和城市空间都不是一个静止的存在，而是一个充满异质力量、不断运动变化的场域，城市拯救不了乡村，乡村也拯救不了城市，二者立体互动的文化关系才是形成新的"文化共同体"的力量来源。

后殖民主义批评的开创者萨义德（Edward Waefie Said）虽然主要关注文学作品中的阶级、种族、意识形态等因素，但他对文学作品中这些因素的深入研究也体现了空间和文化地理学的思想。《东方学》和《文化与帝国主义》是萨义德的代表性著作。《东方学》虽然不算严格意义上的文学批评著作，却涉及了不少文学作品。萨义德谈到，在整个19世纪，东方是欧洲作家最爱书写的地方。以个人的东方经验为基础，欧洲出现了许多东方风格的文学作品，其中，有的作品把社会所需要或授权的故事空间安排在英国或欧洲，通过故事的发展把欧洲和处于边缘的东方联系起来。东方出现在这些作品中,虽然是小说情节发展的需要,却处于从属地位。还有一些文学作品以东方之旅为描写对象,文中的主人公急于去东方实施殖民计划,改变东方落后、愚昧的现状。在萨义德看来,这两类文学作品尽管存在着差异,却"都深深依赖于欧洲意识所具有的自我中心的强力。在所有情况下,东方只是欧洲观察者眼中的东方"①。萨义德认为,出现在欧洲文学作品中的东方是作者想象建构的文化地理空间,文学和空间的关系不是环境决定论者所说的,只是对现实的简单反映或机械相加。文学作为文化表征空间的重要组成部分,生产并建构着空间,赋予空间深刻的阶级、民族、知识、权力等意识形态内涵。从文学作品建构的空间入手对其进行意义解码,就能看出空间所蕴含的政治权力和社会历史动机。萨义德正是从欧洲文学作品生产的东方空间入手,发现了当时的欧洲作家的东方地理想象。这些地理想象迎合了当时欧洲殖民者对东方开展殖民活动的合法性建构,赋予了东方异质性、怪异性、落后性、怠惰性等特征,文学建构的东方只是富有帝国主义和民族主义色彩的想象中的东方。在《东方学》中,萨义德绝对地认为,所有文学作品中的东方都毫无例外地"从一个地理空间变成了受现实的学术规则和潜在的帝国统治支配的领域"②。经过几年的沉淀与反思,在《文化与帝国主义》一书中,萨义德调整了自己的见解,集中探讨了19世纪以来的英、法等殖民国家的小说和殖民扩张的关系。承接《东方学》,在《文化与帝国主义》一书中,萨义德仍然认为,从19世纪以来英、法文化的每一个角落里,我们都可以看到帝国的种种暗示,而维多利亚时期的小说最具有代表性。萨义德在书中列举了许多例子,例如萨义德认为:在狄更斯的《远大前程》中,正是罪犯马格维契在英国殖

---

① [美]爱德华·W. 萨义德:《东方学》,王宇根译,生活·读书·新知三联书店2007年版,第218页。

② [美]爱德华·W. 萨义德:《东方学》,王宇根译,生活·读书·新知三联书店2007年版,第260页。

民地澳大利亚挣得的财富使匹普的绅士梦成真；在夏洛蒂·勃朗特的《简·爱》中，罗切斯特的原配夫人是一个来自西印度的疯女人，同时也是一个危险的人物。更为重要的是，萨义德的《文化与帝国主义》接受了弗朗兹·法农和雷蒙·威廉斯的影响，具有更开阔的理论视野。萨义德对奥斯丁（Jane Austen）的《曼斯菲尔德庄园》、吉卜林（Joseph Rudyard Kipling）的《吉姆》、康拉德（Joseph Conrad）的《黑暗的心》等作品进行了重新阐释、定位和评价。萨义德不再把小说文本中的东方和西方看作静止的空间容器，而是把东方和西方当作不同但有联系的两个空间一起考虑。他不仅揭示出小说以某种方式参与了欧洲的海外殖民扩张，也高度评价了小说中关于解放和启蒙的叙事对东方殖民地人民奋起反抗西方殖民者的殖民统治起到了激发和宣传作用。萨义德把这种既考虑到文本中西方的殖民进程又考虑到东方反殖民反侵略进程的文学批评方法称为"对位阅读法"。萨义德把文学批评置于全球化空间和广阔的帝国网络中思考，认为一切关于现代民族文学的研究，都必须注意作品的构成方式以及相对应的全球化空间语境。这种批评范式改变了以往文学批评中东西方两个空间场域及两者之间的关系都是处于静止的状态，文学建构的东方和西方是一个相互关联、运动着的动态场域。萨义德的文学批评实践和人文社科界的"空间转向"相映成辉，共同推动了文学批评的空间转向并给文学的批评注入新的视角和方法。

另一个值得关注的现象是，许多空间理论家正是从文学作品对空间的建构中获得了灵感。博尔赫斯（Jorge Luis Borges）的短篇小说《阿莱夫》描绘了一个特殊的空间形式"阿莱夫"。"阿莱夫是空间的一个包罗万象的点"[1]，它与空间密切相关，全部宇宙空间都原封不动地见于阿莱夫这样一个直径约为两厘米的亮闪闪的小圆球里。爱德华·索亚的"第三空间"理论就受到了"阿莱夫"的影响，他在自己

---

[1] ［阿根廷］豪·路·博尔赫斯：《博尔赫斯全集》，王永年等译，浙江文艺出版社1999年版，第306页。

的书中大段引用《阿莱夫》的相关文字,把"阿莱夫"和列斐伏尔的空间生产理论联系起来去打破旧的空间樊篱,增强了第三空间的开放性了使第三空间成为融物质空间与精神空间于一体、内涵极其丰富又神秘莫测的空间形式。米歇尔·福柯的经典著作《词与物——人文科学考古学》也受到了博尔赫斯这一篇文章的影响,福柯在"序言"中写道:"博尔赫斯作品的一个段落,是本书的诞生地。本书诞生于阅读这个段落时发出的笑声……这种笑声动摇了我们习惯于用来控制种种事物的所有秩序井然的表面和所有平面,并且将长时间地动摇并让我们担忧我们关于同和异的上千年的做法。"① 空间理论从多角度注入文学批评之中,马克思主义把文学的空间建构与空间生产相联系,后殖民批评则把焦点集中于文学中东、西两大文化地理空间的交融和互动。此外,女权主义、城市文化研究等都对文学空间批评方法比较青睐,在此不一一赘述。总之,多角度的空间理论深入文学批评之中,共同促成了文学研究的空间转向和文学空间批评方法的形成。

三 文学的空间研究的路径

空间批评这个概念由美国文化地理学家菲利普·韦格纳首次提出。菲利普·韦格纳认为:"空间批评就是空间理论从各个角度进入文学研究,我们把空间、场所、文化地理学等拉入文学批评的领域。这一改变有助于促进更多地关注文学文本中对空间的表现,同时对空间关系的关注进一步引发对文学经典之构成的质疑,改变了我们思考文学的方式。"② 总之,文学的空间批评是在人文社会学科"空间转向"的背景下兴起的一种文学批评方法,在发展过程中,它广泛吸收哲学、社会学、文

---

① [法] 米歇尔·福柯:《词与物——人文科学考古学》,莫伟民译,上海三联书店2001年版,"序言"第1页。
② [美] 菲利普·韦格纳:《空间批评:批评的地理、空间、场所与文本性》,阎嘉主编:《文学理论精粹读本》,中国人民大学出版社2006年版,第137—139页。

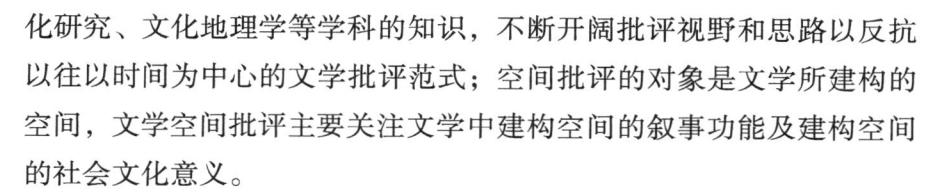

化研究、文化地理学等学科的知识，不断开阔批评视野和思路以反抗以往以时间为中心的文学批评范式；空间批评的对象是文学所建构的空间，文学空间批评主要关注文学中建构空间的叙事功能及建构空间的社会文化意义。

（一）文学空间的叙事功能

文学文本的空间元素主要是指文学中的地理空间和场所。在以往的文学批评中，文学的空间元素主要是故事情节发生的场景和人物活动的舞台，但是，在文学空间批评者看来，文本的空间元素不只是场景和舞台，它们还具有表征人物形象、标示叙事进程等叙事功能。西方文学史上有许多善于利用空间元素塑造人物形象的作家，如巴尔扎克、狄更斯、福克纳（William Faulkner）等。在文本中的各种空间元素中，居住场所和人物形象联系最为密切，常被作家拿来表征人物形象。例如在狄更斯的长篇小说《远大前程》中，狄更斯用阴森森的、封闭、破败、静止的"沙堤斯庄园"来表征郝薇香小姐古怪、生性冷酷的性格。受狄更斯的影响，福克纳在短篇小说《纪念爱弥丽的一朵玫瑰花》中也用一个同样封闭、破败的屋子去表征主人公爱弥丽·格里尔天生古怪、桀骜不驯的性格。此外，文学中的空间元素还有标志叙事进程的功能，文本中的空间元素可以通过变或不变来标示时间。例如狄更斯小说《荒凉山庄》中，德洛克爵士的切斯尼山庄随着叙事进程的推进一直未有改变，庄园里的一切仿佛是静止的，这种静止和日新月异的外部空间形成鲜明的对比。与资本主义发展密切相关，日新月异的外部社会空间象征着未来，而静止的德洛克爵士的切斯尼山庄则是落后和过去的象征。这种对比也显示出处于大变革时代维多利亚社会的复杂性。卡森·麦卡勒斯（Carson McCullers）的《伤心咖啡馆之歌》中的爱密利亚所居住的房子更是经历了由商店到咖啡馆再到封闭的木房子的三次变迁。爱密利亚房子的变迁不仅标示着文本叙事进程的发展，也揭示了爱密利亚的内心愈加走向孤独、幽深的进程。

(二) 文学空间的现代性意义

文学作品中的空间是作者以现实为蓝本、以语言文字为媒介建构的空间形态，这种空间形式是形象的、具体的，读者通过思考和想象甚至可以把握它的形象。作者是文本空间建构的主体，语言文字是空间建构的媒介，社会现实是空间建构的摹本，它们都具有社会属性，因此文学的空间建构更多地表现为一种社会关系的建构。文本中建构的空间具有深刻的社会权力内涵和浓厚的意识形态色彩，而各个空间之间又具有层次关系、权力关系、价值关系、伦理关系等。文学批评还要关注文学文本中建构空间的权力、文化等现代性意义。与空间理论相对应，根据视角的不同，文学研究界主要从以下两个角度研究文学空间的权力、文化意义：一部分研究者受列斐伏尔空间生产论和福柯空间权力论的影响，主要从政治经济学角度展开研究工作；另一部分研究者受具有强烈空间色彩的文化研究和文化地理学的影响，主要从文化研究的角度展开研究工作。

1. 空间生产视域下的文学空间批评

列斐伏尔的空间生产理论揭示了空间的社会属性，变空间中的生产为空间的生产，他认为，空间归根结底是一种社会关系的生产。列斐伏尔把具有深刻社会属性的空间分为：空间实践、空间表征和表征空间。其中，空间表征是构想空间，它是艺术家、作家、哲学家的用武之地，是他们运用意指、想象、隐喻等手段所建构的象征空间。空间表征具有阶级性和意识形态特质。与列斐伏尔不同，和列斐伏尔同时期的法国人福柯在认可空间生产理论的前提下则主要关注：空间是由谁生产出来的？空间是怎样组织、监管和操纵社会，规训和惩罚身体的？在这个过程中知识—空间—权力发生了怎样的关联？福柯在《规训与惩罚：监狱的诞生》一书中对学校、医院、军营等社会空间进行了一一剖析，他认为我们就生活在各式各样的权力空间之中，空间主宰着我们、规训着我们，最终把我们改造成了一个顺从的、听话的个体。这两种空间理论被引入文学批评，促使文学批评者重新审视文学中的空间场所，揭示这些空间场所隐含的政治权力内涵和社会历史意义，改变以往文学批评只把空间场所当作场景和背景的状况。例如，文学空间批评视野下的狄更斯小说《董贝父子》中的学校不只是一个物理空间，也是一个包含维多利亚社会意识形态的社会空间。作为一种权力规训机制运作场所，寄宿学校试图把小董贝规训为一个合格的董贝父子公司接班人和一个言行举止符合维多利亚社会规范的绅士。天生敏感、情感充沛的小董贝用一系列"古怪"的行动去反抗社会和学校的规训，使学校这个空间成为权力规训与反抗这两股异质力量相互斗争的场域。

2. 文化研究视域下的文学空间批评

20世纪90年代以后，文化地理学家迈克·克朗和美国文学理论家菲利普·韦格纳把文化研究的视角注入了文学空间批评中，文学空间的文化意蕴成为批评家的聚焦点。与泰纳的文学社会学批评不同，受文化研究影响的文学空间批评不再把文学中的地理景观只看作客观的地理环境或社会环境，而是着手考察文学中空间的身份、民族、阶级、性别等因素，揭示文学空间的文化蕴含和意义。迈克·克朗认为："文学不是一面反映世界的镜子，而是复杂意义网络的一部分。"[1] 克朗并不强调文学和现实世界的对应关系，他反对把文学空间看作我们认知现实空间的地图和数据。克朗更看重的是文学空间所蕴含的文化意义、权力关系，他具体分析了雨果《悲惨世界》中的巴黎城市景观，认为《悲惨世界》中的巴黎城市景观不只是对现实巴黎的简单模仿，也是穷人与富人、革命力量与反革命力量相互交织的场域，城市中的路灯、街道、区域划分等都包含意识形态内涵。菲利普·韦格纳则分析了康拉德小说《吉姆爷》中吉姆逃亡的"帕图森岛"。康拉德将帕图森岛描写成一个荒蛮的、落后的远离现代文明中心——欧洲的地方，给予帕图森岛"他者"的地位，失败的欧洲人吉姆却在这个边

---

[1] [英]迈克·克朗：《文化地理学》，杨淑华、宋慧敏译，南京大学出版社2005年版，第52页。

缘的空间成就了一番伟业，变成大英雄。这些都透露出作者康拉德拥有殖民思想和宗主国的优越感。迈克·克朗和菲利普·韦格纳为文学空间批评提供了范式，许多研究者还以此为样板去关注文学空间中的性别色彩。例如许多研究者认为，伍尔芙（Adeline Virginia Woolf）小说中的家庭空间不只是人物的居住场所，更是具有父权制社会意识形态色彩、压迫和统治女性的空间场域，这种家庭空间反映了维多利亚时期女性卑微的社会地位。伍尔芙在她的小说《三枚旧金币》中写道："多少年来，我们从书本上读到过这些盛会，从挂着窗帘的窗口注视着绅士们早上九点半离家去办公室，下午六点半左右匆匆从办公室回家。如今我们不再被动地看着这一切了。我们也能离开家门，登上那些台阶，穿过那些大门，戴假发穿披风，赚钞票主持正义。"① 在伍尔芙看来，维多利亚时代的家庭空间是压迫女性的权力场域，女性反抗压迫的第一步就是勇敢地从家庭空间中走出来。

　　由以上内容可以看出，有关文本中建构空间的批评方法多半是场外征用具有鲜明社会科学特征的空间理论和文化研究理论。将这些理论引入文学研究领域，不但开阔了文学批评的视野，符合相近学科视野交叉融合的学术研究潮流，弥补了文学研究中空间维度缺失的遗憾，更赋予了许多具有鲜明空间特色的作家作品新的生机和活力。例如，以描写伦敦著称的城市作家狄更斯的作品具有鲜明的空间特征，狄更斯把城市空间的复杂性融入人物的语言、行动和作品的结构，展示了光明与黑暗交织的维多利亚时期的伦敦城，但是，以往的狄更斯小说研究的侧重点在作品的时间维度，作品的空间维度是被忽视的。随着文学空间批评的兴起，狄更斯小说的城市空间研究成为新的学术生长点，经典文学作品在当下再次焕发新的生命力。但是，我们也应该看到，文学是作者以语言文字为媒介，以现实世界为摹本的主观能动创造，文学作为一个独立的艺术体系，具有自身的规律和特征，场外征

---

① ［英］弗吉尼亚·伍尔芙：《伍尔芙随笔全集》Ⅲ，乔继堂等主编，王斌等译，中国社会科学出版社2001年版，第1085页。

用社会科学领域的空间理论去解读文学作品"必须符合文学作品的实际，否则，就很有可能牵强附会，过度阐释；或者，破坏文学作品的有机性，将其进行随意的分割以满足自己阐释的需要"①。空间理论根植于工业革命以后的现代社会，此时现代社会开始了全球化进程和城市化进程，所以，用空间理论研究都市文学和现代主义文学较为合适，如果拿其去研究古代文学作品中建构的空间就有些牵强。另外，文学空间批评主要关注的是文本中空间的种族、阶级、性别、城市化等社会历史文化因素，这是合理的也是必要的。文学中的空间是作者以现实空间为摹本建构的空间形态，它必然带有社会、历史、文化色彩，"但对这些因素的分析应该与文学有关，为了达到文学的目的，而不应该抛开文学，让这种外部因素本身成为批评的目标，让批评成为缺少文学这一主角的旁白"②。例如大卫·哈维用空间政治经济学理论解读巴尔扎克的《人间喜剧》，虽然开了文学空间批评的先河，但也受到了许多学者的诟病。因为哈维在研究巴尔扎克笔下的巴黎空间时具有太强的主观性和预设性，巴尔扎克文中的巴黎空间被哈维用作图解空间政治经济学理论的例证和数据，而巴尔扎克文中那些不能直接服务于其理论的部分则没有得到充分的评价和分析。因此，场外征用空间理论去解读文本中所建构的空间固然是必要的、可行的，但要从文学文本的实际出发，要让批评方法成为服务于文本的工具，不能让文本成为证明理论正确可行的例证。

总之，文学的空间批评是在人文社会学科"空间转向"的背景下兴起的一种文学批评方法，它集文学的形式研究和内容研究于一体，在发展过程中广泛吸收空间理论的知识，不断开阔批评视野和思路以反抗以往以时间为中心的文学批评范式，为文学研究注入了生机和活力。但是，在具体的批评实践过程中我们要注意将文学的空间和时间维度相结合，两者不能偏颇。此外，文学空间批评有特定的研究对象，

---

① 赵炎秋：《场外征用的必要性与有效度》，《文艺争鸣》2015年第4期。
② 赵炎秋：《场外征用的必要性与有效度》，《文艺争鸣》2015年第4期。

我们不能任意扩大其批评范围，批评实践更要立足于文学本身，避免本末倒置。

第三节　狄更斯小说空间研究的可行性分析

　　狄更斯生活的维多利亚时代是一个社会空间大变革的时代，当时的英国社会已经完成现代化转型，成为一个现代化国家。狄更斯是大变革时代的经历者，他和社会有着广泛的接触，从事过许多职业，诸如黑皮鞋油作坊的童工、议会书记员、律师事务所职员、记者等。从黑皮鞋油作坊的童工成长为享誉世界的作家，狄更斯的一生就是维多利亚时代的缩影。狄更斯12岁来到伦敦，除了外出旅行和访问，一直居住在伦敦，伦敦就是他的"存在空间"。狄更斯还是伦敦的闲逛者、观察者和记录者，他的15部长篇小说中有14部主要以伦敦为描写对象，狄更斯以一个城市人的视角，站在伦敦城市内部书写伦敦，写出了处于城市化进程加快时期的伦敦城市空间的混杂性和多样性。狄更斯小说文本中的时间是既定的，而空间是无限的，展示给读者的就是一幅关于维多利亚时代伦敦的风俗画卷，合上书本后，读者脑海中不仅会浮现曲折离奇的故事情节，还会浮现各式各样的空间，诸如老杜丽的"马夏尔西狱"、郝薇香小姐的"沙堤斯庄屋"、坡勾提先生的"船屋"、小耐尔祖父的老古玩店等，所以后人把维多利亚时期的伦敦称为狄更斯的伦敦。狄更斯小说中的这些空间元素正是狄更斯小说和文学空间批评契合的原因。龙迪勇、雷蒙·威廉斯、迈克·克朗、本雅明等理论家都对狄更斯小说的空间给予了关注和研究，下文我们就一一简述这些理论家研究狄更斯小说空间的角度和方法，并借以说明狄更斯小说研究与相关空间理论的契合度。

一　龙迪勇的空间叙事理论与狄更斯小说空间研究

　　龙迪勇是中国空间叙事研究的代表性人物。文学文本中时间和空间是互为一体的,在"空间转向"这个大的时代背景下,空间叙事学主要研究文学文本中的空间叙事形式和空间元素的叙事功能。龙迪勇在《空间叙事学》一书中指出:"文学文本的空间元素主要是指文学中的地理空间和场所。在以往的文学批评中文学的空间元素主要是故事情节发生的场景和人物活动的舞台。但是,在文学空间批评者看来,文本的空间元素不只是场景和舞台,它们还具有表征人物形象、标示叙事进程等叙事功能。西方文学史上有许多善于利用空间元素塑造人物形象的作家,诸如巴尔扎克、狄更斯、福克纳等。"[1]

的确如此,狄更斯是典型的城市作家,他在文中围绕维多利亚时期的伦敦建构了监狱、学校、法庭、议会、铁路、工厂、作坊、酒馆、家宅等各式各样的城市空间。这些空间具有显明的特征,诸如老杜丽的"马夏尔西狱"、文米克的"沃尔夫斯堡"、郝薇香小姐的"沙堤斯庄屋"、坡勾提先生的"船屋"、小耐尔祖父的老古玩店、贾斯迪新的"荒凉山庄"、汤姆·贫掐的"三角形客厅"等。狄更斯在小说中用了许多笔墨去描写其建构的空间,这些具有显明特征的空间在小说中不再只是作为故事发生的背景、人物活动的舞台附属性地存在着,而是具有许多叙事功能,狄更斯在小说中用这些空间塑造人物形象、推动叙事进程、表达思想情感等。空间是人类实践活动的对象,也是人类实践活动的产物,被生产出来的空间必然会打上人的烙印,因此,作者在小说中可以用被人类生产出来的空间表征人物的性格特征。狄更斯就是这样的作家,他的小说是典型的人物小说,每部作品中都有数十个甚至数百个人物,狄更斯把这些具有不同特征的人物安置于不同的空间之中,空间表征着人物,人物改造着空间。例如《荒凉山庄》中温馨的布置与贾斯迪先生乐善好施的性格相得益彰,《董贝父子》中董贝公寓冷清、寂静的氛围正是董贝自私、孤傲性格的真实写照。此外,狄更斯在小说中还通过空间的转变或人物活动空间的转换推动

---

[1] 龙迪勇:《空间叙事学》,生活·读书·新知三联书店2015年版,第64页。

叙事进程，让小说叙事在空间的转变和转换中展开。《老古玩店》中的老古玩店、《远大前程》中的"沙堤斯庄屋"、《大卫·考坡菲》中的"栖鸦庐"、《董贝父子》中的"董贝公寓"等空间场所都经历了数次的变迁，狄更斯在小说中正是通过这些空间场所的变迁来推动叙事进程。人物活动空间的转换也是狄更斯在小说中推动叙事进程的主要方式之一，主人公生活空间的转移代替线性的叙事时间推动着叙事进程。例如在《匹克威克外传》《奥立弗·退斯特》等小说中正是主人公生活空间的转移推动着叙事进程。因此，空间叙事理论适用于狄更斯小说的空间研究。

二 迈克·克朗的文学空间理论与狄更斯小说空间研究

英国的文化地理学家迈克·克朗在《文化地理学》一书中专门用一个篇章探讨了文学空间和现实空间的关系。克朗文学空间理论的基本观点是"文学不是一面反映世界的镜子，而是复杂意义网络的一部分"[①]。克朗并不强调文学和现实世界的对应关系，他反对把文学空间看作我们认知现实空间的图式。克朗更看重文学空间所蕴含的文化意义、权力关系、情感因素等。他在书中重点研究了文学中的地区空间、家园空间、城市空间。克朗指出文学的地区空间不是现实世界的简单再现，而是作者主观经验的投射，寄托着作者的思想情感。从整个文化体系来看，过去、现在和未来的变迁都在文学的地区空间中留下了痕迹。克朗在文中举例道，哈代笔下的西撒克斯和现实世界并不是完全对应的关系，但是，它展示了西撒克斯的风土人情，揭露了金钱对土地的控制关系，为消失的田园生活唱了一曲挽歌。家园书写是古今中外文学作品中经常出现的一个题材。《奥德赛》中的主人公奥德修斯被迫外出征战，历经十年，功成名就。他在归家的途中经历千辛万苦，还和许多女性发生了关

[①] [英]迈克·克朗：《文化地理学》，杨淑华、宋慧敏译，南京大学出版社2005年版，第52页。

系，而其妻子却在家中为他守身如玉，拒绝许多男子的求婚。最终奥德修斯回到家中，重新确立了男人的权威。这有力地证明，文学作品的家园空间不是一个单纯的地理范畴，而是一个流动性、欲望、自由、束缚相互交织的地方。这一家园空间要求女性具有"女性气质"，男性具有"男子气概"，它是一个充满道德和意识形态的文化空间。城市是文学作品中的"常客"，以往的文学研究者只把城市作为文学作品的故事情节上演的场景。在考察过波德莱尔、狄更斯、福楼拜笔下的城市"闲逛者"后，克朗认为，这些城市作家自身就具有"闲逛者"的气质。因此，在克朗看来，城市空间已经融进文学作品的血液中，"远不能把文学作品当作简单描绘城市的文本、一种数据源，我们必须要重视文学作品中的城市空间以何种方式建立起来的"①。克朗的文学空间理论深受列斐伏尔"空间生产理论"的影响，并具有地理学家的独特视角。这种跨学科的文学批评方法改变了我们对文学空间固有的看法，使文学空间成为一个富有生机的批评场域。

依据迈克·克朗的文学空间理论，狄更斯小说研究不能只把其小说中建构的空间简单地看作客观的地理环境或社会环境，而是要着手考察空间的身份、民族、阶级、意识形态等因素，揭示文本建构空间的文化蕴含。例如，《荒凉山庄》中的大法官庭，不仅是事件发生的地点也是事件发生的方式和推动事件发生的力量来源，它在文中神秘莫测、看不清的具体形象映衬出了其内部程序的烦琐、不透明、不公开。这个大法官庭在小说中决定着文中主人公的命运走向，成了监禁和约束整个社会和个人生活无处不在的力量。

三 雷蒙·威廉斯的文学空间批评与狄更斯小说的空间研究

雷蒙·威廉斯是英国著名的文学理论家、批评家。虽然威廉斯没

---

① ［英］迈克·克朗：《文化地理学》，杨淑华、宋慧敏译，南京大学出版社2005年版，第27页。

有对文学空间下具体定义，但是他的《乡村与城市》一书却具有鲜明的文学空间批评视野。"他在书中把文学作品中所呈现的乡村空间、城市空间与现实中的乡村空间、城市空间巧妙地结合起来进行对比研究，揭示了乡村空间、城市空间二者之间关系的变化历程，及文学空间所具有的阶级烙印和意识形态色彩。"[1] 这也使威廉斯成为西方文学空间批评转向中不可忽视的一位文学批评家。城市空间和乡村空间是人类的主要居住空间，人们对这两种居住空间倾注了强烈的情感，并经常将它们作为两种基本的生活方式对立起来。威廉斯结合自己在"边界"（城市和乡村的交会处）的个人生存体验，以英国工业革命前后的变动时代的文学作品为参照，运用"情感结构"的分析方法，对乡村、城市这两个空间进行了深入的研究，勾勒了动态的英国文化地理空间。英国有描写乡村空间的悠久传统，威廉斯以描写乡村空间历史最悠久的田园诗为切入点，深入研究了近代英国乡村传统的空间形态。他首先对田园诗进行了反思，指出田园诗所描绘的没有苦难、没有剥削的有机乡村不过是编造出来的神话，是对真实历史的误导。文艺复兴之前的田园诗还存在着真实的乡村经验，它们既歌颂乡村的淳朴、美好，也谴责战乱剥削给农民带来的深重灾难。文艺复兴后，尤其是在17—18世纪英国新古典主义作家的笔下，乡村变成了脱离现实而存在的一个抽象文学形式，它作为城市的对立面，以纯真、富足、安静的姿态出现在田园诗歌中，成为逃离世俗和喧嚣城市的落脚点。威廉斯联系17—18世纪英国的社会现实，指出田园诗的这种情感结构所蕴含的意识形态功能。17—18世纪是英国资本主义农业秩序被开创出来的年代，这些田园诗的矛头所指向的是资本主义制度。田园诗中理想和谐的经济其实是在维护封建时代的价值观念，事实上自然和谐的秩序从来都不存在，即使是文艺复兴之前的乡村中也存在腐败和剥削现象。17—18世纪时期资本主义已经深入乡村，封建秩序已经被资

---

[1] ［英］雷蒙·威廉斯：《乡村与城市》，韩子满、刘戈等译，商务印书馆2013年版，第6—7页。

本主义农业秩序取代，乡村成为城市的附庸，城市是乡村的代理人。进入19世纪，英国随着工业革命的完成，现代化进程加快，城市逐渐取代乡村成为人类的主要聚居形式。与社会现实相对应，英国文学史上出现了许多以城市空间为描写对象的文学作品，威廉斯在文中以时间为线索，分阶段对这些文学作品中的城市空间进行了研究。18世纪末，英国处于城市化的初期，文学作品的城市空间作为乡村空间的参照物出现，被描写为一个喧闹、贪婪、肮脏的地方，那个时期的作家多半站在城市外围观照城市，忽略了城市的复杂性。威廉斯认为："真正的城市空间书写应该站在城市之中以城市人的视角和切身体验描绘出城市的随意性、多样性、矛盾性和混杂性。"[①] 这也是威廉斯十分推崇狄更斯的原因所在。19世纪中期英国的城市人口超过了乡村人口，这标志着一个新文明的转向，生活在这个时期的狄更斯在作品中展示了光明与黑暗交织的伦敦城，并把城市的复杂性融入人物的语言、行动和作品的结构中。

雷蒙·威廉斯在《乡村与城市》中用了大量的篇幅对狄更斯小说中的城市空间展开研究，他认为狄更斯小说使伦敦的空间呈现出了混杂、多样、随意等特征。学者在具体的研究过程中，不能用地形学或地区实例来解读狄更斯小说中的伦敦空间，而是要与狄更斯的小说叙事方式、人物塑造手段等联系起来考察空间的建构。狄更斯小说中的空间在文中有着非常重要的意义和价值，它们作为一种人文景观展示出复杂的情感结构。诸如焦煤镇与功利主义哲学，拖拖拉拉部与拖沓、冗长的行政效率，贫民习艺所与新济贫法，等等。综上所述，雷蒙·威廉斯的文学空间批评可以为狄更斯小说空间研究提供强有力的理论支持。

---

① [英]雷蒙·威廉斯：《乡村与城市》，韩子满、刘戈等译，商务印书馆2013年版，第293页。

四 本雅明的城市空间理论与狄更斯小说的空间研究

本雅明有着丰富的城市游历经验和城市生活经验。他出生在柏林，并在柏林度过了童年和青年时代，后迁居巴黎。本雅明在漂泊无依的后半生里先后游历了那不勒斯、莫斯科、魏玛、马赛等多座城市。他书写的《柏林童年》《柏林纪事》《那不勒斯掠影》《单向街》《巴黎，19世纪的首都》等都和城市空间密切相关。本雅明并没有在普遍性的范畴内给空间下定义，他的空间概念与城市中的建筑物及人的空间体验有直接的关联。空间是人类社会实践的对象，也是人类社会实践的产物，必然打上人类实践活动的烙印，在本雅明笔下，城市中的建筑空间也是如此，它们不是一个静止的客观存在物，而是融入了人类的具体实践活动和抽象思维活动，具有社会关系、意识形态内涵。例如在《那不勒斯掠影》中，本雅明对那不勒斯城市空间的"多孔性"和"渗透性"推崇备至。"多孔性指的是城市中各个空间没有清楚的边界，相互渗透、相互关联，如：新与旧、公共与私人、神圣与世俗等。"[①] 而《巴黎拱廊街》中的拱廊街、巴黎街道、世界博览会、街垒、中产阶级的卧室等则是巴黎繁荣梦幻的象征，它们是资本主义工业文明的成果，也是商品经济高度繁荣的象征。

在本雅明看来，随着资本主义的发展，都市人的日常生活空间在消失，经济空间则得到扩张，这种经济空间以商品、资本、劳动力、信息流动为主要内容，以利润增加为目的，都市人退化成纯粹的生产者和单向度的"消费者"。人是城市空间的主体，本雅明城市空间研究的最终目的是拯救置身经济空间中的都市人和他们贫乏的城市经验，避免都市人成为"单向度的人"。由此，本雅明"返回"19世纪的欧洲大都市巴黎、伦敦，发掘了巴尔扎克、狄更斯、波德莱尔等"闲逛者"。"城

---

① ［德］瓦尔特·本雅明著，陈永国、马海良编：《本雅明文选》，中国社会科学出版社1999年版，第176页。

市空间中的'闲逛者'既和城市亲近又保持了一定的距离。他们的闲逛行为并非一种社会活动而是一种美学活动,把超现实记忆、城市景观与自己的悲欢离合、喜怒哀乐结合起来,深度阅读城市。闲逛者拥有超越经济活动的桎梏,发现城市的混杂与多样性的能力。"[1] 本雅明认为,狄更斯就是这样的闲逛者。狄更斯的游荡范围是维多利亚时期的伦敦,他用脚步丈量了伦敦的每一寸土地,发现了伦敦城市空间的混杂性、任意性和无序性。狄更斯的小说就是其闲逛经验的真实记录。

的确如此,狄更斯从少年时期起就喜欢在伦敦的街道上闲逛,闲逛丰富了狄更斯文学创作的想象力。伦敦光怪陆离的城市景观激发了狄更斯的想象力,影响了其作品的美学风格。狄更斯曾十分得意地告诉记者,在伦敦几百万人中没有谁比他更了解伦敦,从鲍桥到布伦特福德,他对这个城市了如指掌。狄更斯小说中所有的伦敦"画面"都是他亲自考察绘制出来的。他还经常乔装打扮或在警察的保护下到伦敦治安不好的地方去闲逛,他的许多小说素材都是在街头闲逛得来的。伦敦著名的贫民窟"七街口"被狄更斯写进了《博兹速记》:"街道上,房子肮脏而散乱,不时遇见一个意料之外的院子,四面的房子不成比例,奇形怪状,就像养狗场里打滚的半裸的孩子一样。"《老古玩店》这个故事就是狄更斯在闲逛中得来的:"我虽然上了年纪,晚上却经常到外面去散步……我所以会在不知不觉中养成这种习惯则因为它给了我一个研究街上来往行人的性格和职业的机会。中午阳光眩眼,行人来去匆匆,极不适合于我这种无聊的工作。路灯或橱窗灯光映照出来的一闪一闪的面影,往往比白昼显示得更清楚,更有利于我的要求……一天晚上,我信步来到城里,一如通常那样徐徐行走着,脑海里想着很多的事情。忽然我的注意为一个询问所吸引……"[2] 由此可见,本雅明的城市空间理论可以为狄更斯小说的空间研究提供理论支撑。

---

[1] [德] 瓦尔特·本雅明:《发达资本主义时代的抒情诗人》,王才勇译,江苏人民出版社 2005 年版,第 110 页。

[2] [英] 狄更斯:《老古玩店》,许君远译,上海译文出版社 1980 年版,第 1—3 页。

第二章 狄更斯小说的空间概述

狄更斯生活的维多利亚时代是英国社会大变革和大发展的时代。英国初步完成工业革命,从农业社会过渡到工业社会,人口剧增、城市化进程加快,社会空间、物质空间和社会成员的精神空间都发生了剧烈的转变。狄更斯12岁辍学步入社会,从泰晤士河河畔黑皮鞋油厂的童工到维多利亚时代最负盛名的作家,一生都在和社会打交道。狄更斯是伦敦社会的"观察家"和城市的"闲逛者",伦敦高耸的烟囱、新建的铁路、蜿蜒的泰晤士河、林立的教堂、污秽不堪的贫民窟、繁忙的街道、腐朽的债务人监狱等都是狄更斯小说的描写对象。与同时代的作家相比,狄更斯写出了伦敦城市空间的独特性、复杂性和全面性,所以,后人常把维多利亚时期的伦敦称为"狄更斯的伦敦"。本章首先讨论狄更斯小说中的空间类型,然后从整体到个体、从具体到抽象全方位地概括狄更斯小说"伦敦空间"的独特性。

第一节 狄更斯小说"伦敦空间"的类型

空间具有物质、社会、精神、文化等多种属性,侧重不同的属性、依据不同的标准,空间理论界有许多关于空间分类的方案。列斐伏尔在《空间的生产》一书中提到了许多空间,如差异空间、身体空间、抽象空间、具体空间、矛盾空间、国家空间等。这些空间类型都可以纳入空间实践、空间再现和再现空间这个三元结构。空间实践对应的是感知的空间，它是人的感官系统能够感知到的具有物理性质的空间形态；空间再现对应的是构想的空间，是一个存在于观念中的精神空间；再现空间和生活空间相关联，是一个以现实生活体验为基础的精神空间，既具有物质性又具有精神性。在列斐伏尔三元结构的基础上，爱德华·索亚把空间分为三种类型：侧重于物质维度的第一空间，侧重于精神维度的第二空间，以及建立在第一、第二空间重构与结构基础上，融主体性与客体性、抽象与具象、真实与想象于一体的第三空间。由此可见，不同空间具有不同的维度、功能、规模，同一空间可以既具有物质维度又具有社会维度。对空间进行分类不是一件容易的事情，每种分类方法不可能把所用的空间都囊括，但为了便于人们理解和把握空间，对空间进行分类又是必须要开展的一项工作。狄更斯是一位城市作家，在小说文本中主要以伦敦为中心建构了一系列空间，这些空间类型大多既具有社会维度又具有物质维度。下文我们借鉴相关空间理论对现实空间的分类方法，以空间的功能为依据，把狄更斯在小说文本中建构的空间分为三种类型：生活空间、生产空间、权力空间。

一 生活空间

和现实生活中的人一样，小说中的人物需要在一定的空间场域展开日常生活，我们称这种空间场域为生活空间。生活空间既有物质性又具有社会性。从大的范围来看，狄更斯小说中人物的生活空间可分为伦敦和乡村两部分，其中伦敦是主空间。狄更斯生活在维多利亚时代，城市化成为不可逆转的趋势："19 世纪初，英国有 33.8% 的城镇人口，1831 年达到 44.3%，1841 年为 48.3%，到 1851 年达 54%，英国成为了世界上第一个城市化国家。"[①] 人口大量流入城市，城市规模

[①] Harold Carter & Roy Lewis, *An Urban Geography of England and Wales in the Nineteenth Century*, London: Edward Arnold, 1990, p. 36.

不断扩大，在城乡关系和国家政治经济生活中，城市替代乡村占有主导地位。狄更斯人生中的大部分时间都是在伦敦度过的，他是伦敦的闲逛者、观察者、书写者，对伦敦了如指掌，所以他把文本中人物生活的主要空间放在了伦敦。另外，狄更斯小说中人物生活的两大空间形成了一组二元对立结构。相对于乡村，大都市伦敦是繁华的，这里是全国乃至世界的政治、经济、金融中心，有便利的现代化设施、更多的就业机会，许多小城镇和乡村的青年怀揣梦想，告别家乡来到伦敦追寻改变命运的机会，《远大前程》中的匹普、郝尔伯特，《大卫·考坡菲》中的大卫、特莱得，《荒凉山庄》中的理查德·卡斯顿、威廉·格皮，《匹克威克先生》中的班杰明·爱伦和鲍伯·索耶医生等都是典型的代表。例如《远大前程》中，在乡村打铁铺做学徒的匹普每天垂头丧气，常常在黄昏时刻站在教堂公墓里看夜幕降落，拿自己的前程跟眼前那片寒风萧瑟的沼地相比较，觉得二者倒颇有些类似之处：单调，低下，看不见出路，浓雾弥漫，如大海茫茫。当匹普得知自己有去伦敦的机会时，"他觉得他的人生远景便顿改旧观，被晨光照耀得灿烂辉煌，完全变了个样儿。只是一想到还得过六天才能动身，就担心之至，唯恐这六天之内伦敦万一遭到什么意外变故，等他到得那里，或则仅见残垣断壁，或则早已影踪全无，那岂不扫兴！"[①] 这些外省青年带着梦想和希望来到伦敦，经过现实和欲望的洗礼，不管成功还是失败都在精神维度获得了成长。这些青年的城市化和现代化之路正是英国当时大时代背景的缩影和写照。

随着现代化进程的推进与城市化速度的加快，许多乡村也融入城市，成为城市的郊区或新兴的城镇。例如在《董贝父子》中，随着铁路的兴修，铁路沿线以前泥泞不堪的乡村形成了一些城镇，城市和乡村的联系越来越密切。但是，在狄更斯小说中，许多都市人仍然将乡村视为都市的对立面，相对于空气污浊、拥挤嘈杂的都市，乡村是一

---

① ［英］狄更斯：《远大前程》，王科一译，上海译文出版社2011年版，第176页。

个有治愈作用的世外桃源。《董贝父子》中的董贝在失去儿子后选择去乡村度假,治愈内心的创伤;《老古玩店》中的小耐儿祖孙二人为了逃避奎尔普的剥削,逃亡到乡村避难。狄更斯在《奥立弗·退斯特》中曾这样写道:"这个羸弱的孩子在青山茂林环抱中,在内地乡村的清香空气里所感到的欣喜和快乐,所享受的平静和安宁,谁能够描写?这些安闲恬静的景象如何印在苦于困居闹市的人们脑海中,如何把清新的气流深深地注入他们疲惫的心灵,谁能够述说?一生劳碌地住在拥挤狭窄的街巷中的人们,从来不存改换环境的奢望,习惯已经成了他们的第二天性,他们几乎爱上了一天也走不出去的那个小天地里的一砖一石;但即使是这样的人,当死神的手按到他们身上的时候,最终也会渴望对大自然的面貌瞥上一眼;他们一旦远离充满了往日悲欢的环境,好象立刻进入生命的一个新阶段。"①

狄更斯小说中小的生活空间主要由基督教堂、旅馆、酒馆、家宅等组成,其中家宅是最重要的组成部分。英国是一个信仰基督教的国家,教堂在狄更斯小说人物的日常生活中扮演着重要的角色,人们的洗礼、葬礼、婚礼、礼拜等日常活动都要在教堂里进行。另外,以教堂为载体的教区是国家最基层的管理机构,旅馆和酒馆是狄更斯小说中的人物经常出入的场所。维多利亚时代是大变革、大发展的时代,人和物大范围流动,旅馆在其中起了重要的作用;酒馆和咖啡馆之类的公共场所则是信息的集散地,各色人等在这里聚集,他们聊天、读报、交换信息。维多利亚时代是一个大变革时代,也是一个充满浪漫与冒险精神、带有优雅古典气质的时代。那个时代有衣着烦琐奢华的即将走向没落的贵族阶级,有穿梭于伦敦城的各个商号、银行、工厂的蒸蒸日上的资产阶级,还有一大批挣扎于生活线的小资产阶级与贫困潦倒的栖居于贫民窟甚至流浪街头的无产阶级。在狄更斯的小说中,每个阶级都有与之相对应的居住空间,贵族阶级多居住在具有历史和

---

① [英]狄更斯:《奥立弗·退斯特》,荣如德译,上海译文出版社1984年版,第283页。

时代感的古堡、山庄、老宅里，居住空间悠久的历史是贵族阶级身份的象征；新兴资产阶级所拥有的富丽堂皇的家宅则是其丰厚财富的表征；中下层人民的狭小、灰暗的生活空间则透露出维多利亚盛世华丽外表下掩盖不住的苍凉。由于生于小资产阶级家庭，狄更斯对中下层人民的生活空间最为熟悉。此外，当时中下层人民占社会成员的大多数，所以狄更斯在文中建构的生活空间大多是中下层人民的生活空间。三种不同类型的生活空间代表着三个不同的阶级，它们在狄更斯的小说中并列出现，形成鲜明的对比。这正是维多利亚盛世的真实写照——富有与贫穷并存、繁荣与危机同在、杂乱与秩序并行。

二 生产空间

生产空间是人类从事生产实践活动的场所。人类通过生产实践活动改变了空间的面貌，把和生产实践活动相关的生产力与生产关系都镌刻于空间之上，变空间中的生产为空间的生产。不同的生产方式所对应的生产空间必然不同。狄更斯生活的维多利亚时代，英国初步完成了工业革命，生产方式逐步由手工作坊过渡到大机器生产，高耸的烟囱、蜿蜒的铁路、轰隆隆的大工厂与败落的手工作坊同时存在于狄更斯的小说中。以大机器生产为代表的现代生产空间符合历史的发展趋势，正逐步占据历史舞台的中心，而以手工生产为代表的传统生产空间在现代工业文明的冲击下必然走向没落。狄更斯不是一个保守派也不是一个激进者，而是一个敏锐的时代观察者，他深知大工业生产取代手工作坊是必然的历史趋势。狄更斯在文中没有给即将消失的传统生产空间写挽歌，也没有给蓬勃发展的大工业生产空间唱赞歌，而是敏锐地观察出这两种生产空间的实质，并在文中对它们进行了全面而又深刻的展示。

与旧的生产方式相联系的传统生产空间在狄更斯小说中多以冷清、衰败的姿态出现。《奥立弗·退斯特》中那个处在泰晤士河的一个水湾之中的"雅各岛",曾经是一个磨坊池,也是附近居民饮用水的来源。受经济不景气和大法官庭诉讼拉锯战的影响,曾经十分繁荣的雅各岛变成了十足的荒岛,到处显现出一副衰败的模样,令人作呕的污垢、废物和垃圾装点着磨坊池的两岸,使这一带成为最邋遢、最奇怪、最特别的地方。《远大前程》中马格韦契最后的藏身之所"缺凹湾磨池浜"位于伦敦桥东边、蒲塘上下一带的河滨,这里原来是制造船只的作坊,但已经被遗弃了好多年,如今到处是锈迹斑斑的废船壳、堆积如山的木桶和木料、残破的风车。"缺凹湾磨池浜"浸没在淤泥黏土和海潮带来的垃圾中,呈现出一派衰败的景象,昔日的繁荣、富足之地变成今天令人作呕的藏污纳垢之所。狄更斯虽然在文中书写出了旧的生产空间的衰败之势,但是对旧的生产空间并不持完全否定的态度。在旧的生产空间中,人与人没有阶级和阶层的分化,劳动者与劳动产品没有分离,支配旧的生产空间的是人的自然情感而不是资本和技术。例如《董贝父子》中索尔舅舅的船用仪器制造商店位于英国的工业、金融中心伦敦城内,与周围代表现代工业文明的商贸公司、工厂等形成了鲜明的对比。船用仪器制造商店门可罗雀、无人问津,但索尔舅舅却视店内的每一件货物如珍宝,把它们摆放得井然有序。索尔舅舅宁愿相信店里的计时器也不愿意相信伦敦商业区所有的钟表。面对滚滚而来的现代化潮流,索尔舅舅就这样日复一日,平静、安详地守护着他的船用仪器制造商店,眷恋着即将消失的时代。狄更斯小说中新的生产空间固然代表着高效率和高速度,符合大时代的发展趋势,但也有许多弊端。在新的生产空间中,劳动者和劳动产品是分离的,财富分配不均,存在着阶级的压迫、剥削与劳动异化现象。例如在《艰难时世》中,狄更斯把庞德贝纺织工厂中的工人形象地称为"人手":庞德贝纺织工厂中"所工作着的那一片机器林里,每个人都站在自己所操作的织机旁边,而那些机器正在打着、压着、撕扯着,人和机器构成一种鲜明的对照……'人工'会把'天工'抛到完全被遗忘的地位……在这个纺织厂中,有成千累万的'人手';也有整百成千匹的蒸汽马力"①。单点乏味、讲究效率和速度的大机器生产把工人异化成了没有思想情感的"人手"。此外，伴随着现代化生产空间而来的还有林立的烟囱、污黑的河流，资源的过度开发和利用造成了环境污染和生态破坏，严重危害了人们的身心健康。《艰难时世》中的焦煤镇"是一个到处是机器和烟囱高耸的城镇，无穷无尽的长蛇般的浓烟，连绵不断地从烟囱里冒出来"②；《老古玩店》中工业城市高耸的烟囱冒出的黑烟在城市的上空形成浓密的黑雾，工厂中嘈杂的机器声震耳欲聋，煤灰和烟尘使树木和花朵都染上了黑色的斑点，萎缩了，被污染的池塘水面上浮起了一层青碧的苔藓，里面绿色的东西全不存在。另外，工厂大机器生产时代的到来使许多手工业者和农民破产，城市里拥进了大量的失业者，出现了许多贫民窟，盗贼横行，社会治安混乱。

三　权力空间

福柯将权力定义为"众多的力的关系，这些关系存在于它们发生作用的那个领域……而且它们构成自己的有机体"③，他认为现代社会知识、权力、空间之间存在着某种合谋关系，权力通过一系列知识序列，把自身镌刻在空间之上，空间成为权力的载体；同时，各种权力关系也在不断地塑造着空间。权力空间是指生产着控制与被控制、规训与被规训、教化与被教化等权力关系的空间形式。根据各种权力空间属性的不同，狄更斯小说中的权力空间可分为教育空间、司法空间和政治空间，教育空间包括各类学校和贫民习艺所，司法空间指文中出现的各类律师事务所、监狱、法庭，政治空间则包括各类行政机构。相对来说，司法空间在狄更斯小说中出现的频率最高，《小杜丽》一书

---

① ［英］狄更斯：《艰难时世》，全增嘏、胡文淑译，上海译文出版社1985年版，第84页。
② ［英］狄更斯：《艰难时世》，全增嘏、胡文淑译，上海译文出版社1985年版，第80页。
③ ［法］米歇尔·福柯：《福柯集》，杜小真编选，上海远东出版社1998年版，第345页。

就是围绕马夏尔西狱展开的,《荒凉山庄》则围绕大法官庭展开。这或许和狄更斯自身的生活经历相关,在狄更斯童年时期,他的父母因债务问题住进了债务人监狱,于是狄更斯经常出入那里;此外,成年后的狄更斯还在律师事务所工作过一段时间。狄更斯的生活经历使其对司法空间特别熟悉,司法空间便成了狄更斯小说中的"常客"。

权力、空间和身体有着厘不清的关系。个人是权力的节点,"权力以网络的形式运作,个人不仅流动着,而且他们总是既处于服从的地位又同时运用权力。"① "权力产生知识,通过知识改变服从于它的人,而塑造适合权力使用的'驯顺的肉体'。"② 学校里规范化的教学行为及严格的管理制度教化了学生这个个体,完全制度化的监狱规训着犯人这个个体,行政机关中由科层制、官僚话语、烦琐的行政程序组成的权力网络束缚着前来寻求帮助的公民。但是,狄更斯小说的权力空间具有差异性,其内部也存在着对同一逻辑的反叛,狄更斯小说中的权力空间不只生产了顺从的个体,也生产了反叛的因子。例如《董贝父子》中小保罗就读的勃林勃尔学校把学生当作标本小动物看待,给学生准备了堆积如山的学习资料。学生每天的学习时间为早七点到晚八点,以敲锣声为界分五个时间段,早上预习,晚上复习,上午、下午学习新的内容。教学内容分五个等级,从 A 到 E,从易到难,没有完成学习任务的学生禁止参加课间娱乐活动。学期结束后,学校会根据学生在校的综合表现做出评价。学习任务之重,管理制度之严格,以至于学生在睡梦中都受到繁重学习任务的折磨,时不时会撂出一句半句希腊语和拉丁语。就这样,勃林勃尔学校用知识作为工具,以自己为主导,以强制管理制度为手段,与学生建立了二元对立的紧张关系。勃林勃尔学校生产了无数被规训的个体,正在玩耍的学生看见校长和老师会下意识地选择逃跑。然而,小保罗是一个敏感且情感充沛的孩子,他经常反抗学校的教育管理

---

① [法]米歇尔·福柯:《必须保卫社会》,钱翰译,上海人民出版社1999年版,第28页。
② [法]米歇尔·福柯:《规训与惩罚》,刘北成、杨远婴译,生活·读书·新知三联书店2003年版,第153页。

制度，他在学校时常因为想念姐姐弗洛伦丝和船工老格里布而不能安心学习，还会替受罚的同窗求情。小保罗的这些"古怪"行为打破了学校空间的同一性，使学校变成了一个差异化的异质空间。

监狱管理制度进入现代社会后，发生了巨大的变革。古代的监狱管理制度以惩罚和消灭犯人的肉体为手段，以震慑犯人为目的，进入现代社会，监狱则完全制度化。首先，监狱通过统一着装、编号等手段去除犯人的个性和主体性，把犯人塑造成了无差别的个体。其次，监狱通过一系列奖罚措施强制犯人参加劳动，把他们改造了成经济上能够独立、行为上符合社会规范的个体。例如《双城记》中的马内特医生因为知道了侯爵家的一桩丑闻而被投入监狱，在监狱里待了十八年。在这十八年中，马内特被夺去了医生、父亲、丈夫的身份，成为北塔楼一百零五号犯人，每天从事制鞋这项改造劳动。由于长期的监禁、粗劣的饮食，马内特医生变得白发苍苍、眼窝深陷、面容憔悴，说话的声音丧失活力，行动变得迟缓和机械。完全制度化的监狱管理制度目的不是惩罚犯人的肉体，而是消磨犯人的精神和意志，通过把恐惧和顺从镌刻在犯人的意识之上，使犯人变得顺从。出狱后的马内特医生在家人的悉心照料下精神恢复正常、身体恢复健康，然而只要听到与监狱相关的人和事，他还是会再次发作，把自己关闭在屋子里，重拾制鞋的工作。但是，囚徒与监狱之间不只存在着规训与被规训的关系，还存在着反抗与斗争的关系。例如《大卫·考坡菲》中克里克做治安官的监狱实行一种"单人隔离囚禁"制度。这种监狱的设计理念是"囚人完全与别的囚人隔绝——所有被囚禁的人，没有一个人知道其余任何别人的情况；还有被囚禁的人，心神受到约束，导向健全的心境，因而生出真诚的懊悔与痛恨。监狱会根据囚人悔过自新的程度给予奖惩"[①]。然而监狱里面的 27 号犯人乌利亚和 28 号犯人利提摩在监狱里却始终如一、毫无改变，反而通过假装虔诚忏悔避免了被流

---

① [英]狄更斯：《大卫·考坡菲》，张谷若译，上海译文出版社 1980 年版，第 1239 页。

放出国的命运,还成为监狱里所有犯人悔过自新的榜样。这个事件不啻是对现代监狱管理理念的一种反讽。

第二节　狄更斯小说空间的整体特征

19世纪中期,英国的城市人口超过了乡村人口,在世界范围内,这是城市人口首次超过乡村人口,它标志着人类社会城市时代的来临。不同于乡村经验,城市经验呈现出了前所未有的流动性,城市中的人与人在这种变动不居的趋势中相互联系,相互融合。人类生存经验的变化也导致了文学表现内容和表达方式的改变,文学家的笔下描写的不再是往昔的神话和宁静的乡村,而是繁杂多样的城市景观。狄更斯就是生活在这个变革时期的作家,他用脚步丈量伦敦的每寸土地,用文学文本绘制伦敦地图,在小说中建构空间的多样性与复杂性。

一　空间的多样性

提起伦敦就绕不开狄更斯,人们常把维多利亚时期的伦敦称为"狄更斯的伦敦",传记作家阿克罗伊德这样说道:"伦敦创造了狄更斯,就如狄更斯创造了伦敦一样。当他来到这座城市的时候,是一个微不足道的小孩子;但到1870年他去世以前,他已经为他的后代重塑了这个城市。他发现了用砖造就的城市,而留下一个由人构成的城市。伦敦进入了他的灵魂,离开伦敦他就没有办法创作。"[①] 正如阿克罗伊德所说,狄更斯创造了"文学伦敦"。维多利亚时期的伦敦是大英帝国的政治、经济和金融中心,狄更斯是这座城市的闲逛者、书写者,在这座光怪陆离的城市中闲逛是他最感兴趣的事情。狄更斯对这座大都市了如指掌,作为一名以反映广阔社会生活为己任的城市作家,他

---

① [英]彼得·阿克罗伊德:《狄更斯传》,包雨苗译,北京师范大学出版社2015年版,第13页。

就像一名摄影师，伦敦的司法区、商业区、新门监狱、白厅的政治机关、修道院花园区、豪华住宅区、贫民窟都出现在他的小说中，狄更斯描写出了伦敦的广阔性和多元性。例如狄更斯的小说《远大前程》以主人公"匹普"的成长经历为线索，建构了许多城市空间。匹普是个孤儿，由姐姐抚养成人，但是暴戾的姐姐没有给匹普家的温暖，只有姐夫乔既像父亲又像朋友一样陪伴匹普成长。少年匹普淳朴的理想就是做乔的徒弟，在乔的打铁铺做工。一次偶然的机会，匹普被引进老小姐郝薇香的家，为了报复男人，郝薇香小姐鼓励匹普去追求自己的养女艾丝黛拉。匹普爱上了艾丝黛拉，高傲的艾丝黛拉却对匹普忽冷忽热。匹普开始抱怨命运的不公，因自己低下的身份配不上艾丝黛拉而感到痛苦。后来匹普的命运出现了转机，匹普曾经在沼泽地救过的犯人马格韦契在海外发了财，马格韦契为报答匹普的救命之恩，暗中出钱把匹普接到伦敦，准备把匹普培养成一名绅士，并让律师贾斯格做匹普的代理人。来到伦敦以后，匹普按绅士的身份消费，并向成为上等人的目标努力着，但又羞于和乔相认。然而好景不长，马格韦契潜逃回国，找到匹普坦白了一切，匹普的绅士梦破灭。匹普大病一场，在乔的精心照顾下逐渐好转起来，并认清了现实生活。在这部小说中，作者以主人公匹普的成长经历为线索，在文中建构的生产空间有乔的打铁铺、泰晤士河上的工厂、作坊等，在文中建构的生活空间有小职员文米克的沃尔夫斯堡、老处女郝薇香的沙堤斯庄屋、贫民乔的家、破落贵族郝伯特的家等，在文中建构的权力空间则是贾斯格的律师事务所、议会等。这些空间遍布伦敦的大街小巷，涉及伦敦的各行各业与各个阶层，展示了伦敦的广阔性和多元性。

二 空间的复杂性

狄更斯是英国文学史上一位置身城市空间、以伦敦为主要描述对象的作家，他把英国文学书写城市的传统推向了高峰。在狄更斯以前，英国文学书写伦敦的经验是晦涩的、不全面的。有的作家站在乡村的角度书写伦敦，伦敦的城市空间作为乡村的对立面出现，乡村代表着自然、宁静、和谐、富足，而作为乡村对立面的伦敦则是世俗、肮脏、拥挤的代名词；还有些作家局限于自己的生活状况和视野，只看到属于自己视野范围内的伦敦，他们或仅批判伦敦的黑暗、揭示伦敦的罪恶，或仅歌颂伦敦的光明与进步。而狄更斯则在小说中对伦敦城市空间进行了全面的书写，呈现了伦敦城市空间的复杂性。正如雷蒙·威廉斯所说："狄更斯的小说中的伦敦比那些工业革命早期出现的千篇一律的城市更深刻地体现出一种矛盾来：多样性和明显的随意性与一种最终被视为决定性的秩序共存；表面是明显的个体化现实，但超越于此，又常常隐藏着共同的情况和命运。"①

19世纪的英国文学仍然以乡村和小城镇为主要描写对象，出现在作家笔下的伦敦是乏味的、单调的。19世纪英国文学史上，唯一能像狄更斯那样精确地描述城市经验的错综复杂和矛盾性的作家是盖斯凯尔，但是与狄更斯不同，她所描写的城市是曼彻斯特，该城市是座具有代表性的工业城市。盖斯凯尔描写的中心在工业生产、市场、资本、阶级对抗，所涉及的城市空间范围相对有限。狄更斯则置身大都市伦敦，描写了伦敦城市空间的复杂性。狄更斯小说中的伦敦呈现出贫穷与富裕共存、繁荣与破败同在、光明与黑暗交织的景象。首先，狄更斯笔下的伦敦有豪华的住宅也有破烂不堪的贫民窟，比如维尼林先生和维尼林太太在伦敦一个崭新住宅区中的一幢崭新房子里举办高级宴会："维尼林家的每件东西都是簇新透亮的。他们的家具全都是新的，他们的朋友全都是新的，他们的仆人全都是新的，他们的黄铜门牌是新的，他们的马车是新的，他们的缰绳辔头是新的，他们的马是新的，他们的画像是新的……在维尼林家的房子里，从客厅里新绘上盾形纹章的椅子，直到有新式机件的大钢琴，再上楼，到新装的防火安全楼

---

① ［英］雷蒙·威廉斯：《乡村与城市》，韩子满、刘戈等译，商务印书馆2013年版，第218页。

梯，所有的东西都是精工油漆、闪闪发光的。"① 而乔居住的贫民窟"托姆独院"则"是一条很不象样的街道，房屋破烂倒塌，而且被煤烟熏得污黑，体面的人都绕道而行。在这里，有些大胆的无业游民趁那些房子破烂不堪的时候，搬了进去，把它们据为己有，并且出租给别人。现在，这些摇摇欲坠的房子到了晚间便住满了穷苦无靠的人。正如穷人身上长虱子那样，这些破房子也住满了倒霉的家伙，他们从那些石头墙和木板墙的裂口爬进爬出；三五成群地在透风漏雨的地方缩成一团睡觉；他们来来去去，不仅染上了而且也传播了流行病……"②。其次，狄更斯笔下的伦敦有高耸的烟囱、蜿蜒的铁路、轰隆隆的大工厂，也有旧的手工作坊。庞德贝纺织工厂中"所工作着的那一片机器林里，每个人都站在自己所操作的织机旁边，而那些机器正在打着、压着、撕扯着，人和机器构成一种鲜明的对照……'人工'会把'天工'抛到完全被遗忘的地位……在这个纺织厂中，有成千累万的'人手'；也有整百成千匹的蒸汽马力"③。《远大前程》中马格韦契最后的藏身之所"缺凹湾磨池浜"位于伦敦桥东边、蒲塘一带的河滨，这里原来是制造船只的作坊，但已经被遗弃了好多年，到处是锈迹斑斑的废船壳、堆积如山的木桶和木料、残破的风车，"缺凹湾磨池浜"浸没在淤泥黏土和海潮带来的垃圾中，呈现出一派衰败的景象。

总之，狄更斯小说中的伦敦城市空间具有多样、混杂等特征，它们改变了人们对维多利亚时期伦敦的看法。狄更斯生活的维多利亚时代，大英帝国处于最为巅峰的时期，当时的大英帝国最先完成工业革命，科学技术、经济总量及政治制度都领先全球；它拥有世界上最宽阔的殖民地，有着广阔的原材料产地和商品倾销市场，泰晤士河码头上的万吨巨轮每天繁忙地来往于世界各地；英国的首都伦敦则成为了全世界的政治、经济和金融中心，伦敦在人们心中是繁华、现代的象

---

① [英] 狄更斯：《我们共同的朋友》，智量译，上海译文出版社 1986 年版，第 12 页。
② [英] 狄更斯：《荒凉山庄》，黄邦杰等译，上海译文出版社 1979 年版，第 288 页。
③ [英] 狄更斯：《艰难时世》，全增嘏、胡文淑译，上海译文出版社 1985 年版，第 84 页。

征，人们的聚焦点在特拉法加广场新修的王宫、议会大厦，在伦敦城的东印度公司，在考文垂花园琳琅满目的商店，在海德公园为首届万国工业博览会新修的水晶宫，在伦敦新修的铁路和火车站。而狄更斯建构的文学伦敦不仅让人们看到了伦敦的繁华，也让人们看到了伦敦背后的苍凉和黑暗。狄更斯让我们知道伦敦除了有繁华的空间场所，还有污秽不堪的泰晤士河、弥天盖地的浓雾、破烂不堪的贫民窟、腐朽拖沓的大法官庭、肮脏破旧的债务人监狱、虚伪贪婪的贫民习艺所，狄更斯也因此被后人称为维多利亚时代道德和良知的"扫描仪"和"良心现先生"。

第三节 狄更斯小说空间的个体特征

狄更斯小说文本中的空间是作者以现实世界中的空间为摹本建构的空间。狄更斯是一个善于观察、具有丰富想象力的作家，他在文本中建构的空间具有自身的特征。具体来看，狄更斯小说中的空间具有听觉、视觉等特征，然而，与现实世界或图像世界的空间不同，狄更斯小说的空间是作者运用语言文字建构的空间，它还具有关系性、位置性、时间性等抽象特征。本节从具体和抽象两个方面概述了狄更斯小说空间的特征。

一 空间的具体特征

米克·巴尔（Mieke Bal）指出："空间感知中特别包括四种感觉：视觉、听觉、嗅觉和触觉。所有这四者都可以导致故事中空间的描述。"[①] 一般情况下，空间的形象、色彩、规模与人的视觉相关联；声音可以对空间描述做出贡献，寂静的空间和喧闹的空间有不同的表征意义；嗅觉也是空间描述的重要组成部分，许多空间都有属于自己的独特气

[①] ［荷］米克·巴尔：《叙述学：叙事理论导论》（第三版），谭君强译，北京师范大学出版社2015年版，第106页。

味，如花园的花香、厨房的烟火味等；触觉则一般被用来感知接触对象的物质材料，很少被用来描述空间。狄更斯在小说文本中建构的空间具有较强的图像感。提起狄更斯的小说，我们会想起熙熙攘攘的街道、污秽的河滨、灰蒙蒙的城市、被煤烟熏得黢黑的建筑，这正是因为狄更斯在建构空间的时候充分运用了与视觉、听觉、嗅觉等空间感知相关联的描述性文字。下文我们分别从视觉、听觉、嗅觉等几个方面来展示狄更斯小说文本空间的具体特征。

（一）空间的"可视性"

狄更斯小说文本空间具有极强的"可视性"。这首先表现在狄更斯小说文本空间形象的"可视性"方面。例如《艰难时世》中整个焦煤镇的建筑都是方方正正的，从学校、镇公所到医院、监狱无一例外，它们的区别只是门前招牌和匾额上所写的名字不同。焦煤镇的教堂也是方方正正的，只是比其他建筑的门顶上多了一个方形的钟阁。《马丁·瞿述伟》中汤姆·贫掐与其妹妹露丝租赁的房子位于一个死胡同里，是一所小小的很特别的老房子，里面有两间小小的卧室和一个三角形的客厅。这个奇特的三角形客厅见证了汤姆和妹妹的手足之情，以及露丝和西锁的爱情。《大卫·考坡菲》中坡勾提哥哥一家住在一所船屋里，"坡勾提的船屋位于亚摩斯一个四面八方都没有房子的荒滩上，上面伸出一个象漏斗的铁玩意儿，当作烟囱；那儿风不大吹得着，雨不大淋得着，正暖烘烘地往外冒烟。船帮上开了一个很好玩的门，船上面盖着顶子，旁面还开着小窗户。"[①]《荒凉山庄》中贾斯迪送给埃丝特和伍德科特的"荒凉山庄"则是圣经中"伊甸园"的现实版本："房子前是一个可爱的小小的果树林，绿叶丛中樱桃累累，草地上的一些苹果树，树影婆娑；四周田野呈现出一派又明媚又丰盛的景色，宁静而幽美；房前闪闪发光的河水向远方流去，这边是一片果树，悬挂着沉甸甸的果实，那边又有一个磨坊的水车在转动，发出嗡

[①] ［英］狄更斯：《大卫·考坡菲》，张谷若译，上海译文出版社1980年版，第49页。

嗡的声响；房子则是一所乡村式的房子，颇有农家风味，房间小巧玲珑，仿佛是玩具似的。"① 狄更斯笔下方方正正的焦煤镇、三角形的客厅、船型的房子、伊甸园似的山庄、玩具似的房间都具有极强的"可视性"，它们在读者脑海中留下了深刻的印象。

  狄更斯小说文本中的空间还富有色彩性。狄更斯生活的时代，英国完成工业革命不久，正处于蓬勃发展期，人们盲目地追求发展速度，忽视了环境。煤炭是当时英国工业生产的主要能源，城市上空一排排高耸的烟囱给整个城市都涂上了煤灰色，伦敦因此而成为了名副其实的"雾都"。狄更斯在文中描述空间最常用的色彩词汇就是"污黑"、"黑漆漆"等。例如《奥立弗·退斯特》中的泰晤士河"河上夜雾弥漫，停泊在各处码头附近的小船上灯火的红光因而显得更红……两岸给煤烟熏黑的货栈笨重而阴郁地矗立在密密麻麻的屋顶和山墙丛中，愠怒地俯视着黑得连它们这样的庞然大物也映照不出来的水面"②。《荒凉山庄》中的贫民窟"托姆独院"被煤烟熏得污黑，根本就看不出它原本的颜色。工业革命后，英国北方地区因为交通和原材料的优势兴起许多工业城镇，它们在统一的城市规划下建设而成，城内的建筑大多都是砖红色，由于工业城镇的污染比伦敦更甚，建筑物在煤烟的熏染下变成了不自然的红黑色，狄更斯在《艰难时世》和《老古玩店》中对此做出过生动的描述："焦煤镇是一个红砖房的市镇，那就是说，要是烟和灰能够允许这些砖保持红色的话；但是，事实摆在面前，这个镇却是一片不自然的红色与黑色，象生番所涂抹的花脸一般。这是个到处都是机器和高耸的烟囱的市镇，无穷无尽的长蛇般浓烟，一直不停地从烟囱里冒出来，怎么也直不起身来。镇上有一条黑色的水渠，还有一条河，这里面的水被气味难闻的染料冲成深紫色。"③ 至于《老古玩店》中小耐尔祖孙所经过的工业城镇，那里除了附着着黑

---

① ［英］狄更斯：《荒凉山庄》，黄邦杰等译，上海译文出版社1979年版，第1094页。
② ［英］狄更斯：《奥立弗·退斯特》，荣如德译，上海译文出版社1984年版，第417页。
③ ［英］狄更斯：《艰难时世》，全增嘏、胡文淑译，上海译文出版社1985年版，第28页。

色的红砖房子和池塘里浮出水面的青碧苔藓,整个城市都被染上了黑色。维多利亚时代是新旧交替的时代,既有蓬勃发展的生产空间和商业空间,又有破旧的作坊、古老破败的山庄,它们和熏得乌黑的建筑一起奠定了狄更斯小说空间的黑灰基调。例如《小杜丽》中克莱南太太的老宅"是一座砖砌老屋,阴暗得近乎黑色,孤零零地蹲在门道的里面。房子前面有一个四方的院子,院子里有一、二丛灌木和一块草地。荒芜滋蔓,周围的铁栏杆则锈迹斑斑,房子后面只见是杂乱无章的屋顶"[①]。《荒凉山庄》中斯墨尔维德一家住的那条狭窄的小街一年到头都是那样清冷、阴暗和凄凉,四下里的砖墙围得紧紧的,活像一座坟墓。《董贝父子》中位于董贝公司拐角处的肖普斯盖特街的布罗格利旧货铺子相当古朴、黯然,那里陈列着各种不合时宜的旧家具。

(二) 空间的"可听性"

狄更斯在小说文本中建构的空间不但具有"可视性",还具有"可听性"。狄更斯小说文本中的空间上演着喧嚣和凄清的二重奏,繁忙的商业空间人声鼎沸,高速运转的生产空间声音嘈杂,落魄的古宅萧瑟寂静,过时的作坊凄清冷寂,它们共同出现在狄更斯的小说中,演奏着大开大合的音调,一个处于大变革时代的伦敦便惟妙惟肖地跃然纸上。《董贝父子》中离家出走的弗洛伦丝见证了伦敦繁华的商业街从早上到中午的变化过程:"一大早人们来来去去,店门开了,这一天的斗争的碰撞声和喧闹声越来越响……上午逐渐消逝,阳光越来越强,街道上的喧闹声更响了,行人更多了,店里更繁忙了,熙熙攘攘的行人和马车吓得弗洛伦丝不知所措。直到她卷入了正朝那里涌去的人流。"[②]《小杜丽》中在外露宿了一宿的小杜丽见证了伦敦的商业中心一大早在喧闹声中苏醒的过程:"天空上还不见曙色,然而黎明已经来到了回声四起的大街铺路石上,来到了四轮运货马车、二轮运货马车、公共马车上,来到了奔赴各自工作地点的工人中间,来到了

---

① [英] 狄更斯:《小杜丽》,金绍禹译,上海译文出版社1993年版,第46页。
② [英] 狄更斯:《董贝父子》,祝庆英译,上海译文出版社1994年版,第821—822页。

赶早开门营业的商店里，来到了市场的交易中，来到了河边熙熙攘攘的人群中。"① 如果说熙熙攘攘的人群、拥挤嘈杂的街道、喧闹的叫卖声是狄更斯小说中商业空间的标志，那么轰隆隆的机器声则是生产空间的标志。《老古玩店》中小耐尔祖孙二人借宿的工厂是"一座又大又高的建筑，用铁柱支撑着，墙壁高处开了大的黑洞，为的是流通外面的空气——屋顶反应出铁锤的响声和熔炉的吼声，混杂着烧红了的铁浸到水里的喷喷声，还有上百种的在别处从未听到过的新奇的非人间的怪声——在这一个阴沉沉的地方，在火与烟中，一群人就像巨人般在那里工作着"②。《荒凉山庄》中朗斯威尔的钢铁工厂中各种铁器堆积如山，"铁水在远处的熔炉里发出白热的光芒和冒着气泡，有的铁制品在汽锤的捶打下，迸出明亮的火花，有的铁烧得通红，有的烧得白热，有的冷却变黑，还有铁的气味，铁的臭味，以及种种混杂的打铁声"③。与喧闹、嘈杂的商业空间和生产空间相比，落魄的古堡、古城和破败的作坊、废墟则是寂静、冷清的。《德鲁德疑案》中的"修院城是一座古城，对于向往熙熙攘攘的都市生活的人，它不是合适的居住地点。它单调沉闷，冷冷清清，到处可以闻到主教堂地下墓穴中的泥土味道……修院城内死气沉沉，它的居民们似乎认为，一切变化在这里都已成为明日黄花，再也不会出现了，修院城的街道总是静悄悄的，以至到了夏天，商店门口的遮篷也几乎不敢随着南风飘动一下"④。《董贝父子》中吉尔斯的船用仪器制造作坊位于伦敦城里的特许区内，这里是伦敦最繁华的商业区，城内街道上的喧闹声都能盖过教堂的钟声，船用仪器制造作坊里却十分冷清和寂静。随着工业革命的开展，大机器生产已经取代了手工作坊成为当时社会最主要的生产方式。每天一批批的人在船用仪器制造作坊门外的大街上

---

① ［英］狄更斯：《小杜丽》，金绍禹译，上海译文出版社1993年版，第244页。
② ［英］狄更斯：《老古玩店》，许君远译，上海译文出版社1980年版，第407页。
③ ［英］狄更斯：《荒凉山庄》，黄邦杰等译，上海译文出版社1979年版，第1080页。
④ ［英］狄更斯：《德鲁德疑案》，项星耀译，上海译文出版社1986年版，第21—22页。

来来往往，却没有一个人进店光顾吉尔斯先生的生意。店里一切都是静止的，唯一的变化就是吉尔斯身上那套咖啡色的衣服在逐渐褪色成浅黄色。

（三）空间的"可嗅性"

英国的工业革命给环境造成了巨大的破坏。伦敦上空一排排高耸的烟囱严重污染了空气，伦敦成了名副其实的雾都，整个城市都散发着污秽恶臭的气味。烟雾腐蚀了建筑物，也严重危害了人们的健康，肺结核、哮喘等呼吸疾病是维多利亚时代发病率最高的疾病。伦敦环境污染的另一个祸源是水污染。工业废水排入江河湖海，工业和生活垃圾堆积于河滨，这些都严重污染了河流；伦敦的母亲河泰晤士河变成了酱紫色，散发着恶臭的气味。狄更斯在《七街日暮》中描写道："街道和短巷从它身陷其中的那个不整齐的方形广场朝四面八方延伸出去，终于消失在悬在屋顶上空的不卫生的烟雾之中，从而使这一片污秽的景色显得既模糊又有局限性。在所有的街道拐角上闲荡的是一群群人，他们像是来到那儿要吸几口钻头觅缝地飘到那儿的新鲜空气似的，不过那股空气似乎已经筋疲力尽，再也没法强迫自己进入附近狭窄的小巷了"[①]。《大卫·考坡菲》中大卫和玛莎相见的泰晤士河河滨"许多地粘土湿的空地和埂路在老朽的木桩中间蜿蜒，穿过粘土、烂泥，一直通到潮水落潮所达到的地方。木桩上面还附着一种令人恶心的东西，还有去年的招贴，上面写着悬赏寻找淹死者的尸体，在高潮线上的风中扑打，疫疠之气，布满了这一带的各处。这个地方由于污浊的河流，泛滥溢出，看着仿佛慢慢腐朽下去，变得像现在这样一场噩梦的光景"[②]。《奥立弗·退斯特》中荒唐沟两岸的居民区"五六所房子屋后合用一条摇摇晃晃的木板走廊，透过木板上的窟窿看得见下面的淤泥；从被打破的和补过的窗子里伸出的晾竿上几乎从来看不见衣服；房间又小又脏，通风极差，所以空气充满恶臭，即使用于藏

---

① ［英］狄更斯：《博兹特写集》，陈漪等译，上海译文出版社1992年版，第91页。
② ［英］狄更斯：《大卫·考坡菲》，张谷若译，上海译文出版社1980年版，第996—997页。

垢纳污也未免太不卫生……墙壁污秽不堪,屋基腐朽下沉;触目惊心的贫困,令人作呕的污垢、腐物和垃圾,装点着荒唐沟的浑水两岸"①。此外,英国这个岛国是典型的海洋性气候,长期阴雨绵绵,由于建造时间久远又长期不见太阳,狄更斯笔下代表着旧英国生产生活空间的许多老旧的山庄、住宅、店铺等空间场所经常散发着霉味。《马丁·瞿述伟》中汤姆·贫掐每天上班时间"从车马喧闹的大街上来到圣殿的清静院子里,他一走过那关闭着的地窖,就闻见那象叹气似的从隔窗里跑出来的发霉的气味,在里面被人忘了的旮旯儿里,都有些什么遗失的文件正在腐烂下去,悄悄地对他讲殿堂的古老基础间有些圆顶地下室,砌上一块一块的砖,藏在那儿的,是一桶一桶什么样的最难得的陈葡萄酒"②。《远大前程》中郝薇香老小姐的房间"不见一线天光,屋子里空气混浊,一股霉味叫人喘不过气来。潮湿的旧式壁炉里刚刚生了火,看上去是熄灭的份儿多,旺起来的份儿少。弥漫在屋子里迟迟不散的烟,看来真比清新的空气还冷——很像我们沼地里的雾"③。

然而,狄更斯在小说中以现实世界为依托,以语言文字为媒介建构的空间毕竟与现实世界中的空间不同,除了具有现实空间的直观性、图式性,它还具有模糊性、非直观性、非完整性等特征。正如佐伦在《朝向空间的叙事理论》中所说:"叙事中的空间存在只有一小部分是基于直接描述;当语言对一个空间物体进行描述时,有些特征能被准确描述,有些不能,有些则被完全忽略,其整体性受到了损失。"④ 的确,狄更斯小说文本中的许多空间只有很少的信息,具有不确定、不完整等特征,读者需要通过想象在脑海中将这些空间补充完成。例如

---

① [英]狄更斯:《奥立弗·退斯特》,荣如德译,上海译文出版社1984年版,第458页。
② [英]狄更斯:《马丁·瞿述伟》(下),叶维之译,上海译文出版社1983年版,第282页。
③ [英]狄更斯:《远大前程》,王科一译,上海译文出版社2011年版,第92页。
④ Gariel Zoran, "Towards a Theory of Space in Narrative", *Poetics Today*, Vol. 5, No. 2, 1984.

在狄更斯小说中主人公经常出入的酒馆、旅店、驿站等公共场所，很多时候作者在文中对它们只是一笔带过，并没有展开详细、具体的描述。

二 空间的抽象特征

具体和抽象是一对相对应的哲学范畴，抽象是具体的本质，具体是抽象的现象，抽象寓于具体之中，通过具体表现出来。狄更斯小说文本中的建构空间除了具有"可视性""可听性""可嗅性"等具体特征，还有秩序性、时间性、位置性等抽象特征，读者只有把握了空间的抽象特征才能把握其本质。下文将对狄更斯小说文本中建构空间的抽象特征进行详细论述。

（一）空间的秩序性

秩序是事物所处的某种稳定的、连续的、确定的状态，空间就是某种特定的秩序。莱布尼茨认为，"空间是单子反映世界时按照某种秩序排列所呈现出来的表象和幻觉"①。米歇尔·德·塞托（Michel de Certeau）认为，"空间是一个被实践的地点，而地点是一种秩序（不管是怎样的秩序），根据这一秩序，各个组成部分被安排到共存的关系之中"②。狄更斯小说文本中的空间是以维多利亚社会空间为范本建构的空间。首先，它是维多利亚社会生产秩序的建构。维多利亚时代的生产秩序是资本主义生产秩序，它的核心是生产资料私有制，资本在其中占有主导地位。资本主义的生产秩序包括生产地点、生产者、生产工具、生产资料的所有者。资本家作为生产资料的所有者，以资本、效率为方向标在一定的生产空间内建构生产秩序；同时，生产秩序作为一种"力"反作用于生产关系，它弥散在空间之中，并规训制

---

① [英]罗素：《西方哲学史》（下卷），马元德译，商务印书馆2015年版，第119页。
② [法]米歇尔·德·塞托：《日常生活实践 1. 实践的艺术》，方琳琳、黄春柳译，南京大学出版社2009年版，第199—200页。

约着生产者。《大卫·考坡菲》中大卫童年时期工作过的枚格货栈主要把葡萄酒和烈酒装瓶搬运至轮船上,然后轮船远涉大洋,将它们运往东印度群岛和西印度群岛。枚格货栈的生产秩序体现在井然有序的生产流水线上。生产流水线由筛检瓶子、洗刷瓶子、装酒、贴标签、塞软木塞、在软木塞上打烙印、装桶打包、搬运至船等部分组成,各个组成部分分工协作,责任分明,枚格货栈的老板昆宁先生如果站起来从账桌上面一个窗户那儿往下看,就能够把整个生产流水线看得清清楚楚。这个集分工、协作、监督于一体的空间生产秩序大大提高了生产效率,但同时也削弱了工人的主观能动性,工人沦为生产活动的附庸,每天不断重复一项工作,无处不在的监控使工人的精神处于高度紧张的状态,磨灭了工人的自由意志。因此,《艰难时世》中焦煤镇的工人过着行尸走肉的生活,他们酗酒、打架、不按时进教堂做礼拜。庞德贝纺织厂的空间生产秩序比枚格货栈更严格,工人们每天中午只有一个小时的休息时间,机器日夜不停地连续运转,工厂通用的计算公式是:用了多少材料、燃料,花费了多少动力,赚了多少金钱。工厂里上千台机器轰隆隆,而站在机器旁边的工人却面如土灰、形容憔悴、筋疲力尽,做着机械、单调的工作。狄更斯在文中把这些变成机器奴仆的工人形象地称为"人手"。"庞德贝纺织工厂的工人斯蒂芬下班后站在街上,机器停止后产生的那种感觉又来了——就是感觉机器在他头脑中转动了半天又停了下来。"① 在现代大工厂空间生产秩序的规训下,工人已经完全丧失了自由意志,他们只能用手不停的在劳动来显示自己还是一个"活物"。这种空间生产秩序的背后有一双无形的手,这双手就是生产资料的私有制。占有生产资料的资本家利用空间建构新的生产秩序,他们千方百计地提高生产效率、延长生产时间以获取更大的剩余价值。为了原材料、商品等生产要素流通的方便,维多利亚时代的英国大肆兴修铁路。铁路是工业社会的重要标志,它

---

① [英]狄更斯:《艰难时世》,全增嘏、胡文淑译,上海译文出版社1985年版,第48页。

压缩着时间、扩展了空间，把整个英国乃至世界都纳入了资本主义的空间生产秩序中。在《小杜丽》中，整个伦敦城都感染上了一种叫"铁路债券"的瘟疫，从富人区"坎汶迪希广场"到"伤心园"无一幸免。大金融家莫多尔经营着银行，他对外发行债券，并集资去投资兴修铁路。大律师、大主教、巴纳克尔家族等一批非富即贵的名流绅士经常光顾大金融家莫多尔位于坎汶迪希广场哈莱大街的豪宅，他们簇拥在莫多尔的身边以期获得发财的机会；报纸上写的尽是莫多尔先生惊人的事业，惊人的财富，惊人的银行；小学生抄写百万富翁莫多尔的名字借以习字；半个便士的铜板也不会乱花的伤心园里的贫民也常把莫多尔挂在嘴边。一无所有的外国人施洗先生将省吃俭用省下的钱投资到莫多尔的银行里；克莱南把与多伊斯合股的企业资金投入莫多尔的银行里；蹲了二十几年债务人监狱的老杜丽把自己的财产全投到莫多尔的公司里。资本这双无形的手控制着整个伦敦城，城市空间的每个角落都被纳入资本主义的生产秩序，没有一个地方可以逃脱。但是，这种生产秩序并非铁板一块，其内部也存在着激烈的斗争，没有生产资料的工人为了获取属于自己的生存空间发起了旷日持久的工人运动。不过，在狄更斯的时代，处于上升阶段的资产阶级仍是空间生产秩序的主导者。

其次，狄更斯小说空间的秩序性表现在以社会空间为依托的权力规训上。福柯认为："空间是近代资本主义社会规训操控社会成员的重要场域。近代资本主义社会对工厂、学校、行政机构、监狱等公共空间实施权力秩序空间化分割，建构空间成为了规训社会成员的重要场域。"[①] 社会空间的划分表征、彰显着权力秩序，权力秩序就附着在空间之中，狄更斯小说中的学校、监狱、贫民习艺所、行政机关等社会空间中都上演着权力秩序的戏码。例如《小杜丽》中的威廉·杜丽因债务问题在债务人监狱——马夏尔西狱蹲了二十几年，并因此被人

---

① [法]米歇尔·福柯：《规训与惩罚》，刘北成、杨远婴译，生活·读书·新知三联书店 2003 年版，第 47 页。

称为"马夏尔西狱之父"。马夏尔西监狱制定有严格的管理制度,通信、探视、放风等活动都受到严格的监管。在马夏尔西狱蹲了二十多年的老杜丽出狱后,对自己在监狱二十多年的生活经历讳莫如深,他努力攀附权贵,想方设法挤进上流社会。老杜丽出狱后客居意大利,其间曾回伦敦一次,马车经过的路线故意避开了马夏尔西狱所在的街道。然而,老杜丽除不掉浑身的"监狱气息",洗不掉灵魂中"监狱的污垢",终于有一天,他神志恍惚、理智意识崩溃,在思想上又回到了马夏尔西狱。在一次上流社会人士的宴席上,他当众讲道:"女士们,先生们,现在——哈——由我负责——嗯——来欢迎你们光临马夏尔西狱,欢迎光临马夏尔西狱……"① 由此可见,附着着权力秩序的空间所规训的对象不是人的肉体而是人的精神和灵魂。监狱是狄更斯小说中经常出现的空间场域,在现代社会工具理性的挟持之下,狄更斯小说中的整个社会就像一座大的监狱。学校的权力秩序施加于学生的精神上,旨在培养服从社会主流价值观的顺民;贫民习艺所的权力秩序施加于无产者、流浪汉的灵魂,旨在为工业社会培训更多的劳动力;在行政空间中,权力秩序空间化,工作人员、办事人员都在权力秩序的主宰之下,整个空间中无所不在的是规训者和监督者的身影。

最后,狄更斯小说文本空间的秩序性还体现在以家庭空间为依托的伦理秩序上。家庭空间是狄更斯用于拯救不完美世界的乌托邦。伊瓦肖娃在《狄更斯评传》中曾指出:"家庭是狄更斯小说的基石,理想的社会制度就应该建立在这块基石之上。甚至当狄更斯提出他当时最尖锐的社会问题时,他也是从人们之间相互关系的观点出发来对待这些问题的——从教育、伦理以及归根到底从家庭观点出发来对待这个问题的。他的正面主人公都得到了幸福的家庭,而坏人则在家庭幸福方面受到惩罚。"② 狄更斯理想的家庭空间伦理秩序应当男主外、女

---

① [英]狄更斯:《小杜丽》,金绍禹译,上海译文出版社1993年版,第327页。
② [苏联]伊瓦肖娃:《狄更斯评传》,蔡文显等译,广东人民出版社1983年版,第83页。

主内,父慈子孝,一家人相亲相爱、其乐融融。在狄更斯的价值观中,人生的圆满不仅需要功成名就,还要拥有一个幸福的家庭。例如在《我们共同的朋友》中,哈蒙和贝拉在伦敦郊区布莱克海斯的单幢小屋里建立的温馨小家就是狄更斯笔下完美家庭的典型代表。贝拉和哈蒙结婚后,哈蒙负责挣钱养家,他每天吃过早餐后去商业区的一家"中国货商号"工作。贝拉则负责家务,她每天早上把自己打扮得漂漂亮亮地送丈夫出门上班,回来后脱下精致的服装,围上围裙立刻着手干一天的家务活。小屋子被贝拉收拾得井井有条、明亮而富有生气。贝拉最喜欢的书是《英国家庭主妇日用大全》,且从来不追问丈夫工作的细枝末节。在狄更斯看来,哈蒙和贝拉的小家所体现出来的伦理秩序是幸福生活的源泉。但是,现代化思潮并没有使家庭空间成为世外桃源,反而不断冲击着传统的家庭空间结构,家庭空间传统的伦理秩序因此变得支离破碎。在《董贝父子》中,董贝心心念念想要一个儿子,因为在当时的社会只有男嗣才能继承家业。孩子对董贝来说就像一笔资金,女孩只不过是一个不能用来投资的货币,男孩才是能给公司增加名声和威望的一笔良性资金,儿子才能使董贝父子公司成为真正的董贝—父子公司。因此,董贝耗费大量的心血努力把小保罗培养成董贝父子公司合格的接班人,甚至不惜采用拔苗助长的教育方式。而对女儿弗洛伦丝,董贝则十分冷漠。《马丁·瞿述伟》中的约那斯生性凶残,为了早日继承家里的财产,甚至不惜给父亲的药里下毒。《奥立弗·退斯特》中的班布尔更是因看中了班布尔太太的财产才和她结婚。

综上所述,秩序是空间运作的主要方式,空间的生产秩序体现在生产工序的空间划分和监控上,空间的权力秩序体现在社会空间层级和区分方面,空间的伦理秩序表现为家庭空间中成员之间的权力关系与空间位置。

(二) 空间的时间性

时间和空间是人类存在的两种基本方式,它们互为一体、密不可分，时间是空间中的时间，空间是一定时间阶段中的空间，它们互为标准才能被考察和测定。《劳特里奇叙事理论百科全书》中指出:"叙事空间（narrative space）作为故事内人物活动的场所，其特征由以下四方面的因素共同界定：空间边界、空间内的物体、空间所提供的生活场景和时间维度。"[1] 巴什拉在《空间的诗学》中则认为："空间不是物体的储存室，而是时间的栖息地。"[2] 狄更斯在小说中建构的空间不是没有时间的抽象空间，它同样具有时间性。狄更斯小说文本中建构空间的时间性主要体现在以下几个方面。

首先，狄更斯小说文本中的空间具有时代特征。狄更斯小说主要以维多利亚前期的伦敦为描写对象，维多利亚前期这个时间定位确定了狄更斯小说文本中空间的政治经济关系、风土人情等。例如功利主义在维多利亚时期十分盛行，是当时社会政治经济等多个领域的指导思想，功利主义唯结果论而不唯动机论，功利主义者认为，人类幸福的源泉是个人利益得到满足，他们追求的是最大多数人的幸福。维多利亚时期工业资产阶级的座右铭就是："获取利润，快快发财，一切行为只要能产生增加利润的效果，无论其动机与手段何等卑劣，都在所不计。"[3] 功利主义思想鼓励人们积极进取，促进了社会财富的积累；但另一方面，功利主义思想也导致私欲膨胀，使人与人之间的关系变成了赤裸裸的金钱关系，社会中弱势群体的利益得不到保障。我们在狄更斯小说《艰难时世》中看到了一个被功利主义思想支配的"焦煤镇"。镇上的建筑方方正正，都长得一模一样。镇上的国会议员葛擂硬是一个只讲事实的人，他经常在口袋里装着尺子、天平和乘法表，随时随地准备对任何事物进行称量。葛擂硬为人处世的原则是：二加二等于四、不等于更多。葛擂硬在镇上办的学校也贯彻"事实"

---

[1] David Herman (ed.), *Routledge Encyclopedia of Narrative Theory*, London; New York: Routledge, 2005, p. 552.
[2] [法] 加斯东·巴什拉：《空间的诗学》，张逸婧译，上海译文出版社2009年版，第4页。
[3] 周敏凯：《十九世纪英国功利主义思想比较研究》，华东师范大学出版社1991年版，第64页。

原则，他只允许学校培养学生的"事实"原则，其他一律禁止。镇上的工业资本家庞得贝也是功利主义的信徒，他的工厂通用的计算公式是：用了多少材料、燃料，花费了多少动力，赚了多少金钱。庞得贝认为一切都可以用数字来计算和估量，一切都可以制造，布可以制造，爱情也可以制造。维多利亚社会在道德方面则奉行清教徒式的道德观，对个人的道德操守有严格的要求。清教徒式的道德观十分重视家庭和婚姻的完整性，婚外恋、私奔、离婚等行为都被认为是不道德的。狄更斯小说中几乎没有性爱场景的描写，一个家庭通常都是男主外、女主内，女主人公温柔贤惠，但缺少理性、经常感情用事。狄更斯小说空间中的时代特征正是空间时间性的表现。

其次，狄更斯小说文本空间的时间性还表现为空间储藏着过去的时间，空间是时间的标示物，是特殊的时间形式。《荒凉山庄》中属于德洛克家族的切斯尼山庄已经有七八百年的历史，德洛克家族祖祖辈辈的画像分别挂在不同的房间里，旅客依次参观这些挂着画像的房间，仿佛进行了一次穿越七八百年历史的时间之旅。《远大前程》中郝薇香小姐结婚当天，其未婚夫骗了她许多金钱并弃婚而逃，郝薇香小姐的卧室时间就停留在结婚的那一刻，时钟是静止的，仍旧指示着结婚当天的时间，郝薇香小姐身上穿着婚纱，头上戴着鲜花，脖子和手上都戴着亮闪闪的宝石。卧室里衣衫狼藉，还有东一只、西一只没有收拾好的箱子。郝薇香小姐脚上只穿着一只鞋子，另外一只还放在梳妆台上。她的披纱也没有完全戴好，带链的表还没有系上，应该戴在胸口的花边和一些小装饰品以及手帕、手套、花朵、祷告书等被乱七八糟地堆放在穿衣镜周围。在郝薇香小姐的卧室里，时间仿佛是静止的，但是白色的婚纱已经失去光泽，褪色泛黄了。郝薇香小姐已经从一位丰腴的少妇变成了形容枯槁、白发苍苍的老妪。曾经堂皇富丽的屋子也非复昔日，房间里的物件都霉尘满布，变得破烂。餐桌上的蛋糕已经腐烂，上面结满了蜘蛛网。甲虫、老鼠、爬虫在屋子里爬来爬去。屋子里的这些变化都是时间的"杰作"。郝薇香小姐房间里"变"与"不变"的鲜明对比,正是空间时间性的突出体现。

由此可见,狄更斯小说文本中的空间具有时间性。时间和空间是一对互为存在的矛盾体,它们之间既有对立又有统一。空间具有秩序性和广延性,而时间则具有流动性和顺序性。但时间是发生在一定空间内的时间,空间的秩序、关系等又都具有时间性。脱离空间谈时间和脱离时间谈空间都是不可取的。

(三)空间的位置性

现实世界中的空间具有位置性,空间与空间之间及空间内部具有前后、左右、上下、中心边缘的位置关系。此外,空间的位置关系还包含秩序、文化、权力等因素。例如在许多文化中,同一空间的前与后、上与下、中心与边缘具有不平等的地位。"前面""上面""中心"等方位词的等级要高于"后面""下面"与"边缘"等方位词。与现实世界中的空间一样,狄更斯小说文本中建构的空间也具有位置性,这种空间的位置性具有隐喻和象征意义,表征着文本空间的权力、伦理、价值逻辑。例如,在狄更斯小说《小杜丽》中,大金融家莫多尔位于坎汶迪希广场哈莱大街的房子十分豪华,贵族阶级泰特·巴纳克尔在格罗符诺广场马房街的家位于伦敦城曾经最高贵的住宅区,然而这个只有上流社会的名流才有资格住的地方现在却日渐衰落。中产阶级卡斯贝在格雷公馆的房子位于城市的次中心,房子里面肃穆而恬静,室内的家具刻板庄严、色调灰暗。与莫多尔和泰特·巴纳克尔位于伦敦富人区的房子不同,穷人普罗希尼居住的"伤心园"位于伦敦的郊区,这里曾经是皇家的狩猎场,现在则是烟囱林立的工业区。根据文中不同阶级居住空间的位置,我们就可以大致勾勒出伦敦当时的城市规划图,且能从中看出阶级的分化和差异。伦敦城市空间从中心到边缘、从西区到东区依次为:繁华的商业区与大贵族和大资产阶级聚居区域、中产阶级聚居区域、工业区与贫民窟。正如列斐伏尔所说,"空间已经成为了资本和权利的象征……空间的位置和社会阶级相互对应，如果每个阶级都有其聚居区域，属于劳动阶级的人无疑比其他人更为孤立"①。由此可见，空间的位置性表征着空间的权力秩序。《董贝父子》中董贝先生的家是一所大房子，坐落在波特兰街和布赖恩斯通广场之间一条街的背阴一边。在维多利亚时代，波特兰街是紧挨伦敦最繁华的商业中心伦敦城（伦敦城是伦敦市中心的一部分，是英国的工商业和金融中心）的富人区，能在那里拥有一套房子无疑是尊贵和财富的象征。董贝先生家的空间是这样分配的，董贝先生住在一楼，拥有三间房间，且三间房间是连通的。董贝先生的三间房间直通大厅，包括一间起居室、一间图书室，再过去就是一间玻璃暖房（可以作为早餐室）。董贝的房间视野开阔，人坐在房间里，院子里的风景一览无余。而董贝的一双儿女以及仆人等则都住在二楼。董贝的居住空间无疑是所有空间中位置最好的中心地方，全部家庭人员的一举一动都能被他尽收眼底。其他人不能自由进入董贝先生的房间，只有他拉铃招呼的时候，其他人才被允许进入。这正是董贝在家庭空间中大家长身份地位的体现。因此，董贝家庭空间内部各空间之间的关系不只是上与下、中心与边缘的关系，也体现着伦理和权力的关系。

---

① ［法］亨利·列斐伏尔：《空间：社会产物与使用价值》，包亚明主编：《现代性与空间的生产》，上海教育出版社2003年版，第50页。

第三章　狄更斯小说的空间建构

　　小说文本中的空间是作者以现实世界为基础，以联想、想象为依托，以语言文字为媒介，运用各种叙述技巧建构的空间，具有动态、具象等特征。鲁思·罗侬（Ruth Ronen）在《小说中的空间》中将小说文本中建构的空间定义为"文学叙事中的事件、人物和物体的环境、背景等所构成的'域'（domain），此域与文学叙事中的其他域（故事、人物、时间和意识形态）一同组成了小说的世界"[1]。佐伦在《走向叙事空间理论》一文中认为小说文本中建构的空间由地点和行动域构成，"地点是空间中可以被度量的一点（如房子、城市山林、河流等）；行动域是可以容纳多个事件在同一地点发生，也可以包含同一事件连续经历的空间。"[2] 两人都指出了小说文本中建构空间的某些特征，诸如时间性、关系性等，但没有展开具体的阐释和论述。本章中，笔者首先辨析在研究过程中容易和文本中建构的空间相混淆的几组概念；其次结合狄更斯的小说，对狄更斯在小说文本中所建构的空间展开研究，指出其建构空间的形态、特征，分析他在空间建构过程中所采用的方法，然后在此基础上对其所建构的空间进行分类并阐释。

---

[1] Ruth Ronen, "Space in Fiction", *Poetics Today*, Vol. 7, No. 3, September 1986, pp. 421–438.

[2] 龙迪勇：《空间叙事学》，生活·读书·新知三联书店2015年版，第13页。

第一节　与小说空间建构相关的几组概念辨析

随着人文社会科学的空间转向，文学的空间研究成为新的学术热点。但是笔者注意到，在具体的研究过程中，研究者容易把作者在文本中建构的空间和现实世界中的空间、文学的环境、场景等概念相混淆，因此，本节首先需要对文本中建构的空间与相关概念之间的联系与差别展开辨析，为下面的研究夯实基础。

一　小说建构的空间与现实世界中的空间

小说文本中的空间是作者以现实世界为基础，以语言文字为媒介建构的空间。作者在文中建构的空间可分为物理空间、社会空间、心理空间等。不可否认它们与现实世界中的空间有千丝万缕的联系，许多读者甚至还会把它们和现实世界中的空间相混淆。狄更斯的小说中的空间是以伦敦为摹本所建构的空间，狄更斯以丰富的想象力和敏锐的观察力比同时代的作家更生动地描绘了维多利亚时期的伦敦，无论是作品中事件发生的地点还是作品中人物的经历都和伦敦有着错综复杂的关系。狄更斯在文中对贫民窟、贫民救济所、监狱等空间的建构使读者对维多利亚时期的伦敦留下了深刻印象，为此，后来的许多研究者按图索骥，为狄更斯小说中的空间寻找现实世界中的原型。例如唐娜·戴利（Donna Dailey）主编的《伦敦文学地图》一书就开展了这项工作。戴利通过考察指出，泰晤士河上的"圣救世主码头"就是《雾都孤儿》中"雅各布岛"的原型，位于伦敦舰队街的老柴郡奶酪酒吧就是《双城记》中卡顿与达尔奈一起吃饭的舰队街酒吧的原型。[①]讨论文本中建构的空间与现实世界中的空间的关系，还应从叙事学研

[①] 唐娜·戴利、约翰·汤米迪：《伦敦文学地图》，张玉红、杨朝军译，上海交通大学出版社2011年版，第95页。

究不可回避的"可能的世界"谈起。最早涉及"可能的世界"理论的是亚里士多德，他在《诗学》中指出："诗人的职责不在于描述已发生的事，而在于描述可能发生的事，即按照可然律和必然律可能发生的事……写诗这种活动比写历史更富有哲学意味，更被严肃的对待；因为诗所描写的事带有普遍性，历史则叙述个别的事"①；"为了获得诗的效果，一桩不可能发生而可能成为可信的事，比一桩可能发生而不能成为可信的事更为可取。"② 亚里士多德所说的"不可能发生而可能成为可信的事"和"可能发生而不能成为可信的事"都存在于人的观念之中，而不是存在于现实世界之中，这和我们后来所说的"可能的世界"理论有某些相通性。但亚里士多德并没有展开关于"可能的世界"的探讨，亚里士多德这一论断主要强调艺术模仿可以在符合可然律和必然律的基础上运用想象和联想对现实世界加以筛选和改造。因此，亚里士多德的"可能的世界"还不是真正意义上的"可能的世界"理论。第一个真正意义上提出"可能的世界"理论的是莱布尼茨。莱布尼茨认为"世界是可能的事物组合，现实世界就是由所有存在的可能事物所形成的组合。可能事物有不同的组合，有的组合比别的组合更加完美。因此，有许多的可能世界，每一个由可能事物所形成的组合就是一个可能世界"③。在莱布尼茨看来，一个世界只要不违背逻辑规律就是可能的世界，现实世界是实现了的"可能的世界"，也是最好的最真实的世界，因为这个世界是神挑选出来的。现在让我们把"可能的世界"的范围缩小为"可能的空间"。"可能的空间"包括已经实现的存在于现实世界中的空间，以及未在现实世界中实现的空间。作者在文本中建构的空间因符合事物存在的必然律和可然律也属于"可能的空间"，但这个可能的空间是作者凭借想象力用语言文

---

① ［古希腊］亚理斯多德：《诗学》，［古希腊］亚理斯多德、［古罗马］贺拉斯：《诗学·诗艺》，罗念生、杨周翰译，人民文学出版社1962年版，第28页。
② ［古希腊］亚理斯多德：《诗学》，［古希腊］亚理斯多德、［古罗马］贺拉斯：《诗学·诗艺》，罗念生、杨周翰译，人民文学出版社1962年版，第101页。
③ 赵炎秋：《可能世界理论与叙事虚构世界》，《文艺争鸣》2016年第1期。

字建构的空间，它只存在于人的观念里，并不具有物质性，永远也不能在现实世界中存在（图一）。

```
                    可能的空间
                   ↙        ↘
            现实中的空间    未实现的可能的空间
                           ↙              ↘
                    其他的可能的空间    作者在文本中建构的空间
```

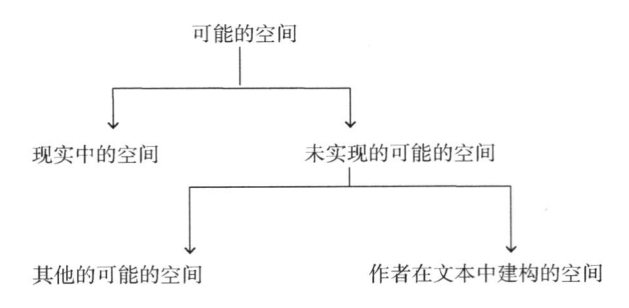

图一　文学作品中的空间示意图

去过伦敦的人应该会发现，在伦敦查令十字街附近的确有一家老古玩店（图二），但这个老古玩店并非狄更斯小说《老古玩店》中小耐尔外祖父的"老古玩店"。现实中的老古玩店是物质性的，而《老古玩店》中的老古玩店则是狄更斯在文中用语言文字建构的空间。现实中的空间和作者在文本中建构的空间也并非泾渭分明，诸如上面所提到的狄更斯小说中《雾都孤儿》中的"雅各布岛"、《双城记》中卡顿与达尔奈一起吃饭的舰队街酒吧等都能在现实生活中找到原型。而狄更斯小说中还有很多空间是作者根据现实空间中的存在逻辑虚构的，例如《董贝父子》中董贝的官邸。如果我们把可能的空间比作一个星系，那现实的空间无疑则是一颗恒星，因为它是实现了的"可能的空间"。环绕着现实空间的是各式各样的可能的空间，它们大都存在于人的想象、判断和推理之中，一部分空间则被作者在文本中用文字建构了出来。再进一步思考所有未实现的可能空间，我们会发现其中有的空间距离现实空间很近，几乎是现实空间的摹本；有的空间则距离现实空间很远，只是采用了现实世界的某些逻辑标准。由于本书主旨所限，我们在这里只讨论作者在文本中所建构的可能空间。

根据与现实世界中空间的关系，作者在文本中建构的空间可以被分为以下几种类型。

图二　伦敦查令十字街附近的老古玩店

1. 全部临摹现实的空间。这种空间类型全然根据现实世界中的空间临摹而来，不做修改和添加。这类空间多出现在报告文学中，如根据1968年通车的南京长江大桥创作的报告文学《南京长江大桥》。

2. 部分临摹现实的空间。这一空间类型仍然以现实中的空间为摹本，只是在局部做了某些修改和调整。如狄更斯小说《荒凉山庄》中乔居住的贫民窟"托姆独院"，它就是以伦敦著名的贫民窟"圣贾尔斯"为原型，而在局部做了修改和调整。"托姆独院"和"圣贾尔斯"一样归属大法官庭管理，这里房屋倒塌破败，被煤烟熏得污黑，里面住满了穷苦无靠的无业游民，是伦敦治安最差的地方，体面的人都绕道而行。但是，作者在"托姆独院"这个空间中设置了具体的人物关系和行动事件，模糊了它的具体位置，使之成为了有别于"圣贾尔斯"的虚构空间。

3. 全部虚构的空间。这种空间类型在现实世界中没有原型，作者虽然可以虚构，但是要遵循现实世界的逻辑标准和可能性，同时也要符合特殊性与普遍性相结合的原则。例如狄更斯小说《马丁·瞿述伟》中的托节斯公寓就是狄更斯全部虚构的空间，但是狄更斯遵循了维多利亚时期伦敦城公寓的普遍标准。正如作者在文中所说："这个伦敦城倒确是无愧于托节斯公寓，还颇跟它所有的近亲本族都永结盟好，唇齿相依，因为还有成千成百的这种古怪公寓在那儿聚族而居呢。"①

4. 神奇的空间。人是万物之灵，富有想象力和创造力，不会只满足于眼前的真实空间，为了满足人类日益扩大的精神需求，作者势必会突破摹本的限制，建构更富有想象力的空间，神奇的空间于是应运而生。作者将真实世界的标准和规律作为建构神奇空间的基础，神奇空间中的每个元素在现实世界中都可以找到对应的摹本，但是这些元素组合在一起构成的空间却又让读者感到十分怪诞和神奇。例如狄更斯小说《远大前程》中文米克的家沃伍尔斯城堡："只见这地方全是些黑沉沉的小巷、水沟和小花园，看起来幽静的有点近乎冷清。文米克的住宅是一座小木屋，坐落在一个小花园中央，屋顶的造型和漆色，好像一座架了炮的炮台……我满口称赞这样的小房子，我生平还是第一次见识；那种哥特式的窗户真是奇形怪状到极点（绝大多数可是装门面的），一扇哥特式的门矮到了简直走都走不进去。文米克说：'你瞧，那儿还竖着一根地地道道的旗杆，每逢星期天，我就把一面地地道道的旗升上去。你再瞧瞧这儿。这座吊桥，我一走过去就这样随手吊起，于是就里外不通了。'"② 小木屋、炮台、旗杆、吊桥等在真实世界中都能找到摹本，但是这些元素被缩小组合在一个家宅中就会给人神奇、怪诞的感觉。

5. 荒诞的空间。荒诞的空间是扭曲了现实世界理性逻辑和标准的空间类型，当读者用理性的标准去把握和认知这种空间的时候，会觉得它们的秩序和意义混乱、荒诞、离奇，而只能用非理性的标准去把握和认知它们。例如狄更斯小说《远大前程》中郝薇香小姐居住的"沙提斯庄屋"，它在文中未出现之前，作者就借主人公匹普的口吻这样写道："我早就听说过镇上这位郝薇香小姐——在这一带方圆数里

---

① [英] 狄更斯：《马丁·瞿述伟》，叶维之译，上海译文出版社1983年版，第183页。
② [英] 狄更斯：《远大前程》，王科一译，上海译文出版社2011年版，第227页。

之内，哪个不知道镇上的郝薇香小姐是一位家财豪富、性格冷酷的小姐，独自个儿住一幢阴暗的大房子，窗封门锁，严防盗贼，过着一种与世隔绝的生活。"① 多年前，新娘郝薇香小姐一切准备就绪，将要举办婚礼的时候，新郎却抛下她独自逃跑了，那一时刻是八点四十分。从此，郝薇香小姐就使自己的居所停留在了这一刻。她足不出户，把门窗都封闭起来，许多年过去了，"沙提斯庄屋"已经变得荒凉、破败、腐朽，而头发已花白的郝薇香小姐却还穿着婚纱坐在她的房间里。当我们用现实世界中的理性标准去观照"沙提斯庄屋"时，会觉得它荒诞不经，然而当我们放下理性标准而浸入"沙提斯庄屋"这个空间的时候，就会感受到郝薇香小姐这位悲剧人物怪诞行为背后所透露出的苍凉和苦楚。这种荒诞的空间到了福克纳和卡夫卡等作家的小说中得到了更为集中的书写。例如福克纳小说《纪念爱弥丽的一朵玫瑰花》中爱弥丽小姐的小屋子和卡夫卡《城堡》中的城堡，等等。

从全部临摹现实的空间到荒诞的空间，作者的想象力不断增强，不断突破现实的约束。可能的空间有无数个，实现了的可能空间的数目要远远少于未实现的可能空间的数目。人作为万物的灵长，有幸生活在现实空间中，现实空间是人开展实践劳动的场所，也是生产实践的对象，且人类生产出来的空间还能反作用于人类自身，但是面对未能实现的可能空间，人类还是会喟然长叹。为了弥补遗憾，人类转向叙事，希望通过语言文字把形形色色未实现的可能空间建构出来。文字建构的空间丰富了我们的日常生活，试想如果没有《桃花源记》中的"桃花源"、《西游记》中的"花果山"、《红楼梦》中的"大观园"，我们生活的世界将是多么无趣。作者用文字建构的空间如此生动有趣，以至于读者对它们难以忘怀，并试图在现实生活中寻找它们的踪影。现实世界中当然不会有陶渊明笔下的那个"桃花源"，即使

---

① ［英］狄更斯：《远大前程》，王科一译，上海译文出版社2011年版，第55—56页。

存在同名的此"桃花源",那也非文字建构的彼"桃花源"。此外,文字建构的空间常常会遮盖我们对真实空间的认知,譬如对没有去过湘西的人来说,他们脑海中的湘西可能就是沈从文先生笔下的湘西。从真实空间的角度来看,真实空间是文字建构空间的一面镜子,文字建构的空间必然会受到真实空间的制约,如果摆脱了这种制约,读者将无法理解文字建构的空间。荒诞的空间也不例外,它可以不遵循真实空间的逻辑和标准,但一定会和真实的空间有着某种联系。

二 小说建构的空间与环境、风景等概念的区分

环境、风景和场景也是经常和空间相混淆的概念,因为它们都是场所概念,都具有物质性,也是文学研究中经常出现的名词。但是,空间不完全等同于环境、风景与场景,因此结合具体的文本对它们之间的关系展开辨析,指出它们之间的差异是很有必要的。

(一) 空间与环境

人物、情节和环境是小说的三要素。与小说环境相关的理论术语有"典型环境""地理环境"等,下文将对这些术语进行梳理,并指出它们和空间的差别。

黑格尔在西方文论史上较早提及了艺术的环境要素,虽然他没有给环境下明确的定义,但是环境对艺术的影响贯穿他的整个美学体系。黑格尔指出"'一般的世界情况'即教育、科学、宗教乃至于财政、司法、家庭生活以及其他类似现象的情况与艺术的发展密切相关"[1],并强调"每种艺术作品都属于它的时代和它的民族,各有特殊环境,依存于特殊的历史的和其他的观念和目的"[2]。与黑格尔同时代的斯达尔夫人(Madame de Stael)把文学置于大的社会环境中去考察,她在《论文学》一书中明确宣称:"我的本旨在于考察宗教、风尚和法律对

---

[1] [德]黑格尔:《美学(第一卷)》,朱光潜译,商务印书馆1979年版,第228页。
[2] [德]黑格尔:《美学(第一卷)》,朱光潜译,商务印书馆1979年版,第19页。

文学的影响以及文学对宗教、风尚和法律的影响。"① 黑格尔和斯达尔夫人的这些见解为他们之后的法国文学批评家泰纳的"文学环境决定论"提供了思想资源。泰纳认为人生活在世界上被自然环境和社会环境环绕着，考察人的文化艺术活动就不能避开环境要素。泰纳所谓的"环境"是一个复杂的概念，既包括地理、气候等自然条件也包括政治、战争、宗教风俗等社会环境。与社会环境相比，自然环境是一个相对稳定的要素，因此泰纳更看重社会环境。他从社会环境的角度强调"某些持续的局面以及周围的环境顽强而巨大的压力，被加于一个人类集体而起着作用，使这一集体从个别到一般，都受到这种作用的陶铸和塑造"②。此外，泰纳的时代要素中所包含的时代精神，即不同时期占据优势的观念，也可以归并到"环境"概念中去。在论证文学艺术的三要素对历史上各种艺术的制约作用的基础上，泰纳明确地提出了"精神气候"的概念，用于强调环境对文学艺术的决定性影响。精神气候指的就是风俗习惯与时代精神，泰纳确信："要了解一件艺术品，一个艺术家，一群艺术家，必须正确的设想他们所属的时代的精神和风俗概况。这是艺术品最后的解释，也是决定一切的基本原因。这一点已经由经验证实；只要翻一下艺术史上各个重要的时代，就可以看到艺术是和某些时代精神与风俗情况同时出现，同时消灭的。"③

在泰纳看来，文学的演变受制于时代精神和风俗习惯，这就需要引导人们花费大量的时间和精力去研究文学中的环境要素，还原历史中的社会环境和自然环境。在泰纳的环境决定论中，文学中的自然环境和社会环境既指涉文学的外部环境也指涉文学中所呈现的环境。但遗憾的是，泰纳更多地是把文学中的环境描述作为一种历史文献来看待，而忽视了文学作品的审美价值。例如在《巴尔扎克》一书中，泰纳把巴尔扎克笔下的世界与人物，以及巴尔扎克的创作才能和文体风

---

① [法]斯达尔夫人：《论文学》，徐继曾译，人民文学出版社1986年版，第12页。
② 伍蠡甫等编：《西方文论选（下卷）》，上海译文出版社1979年版，第237页。
③ [法]丹纳：《艺术哲学》，傅雷译，人民文学出版社1963年版，第7—8页。

格,都与时代背景和风俗习惯联系在了一起考察。

  由此可以看出,泰纳"环境决定论"中的环境是外在于文本主体的客体,而空间是一种关系的建构,人是各种关系的主体,通过空间中的位置、顺序、层级等呈现出来的社会关系、权力关系、伦理关系都和人这个主体息息相关。以狄更斯小说《董贝父子》中的慈善学校为例,"环境决定论"主要会去考察慈善学校和维多利亚时代精神、风俗习惯的契合度;反之,"环境决定论"也可通过狄更斯小说中的慈善学校还原维多利亚社会的时代精神。在这个过程中,学校只是一个静止的客体,空间被考察的慈善学校则主要涉及学校空间是怎么样被生产出来的,学校空间怎么样通过位置、层级、编码等手段去分割权力关系。在学校空间里,空间和人都是主体,空间不是一个客观的、静止的容器,而是一个运动的、充满异质力量的主体。

  与泰纳一样,恩格斯的"典型环境论"也来源于黑格尔的美学体系。"环境在黑格尔的词汇中叫做'情境'(situation),是由当时'世界情况'(Weltzustand)决定的。"[①] 但是,黑格尔的环境论还是基于"理念说",回归于感性显现,具有唯心主义色彩。恩格斯在批判继承黑格尔"情境论"的基础上提出了"典型环境"说。典型环境由恩格斯在《致玛·哈克纳斯的信》中首次提出,和典型人物联系在一起。《城市姑娘》的故事情节发生在工人运动高涨的1887年前后,文中的工人阶级却以消极的形象出现,没有对周围的压迫环境进行积极的反抗,而是无助地等待政府的恩施,不符合历史发展的实际情况。恩格斯认为《城市姑娘》的人物足够典型,而促使人物行动的环境不够典型,他确认巴尔扎克的《人间喜剧》完美地展现了典型环境中的典型人物。《人间喜剧》的故事发生的时间是1816—1848年,这个时期正是资产阶级上升、贵族阶级没落的时期。巴尔扎克并没有给自己心爱的贵族阶级唱赞歌,而是遵循了贵族阶级必将走向灭亡的历史规

---

① 朱光潜:《谈美书简》,北京出版社2004年版,第117页。

律，在文中对他们进行了无情的嘲讽和讽刺。

由此可见，"典型环境"的"环境"是指："行动发生的具体场合，即客观现实世界，包括社会类型、民族特色、阶级力量对比、文化传统和时代精神，总之，就是历史发展的现状和趋势。"[①] 在文本中，典型环境体现为故事发生的社会环境，它的主要作用是交代故事发生的背景，影响人物的行动和性格形成，间接地揭示故事的主旨。典型环境和典型人物是融为一体的，人物为主体，环境仍是服务人物的客体。典型环境多指社会环境，而空间不仅包括社会空间，还包括物理空间。文本中具体的社会空间是大的社会环境的重要组成部分，但社会空间不仅是故事发生的场所、人物活动的舞台，也是一个包含着复杂社会关系的能动主体。如狄更斯小说中的"铁路"是文中典型环境的重要组成部分。"铁路"是工业社会的重要标志，象征着进步，预示着文中的维多利亚社会是资本主义日益上升的时期。《董贝父子》中的资本家董贝十分傲慢且野心勃勃："地球是造来让董贝父子公司在上面做生意的，太阳和月亮是造来给他们光亮的。江河大海是造来供他们的船在上面航行的；彩虹是用来给他们预报好天气的；星辰沿着轨道运转……"[②] 作为生产主体的铁路缩短了时间，压缩了空间，加速了人员、商品的流动速度，提高了生产力；铁路还改变了城乡之间的关系，使铁路沿线成为新的经济增长带，令人们产生新的身份认同。

（二）空间与风景

风景来源于大自然，是和地理学相关的概念，但不是大自然中所有的景物都能成为风景，只有那些经过游客欣赏和感受过的景物才能称得上风景。同样，文学风景也需要作者这个观赏者。"自然美是客观地存在于现实社会之中的，因此，艺术作品描绘自然美，也必须符合客观存在的自然美的真实，只有以客观存在的自然美的真实为基础，

---

① 朱光潜：《谈美书简》，北京出版社2004年版，第117页。
② ［英］狄更斯：《董贝父子》，祝庆英译，上海译文出版社1994年版，第2页。

才能产生世态美的真实性。"① 文学风景首先是基于自然景物的主观反映;其次,作者是"观看"风景的主体,被作者欣赏过的风景必然会注入作者的主观色彩,自然的景色灌注了作者的"情",情景交融才能成就文学风景。由此我们可以这样定义文学风景:文学风景是审美主体对自然风景的主观反映和意志投射,它承载着作家独特的情绪感悟和意识形态倾向。最近国内文学研究界新兴的"文学地理学"就是以文学风景为研究对象。文学地理学研究者所做的研究工作可以概括为以下几个方面。

一是基于风景带的文学流派划分。作者的创作受自然风景的影响,不同风景带的作家有不同的创作风格,研究者们会根据风景带划分文学流派,探究根植于作家灵魂深处的原风景。《隋书·文学传序》就曾经提到:"江左宫商发越,贵于清绮;河朔词义贞刚,重乎气质。气质则理胜其词,清绮则文过其意。理深者便于时用,文华者宜于咏歌。"② 古今文学史上有许多以风景带命名的文学流派,诸如"白洋淀文学流派""里下河文学流派"等。

二是文学风景还原。文学风景还原的是文学中所描述风景的地理定位,文学的风景基于自然景物,研究者找出和文学风景相对应的自然环境,去那里进行现场考察,体悟作者的创作情境。例如为了深刻理解沈从文先生笔下的湘西,文学地理学研究者主张去湘西实地考察,在湘西的山山水水中体悟沈从文先生笔下的"湘西",感受他文本中"湘西"的丰富性、鲜活性与生动性。

三是文学风景的精神探源。文学有悠久的以景抒情的历史传统,按照美学的评价标准,客观地临摹自然风景是不能上升到艺术境界的。正如王国维在《人间词话》中所说,"以我观物,故物皆著我之色彩"。例如托马斯·哈代在《德伯家的苔丝》一书中用了大量的笔墨去描写布蕾谷的乡村风景,读者通过阅读这些风景描写,可以体悟到哈代对

---

① 伍蠡甫主编:《山水与美学》,上海文艺出版社1985年版,第346页。
② (唐)魏征:《隋书》,中华书局1973年版,第1730页。

工业文明挤压下日益消失的乡村风景的怜惜之情。

　　风景与空间虽然都具有物质性和场所性,但是两者之间仍旧有许多不同之处。文学风景是一种地理的存在,它有两个重要的维度,分别是作者和自然风景,文学研究者主要关注人和自然的契合度,即自然风景对作者的熏陶和作者情感对自然风景的浸染。文本中的空间则不同,它是一种关系的建构、文化的建构,具有社会性、实践性,作为空间的风景不再只是一种自然景观,而是打上人类实践烙印的空间生产形态。以狄更斯小说中经常出现的"泰晤士河"为例,泰晤士河是伦敦的母亲河,作为文学风景的"泰晤士河"哺育了一大批英国作家,通过作家笔下的泰晤士河,我们可以了解伦敦乃至整个英国的风土人情及作者的情感寄托。作为文学空间出现的"泰晤士河"是一种空间生产形态,狄更斯小说中的泰晤士河上,从伦敦出发川流不息来往于世界各大洲之间的轮船、河滨废弃的作坊、新兴的工厂、林立的贫民窟、被煤烟熏得污黑的河水等都是资本主义生产方式的体现,这种文学空间自身也生产着新的生产关系。

　　此外,场景也是经常和空间相混淆的场所概念。"作为电影、戏剧的专业术语,场景是指在一定的时间、空间内发生的一定的任务行动或因人物关系所构成的具体生活画面,是人物的行动和生活事件表现剧情内容的具体发展过程中阶段性的横向展示,也可以意指在一个单独的地点拍摄的一组连续的镜头。"[①] 影视场景有许多组合方式,诸如平行、交叉、重复、连续等,这些组合手段直接决定了影片的精彩程度。文学场景与影视场景有相通的地方,文学场景是生活的一个横切面,是在特定的环境下一个时间点或一个时间段内人物活动的场面。场景包括人物、环境和事件,它在文中的作用主要是塑造人物、渲染气氛和表达主题等。空间则与场景不同,空间不受特定时间点或时间段的限制。正如巴什拉所说:"空间在千万个小洞里保存着压

[①] 沈贻炜:《影视剧创作》,浙江大学出版社2012年版,第162页。

缩的时间。"① 另外，场景和风景、环境一样是外在于人物的场所存在，空间则是和人物相互赋予意义的统一体。

第二节 狄更斯小说文本中空间建构的形态

狄更斯小说文本中的空间是作者以现实世界为基础，以联想、想象为依托，以语言文字为媒介建构的空间形式，它是一个稳定的叙事形态，读者可以通过想象和联想来把握它。但同时它又不具有物质形态，我们须从边界、规模、密度、维度、层次等几个角度对其作出定位，以便读者能更好地把握和理解狄更斯在小说中建构的空间。

一 空间的边界

边界在现实世界中表明着实体的存在，它是分割不同空间的手段，也是联系两个空间的纽带。现实世界中的边界有长与短、实与虚、有形与无形之分。国与国之间的边界是真实存在的，而赤道、经纬度则是无形的虚边界。边界对以现实世界为基础的建构空间也很重要，它是空间研究主要关注的对象。弗里德曼（Susan Stanford Friedman）曾对既是空间之间的间隙又是空间之间的纽带的边界做出这样的评定："所有故事都需要边界，都需要跨越边界，即需要跨文化接触的区域，以便吸纳所有个体都从属其中的各种集体身份；边界围绕着纯与杂、同与异、内与外等二元对立而发挥作用；由性别、族裔、阶级、宗教等构成的有边界的系统形成等级，在等级的基础上形成社会秩序。"②以现实世界边界的分类标准为参照，狄更斯小说文本中建构空间的边

---

① ［法］加斯东·巴什拉：《空间的诗学》，张逸婧译，上海译文出版社2009年版，第7页。
② Susan Stanford Friedman, "Spatial Poetics and Arundhati Roy's *The God of Small Things*", in James Phelan and Peterj Rabinowitz, eds., *A Companion to Narrative Theory*, Blackwell Publishing, 2005, pp. 197 – 196.

界可分为有形与无形两种形式。

（一）有形的边界

首先，狄更斯小说中最常见的有形边界是门、窗、墙等，它们分割的不只是物理空间也是社会权力空间。小说空间边界中，有的可以允许人自由出入，有的则是禁锢的，在自由与禁锢之间隐喻着文化权力逻辑。从不同空间类型来看，监狱、政府部门、贫民习艺所、法庭、律师事务所、学校等公共空间的边界是禁锢的，而私人居住空间的边界则是可以自由出入的；从同一空间类型内部来看，监狱、政府部门等公共权力机关的边界比律师事务所等公共事务机关的边界把守得严格，富人的居住空间与其他阶层的居住空间边界相比把守得更为严格，权力和财富在这个过程中发挥了重要的作用，公共权力机关禁锢的边界凸显了权力的威严，紧闭大门的高门宅邸则是财富和身份的象征。例如"拖拖拉拉部"是《小杜丽》中一个重要的行政管理部门，行政效率极其低下，"不了了之"是拖拖拉拉部的办事原则。克莱南去拖拖拉拉部咨询老杜丽的债务案情，来来回回五次才得以进入拖拖拉拉部见到负责人小巴纳克尔，小巴纳克尔却推脱自己只负责"船舶吨税"相关的业务，老杜丽的债务案属于老巴纳克尔的职责范围。克莱南又去格罗符诺广场马房街拜见在家养病的老巴纳克尔，老巴纳克尔打着官腔，说着模棱两可的话，搪塞克莱南道：质询老杜丽债务案的相关情况需要克莱南返回拖拖拉拉部提交申请书，走法定程序。克莱南回到拖拖拉拉部，通过信差再次见到小巴纳克尔，接着去秘书处、相关职能办公室，见了甲、乙、丙、丁办事员，填写了一堆表格，又分别去不同的部门登记、签字、会签，然而要得到迫切需求的查询结果还需遥遥无期地耐心等待。现代社会权力对人的规训不是体现在对人肉体的惩罚和凌辱上，而是转移至空间中，紧闭的大门以飞扬跋扈的姿态压制着前来办事的人的尊严和灵魂。贫民窟则是狄更斯小说中边界把守最为松弛、出入最为自由的空间场所。例如《荒凉山庄》中乔所居住的"托姆独院"就是伦敦最著名的一个贫民窟："其里面有一条很不像样的街道，房屋破烂倒塌，而且被煤烟熏得污黑，无业游民趁那些房子破烂不堪的时候，搬了进去，把它们据为己有，并且出租给别人；穷人们在这里来来去去，这些摇摇欲坠的房子到了晚间便住满了穷苦无靠的人。"[1]

其次，狄更斯小说中建构空间的边界不是固定不变的，而是处于浮动的状态。边界的变迁预示着空间范围的扩大与缩小，与之相关联的是空间的兴旺、衰败、被入侵、充满斗争等。例如狄更斯小说《荒凉》中波依桑的古宅和德洛克男爵的切斯尼山庄比邻而居，双方因边界上的一条草地小路的归属权闹上了法庭。德洛克男爵认为这条草地小路归切斯尼山庄，他要在小路上修建一座大门，把路纳入自己的空间领域，而波依桑则认为小路归自己所有，千方百计地阻止对方修建大门，最后双方都以侵占自己土地的名义把对方告上了大法官庭。在狄更斯小说《董贝父子》中，伴随着铁路时代而来的是城市化进程的加快，城市规模的不断扩大，及城市边界的外移，曾经破败、荒凉、肮脏不堪的郊区随着铁路的到来形成了城市，宏伟的建筑取代了贫民窟斯塔格斯花园，曾经的荒地上一座座别墅、花园和教堂拔地而起，泥泞的小路变成了宽广的新街，里面涌动着川流不息的车辆和人群。

最后，在狄更斯小说中边界背后的两个空间常常具有二元对立的复杂关系，他们表现出同与异、纯与杂、内与外、新与旧、善与恶的差别，富有强烈的伦理道德和社会权力色彩。《小杜丽》中马夏尔西狱高高的围墙分割出两个世界，一个是日常生活的世界，一个是债务人的世界。在马夏尔西狱待了二十年之久的老杜丽在监狱里被人尊称为"马夏尔西狱之父"，不断地接受或主动向别人索取馈赠，他不以为耻、反以为荣，马夏尔西狱就是他的"美丽新世界"，他对围墙外车水马龙的自由世界深感不安。《远大前程》中郝薇香小姐居住的"沙堤斯庄屋"紧闭的大门、被封死的窗户隔离了新、旧两个世界，

---

[1] ［英］狄更斯：《荒凉山庄》，黄邦杰等译，上海译文出版社1979年版，第288页。

庄屋里的钟表时间还停留在几十年前郝薇香小姐准备结婚的那个时刻，尽管郝薇香小姐已经从丰腴的少妇变成了干瘪的老妪，她身上仍然穿着当年的那件婚纱。匹普生活得充满梦想和欲望、日新月异的新世界和"沙堤斯庄屋"这个旧世界形成了鲜明的对比。《远大前程》中文米克居住的沃伍尔斯城堡的一座吊桥把城堡与现实世界隔离开来，与驳杂的外部空间相比，由一座小木屋、一座小花园、一个炮台和一个旗杆组成的沃伍尔斯城堡则是一个纯真、温馨的空间。这里有父慈子孝的亲情，情投意合的爱情，情同手足、互帮互助的友情，通过吊桥进入这个空间，文米克由自私冷血的律师事务所职员变成了温情脉脉、孝敬父亲、关爱妻子、提携朋友的有情有义的人，匹普则由欲望膨胀、努力攀附上层社会的世故之人变成了纯真、善良的好青年。《奥立弗·退斯特》中泰晤士河藏匿犯罪分子的"雅各岛"则是一个至恶的空间，仅与城市一水之隔，这里却是独立于整个城市的法外之地。

（二）无形的边界

狄更斯小说文本中建构的空间不仅有有形的、可视的边界，还有无形的、不可见的边界。其中，狄更斯小说中人物心理空间的边界、背景空间的边界、戏剧舞台上的空间边界等都属于无形的边界，无形的边界是隐形的、浮动的、不可见的，读者可以通过联想和想象将其再现于脑海中。狄更斯小说中的许多青年都是怀揣梦想来伦敦打拼的外省人，诸如大卫·考坡菲、匹普、尼古拉斯·尼克尔贝、奥立弗·退斯特等。在来到伦敦之前，他们无数次幻想大都市伦敦的模样，但是伦敦这个梦想之都只存在于他们的脑海中，其边界是无形的。例如在匹普来到伦敦之前，他想象中的伦敦是天下第一、盖世无双的大都市，道路笔直、宽敞，一片富足，没有丑陋与肮脏；在奥立弗·退斯特来到伦敦之前，他想象中的伦敦是个了不起的地方，伦敦这个奇大无比的都市里有许多工作岗位，年轻有为的小伙在那里可以通过努力奋斗过上衣食无忧的生活。狄更斯生活的维多利亚时代，英国对外广泛开展殖民扩张活动，在海外建立了许多殖民地，狄更斯在小说中没有对英国的殖民地展开正面论述,而是将其作为背景空间,殖民地的边界也是无形的,但是它和狄更斯小说中的人物有着千丝万缕的联系。《小杜丽》中的主人公克莱南在英国的殖民地长大,后又回到英国;《远大前程》中的马格韦契作为罪犯被流放到英国的殖民地澳大利亚,后又潜逃回国;《董贝父子》中的董贝父子公司在英国的海外殖民地建有分公司;《大卫·考坡菲》中的米考伯一家和坡勾提一家去了英国的殖民地并在那里过上了安稳的生活,摆脱了在国内时经济拮据的窘迫状况。还有许多没有去过殖民地的人也在幻想着殖民地的样子。狄更斯小说中的殖民地就是外在于英国本土空间的"他者"空间,既真实又虚幻。进剧院观看戏剧是维多利亚时代人们日常生活消遣的主要方式,伦敦当时有大大小小上百家剧院,狄更斯自己也是出色的业余演员,他的小说中有许多关于戏剧舞台的描述。戏剧能把许多不相关的空间连续呈现在舞台上,这些空间的边界是无形的。例如《远大前程》中匹普和朋友去赫伯尔特剧院观看以前的邻居伍甫塞演出的戏剧《哈姆雷特》,在这出戏剧中,丹麦、丹麦皇宫、大臣的府邸、墓地等空间连续出现在一个舞台上;狄更斯还在文中用诙谐的语气写道:"我们达到丹麦,看见一张菜桌上摆着两只圈手椅,国王和王后高高的坐在那里,视朝听政。"[①] 此时此地,这些空间的边界都是无形的。

二 空间的规模和密度

文本中建构的空间应该有规模大小之分。空间由人与人、人与物的各种关系和位置建构而成,人与人、人与物关系的复杂程度,及空间里面所发生故事的数量、时空幅度等,与空间规模的大小有关。由此可见,建构空间在小说文本中所占的篇幅越长,人、物与故事数量越多,时间规模和空间规模也越大。但是,文本中的空间是一种建构

---

① [英]狄更斯:《远大前程》,王科一译,上海译文出版社2011年版,第302页。

的空间，文本中空间规模的大小是相对的，读者一般会选取现实世界中的空间作为标准，来判断文中空间规模的大小。例如狄更斯小说《艰难时世》主要围绕工业城镇"焦煤镇"展开，伦敦在文中只有少数几次被提及，但是在读者的脑海中大都市伦敦的规模是大于"焦煤镇"的。而当现实生活中同一类型的空间出现在文中时，读者做出什么样的判断还是要受作者叙述的引导和制约。以《双城记》为例，伦敦和巴黎当时都是欧洲乃至世界的大都市，读者去判断文中两个空间规模大小的时候一定会受作者叙述的引导和制约。狄更斯在文中主要叙述了法国大革命前后二十余年间发生在巴黎的一系列故事，文中发生在巴黎的事件涉及的空间范围十分广泛，从贫民窟到富人区再到巴士底狱乃至整个巴黎都出现在狄更斯的笔下，而狄更斯只叙述了法国大革命前后几年在伦敦发生的事件，事件所涉及的空间幅度相对较小。文中巴黎的时空幅度远远大于伦敦，所以在作者叙事的引导下，读者自然会做出文中巴黎的空间规模大于伦敦的判断。此外，文中作者所建构空间的规模不但具有相对性，还具有不可穷尽性，作者的如椽之笔永远无法展示建构空间的全部场域；但是，作者可以根据现实世界中空间的逻辑规律和标准及作者的文字叙述在脑海中建构全部的空间形象。狄更斯是一个现实主义作家，他在小说中喜欢从不同视角、不同层次进行描述，甚至采用拟人、物化等手段对空间进行全方位的描述，即使这样，他也不能把空间的全部都写进作品中。例如在《马丁·瞿述伟》中，狄更斯不厌其详、面面俱到地花了近三四千字来描述托节斯公寓，从公寓周围到公寓的内部，从楼下到楼顶都有涉及，但是我们还是不能确切地知道托节斯公寓所有房间的布局，以及围绕它们所上演的全部故事。作者的叙述像一束光照亮了故事中空间的一部分，但不是全部，读者可以根据想象和推理补充光线未照亮的部分，从而对空间规模的大小作出整体的判断。

如果规模是空间的版图，密度就是空间的稠密度，空间的规模和空间的密度息息相关，空间规模的相对性决定了空间密度的相对性。

人物、物体和人物行动所组成的故事是空间中的定量元素；人与人、人与物的复杂时空关系，及空间内发生的一些故事，共同组成了空间内部纵横相交的经纬线，它们在一定程度上决定着空间的密度。例如狄更斯小说《小杜丽》中的故事主要围绕七个具有代表性的城市空间上演，即马夏尔西债务人监狱、克莱南位于泰晤士河附近的老宅、卡斯贝位于格雷公馆路上的家、弥格尔斯夫妇位于伦敦郊区的别墅、贫民窟伤心园、政府机构拖拖拉拉部、大金融资本家莫多尔位于坎汶迪希广场的豪宅。在这七个空间中，马夏尔西债务人监狱的空间密度是最大的。首先，主人公小杜丽在马夏尔西债务人监狱出生，长大后被称为马夏尔西债务人监狱之女，其父亲老杜丽是马夏尔西债务人监狱之父，在文章的结尾，小杜丽的丈夫克莱南也因欠债住进了马夏尔西债务人监狱。文中主人公的故事都围绕马夏尔西债务人监狱展开。即使老杜丽后来继承了一笔财产，他们全家搬离了马夏尔西债务人监狱，马夏尔西债务人监狱仍然在精神层面上控制着他们。其次，马夏尔西债务人监狱是联结其他六个空间的中枢，甚至整部小说中都有着马夏尔西债务人监狱的影子。根据叙事学原理，小说中人物的动作形成事件，一系列事件可以归并为一个完整的故事，当文中两个空间中的人、物、故事数量等量齐观的时候，空间的密度由动作和事件的复杂程度决定，这反映在文本中就是它们所占篇幅的大小。例如在意识流小说中，人的一个动作就能引发无数事件。由此可见，空间的规模和密度都是一个相对的概念，但是通过规模和密度这两个维度，我们可以把狄更斯小说建构的空间形象化和具体化，从而便于读者理解和把握。

三　空间的层级与区划

狄更斯在小说中建构了许多空间：城市、乡村、监狱、法庭、家庭住宅、贫民窟、河滨、小岛等，它们有的是垂直的隶属关系，有的又是水平的并列关系。为了便于读者把握和认知，我们有必要分别从垂直和水平方向对狄更斯在文中所建构的空间进行分层、分区研究。

(一) 空间的层级

"鲁思·罗侬（Ruth Ronen）在《小说中的空间》（1986）一文中提出了表示空间结构的'框架'（Frame）概念。它指的是一个虚构的地方，即小说中人物、物体存在和事件发生的实际或潜在的环境。文本中的种种'框架'构成了一个故事空间的总体结构。罗侬将'背景'（setting）视为当前的基本空间框架（spatial frame），等同于戏剧舞台上的空间，是物体、人物或事件的直接现实环境。"① 鲁思·罗侬又根据框架和文本故事情节的相关程度对小说做出了层级划分："各种背景是最核心的区域，或者说是最微观的层次；直接包围背景的环境被称为初级框架范畴（the first frame category）；外层区域是总体化空间（generalized space），这是一个很大的范围，如'世界'（in the world），无具体位置，无边界，无明确特征，包含直接背景，但本身不能作为故事的直接环境。"②

受鲁思·罗侬研究的启发，我们可以把狄更斯在小说中建构的空间从大到小、从宏观到微观划分为不同的层次。以狄更斯小说《小杜丽》为例，其中具有地理性质的空间可划分为以下几个层次：最大最宏观的空间是英国、法国、意大利。《小杜丽》的故事主要发生在英国，但主人公克莱南从海外殖民地回国后曾在法国短暂停留，文中也有其他次要人物和法国有联系。女主人小杜丽一家继承了一笔财产发家后旅居意大利，老杜丽就在意大利去世。这个空间层次可以和鲁思·罗侬的"总体化空间"对应。这个空间的规模很大，但关于这个空间，作者在文中只提供了较少的信息，它虽然涵盖着其他空间层级，却不能作为文中故事的直接环境。宏观空间的下一个层次的空间则是伦敦，伦敦在文中是故事情节发生的主要场所。伦敦再下一个层次的

---

① 龙迪勇：《空间叙事学》，生活·读书·新知三联书店 2015 年版，第 14 页。
② Ruth Ronen, "Space in Fiction", *Poetics Today*, Vol. 7, No. 3, September 1986, pp. 421 – 438.

空间则是伦敦的各区和街道，如考文特花园剧院所位于的考文特广场、金融家莫多尔的豪宅所在的坎坎迪希广场哈莱大街、泰特·巴纳克尔的家所在的格罗符诺广场马房街、贫民窟伤心园所在的伦敦东区等。与前两个层次的空间相比，作者在这个层次的空间上花费的笔墨最多，提供了关于它们的详细信息。位于这个空间之中的则是各种类型的社会空间。社会空间是人们通过各种实践活动生产出来的空间，它们是各种社会关系的建构。长幼尊卑的伦理关系和上下等级的权力关系是社会空间中最为重要的关系建构：前者建构成了家庭空间；后者建构成了各种公共权力空间，诸如监狱、军营等。因此，按照社会关系的等级，我们也可以给狄更斯小说中具有权力内涵的空间做出层级划分。以《小杜丽》中的"拖拖拉拉部"为例，拖拖拉拉部是一个行政管理部门，泰特·巴纳克尔是拖拖拉拉部的领导者，他的办公室在这个空间中居于最高的位置，次级空间是他的儿子小巴纳克尔的办公室，再下一层级的空间是各个具体业务部门负责人的办公室，最低等的空间则是办事员甲、乙、丙、丁的工作间，它们依次从高到低、从上到下呈现控制与被控制、管理与被管理的权力关系。

（二）空间的区域划分

在《小说中的空间》（1986）一文中，鲁思·罗侬还从水平方向上对小说的空间做出了划分。她提出了三种框架："次级框架、不可进入的框架和远时空框架三个概念。"[1] 这三个框架与背景（核心空间）之间是并列的关系，它们是按照与文中人物和特定空间距离的远近划分的。以狄更斯小说《董贝父子》为例，当弗洛伦丝站在阴森、冷清的家里，透过窗户观望外面繁忙、热闹的街道时，弗洛伦丝所在的房间就是鲁思·罗侬所说的背景，门外的街道就是次级框架，其他更远的街道和建筑就是远时空框架，弗洛伦丝家里其他没有被作者提及的房间就是不可进入的框架。但是当弗洛伦丝离家出走，行走在街

---

[1] 方英：《小说空间叙事论》，博士学位论文，华中师范大学，2014年，第49页。

道的时候，家这个空间就成了次级框架甚至远时空框架。在《走向叙事空间理论》一文中，加布里尔·佐伦（Gabriel Zoran）从水平层面把作者在文本中所建构的空间分为地点和行动域："地点是文本空间中可以被度量的一个点（如房子、城市、河流）；行动域是指文本中时间发生的地点，可以是一个空间，也可以是多个空间。"[①] 由此可见，小说文本中所建构的空间不仅可以在垂直方向做出层级的划分，还可以在水平方向做出区域的划分。

水平方向的空间与空间之间主要以边界作为分割线，狄更斯小说主要以门、窗、栅栏（墙）、河等作为水平方向空间与空间之间的分割线，这些边界既是水平空间之间的分割线也是联结空间的纽带，起到了"隔与不隔"的空间效果。例如在《董贝父子》中，小保罗去世后，董贝把自己关在小保罗的房间里，独自坐在黑暗的角落里一动不动，房间的门阻隔了董贝与外部空间的联系；但是董贝的女儿弗洛伦丝出于对父亲的担心和爱，鼓起勇气推开门去拥抱父亲，这个时候，门又是联系屋里、屋外空间的纽带。狄更斯在《大卫·考坡菲》中多次提起大卫小时候的家——带着方格子窗户的"栖鸦庐"。小时候的大卫经常在卧室里通过方格子窗户看窗外父亲的坟墓和村子里的教堂，长大后物是人非，"栖鸦庐"已经易主，大卫故地重游，多次在窗外望向自己曾经生活的家，回忆童年的点点滴滴，但眼前的房屋已经是一个不能再踏进的空间。这里的窗户把边界"隔与不隔"的空间美学效果发挥到了淋漓尽致的程度。栅栏则把大卫·考坡菲姨婆所住的房子同周围的空间分割开来。当大卫·考坡菲不堪忍受黑皮鞋油作坊之苦，投奔到姨婆家的时候，他孤凄地站在栅栏外面等待姨婆接受自己，允许他走进屋里。《老古玩店》中奎普尔的码头位于泰晤士河南岸的船坞区，而奎普尔位于塔山的家则在泰晤士河北岸边上，泰晤士河就横隔在奎普尔的家和码头之间，奎普尔每次都乘坐小渡船来往于家和

[①] 龙迪勇：《空间叙事学》，生活·读书·新知三联书店2015年版，第13页。

码头。

　　另外，根据功能和作用，小说文本中建构的空间内部也可以做出不同的区划。首先，在狄更斯小说中，伦敦这个大的社会空间可以根据其社会功能划分为商业区、住宅区、工业区、行政区、河滨船坞码头区等，每一个具体社会空间内部还可以在水平方向做出更细致的划分。以《我们共同的朋友》中雷·维尔弗位于伦敦北部荷洛威地段的家为例，雷·维尔弗的家宅空间可以被分为地下室、厨房、客厅、雷·维尔弗夫妇和两个女儿的起居室、二楼用来出租的客房。客厅和厨房是家里的公共空间，厨房一般是女性出入的地方；起居室是私人空间，但他们的布局却蕴含着伦理社会关系；二楼的出租房则是商业契约关系的建构。复杂的社会关系一起建构了雷·维尔弗的家宅。与家庭空间一样，生产空间也可以在水平方向做出切分。以《荒凉山庄》中朗斯威尔位于北方的钢铁工厂为例，其可以被划分为生产钢铁的空间、制作铁制品的空间、办公空间等，各个空间分工协作，一起使朗斯威尔的钢铁厂保持了良好的运营状态。

　　本节从边界、规模、密度、层级、区划等几个方面入手，结合狄更斯在文本中所建构的空间，对狄更斯小说文本中建构空间的形态进行了初步的探讨，为下面的研究夯实了基础。这种具体化和量化的研究方式把文中的空间形象化，便于读者理解和展开研究；但也存在许多问题，比如空间的密度和规模的评价标准是十分相对的，所以研究方式需要具体问题具体分析，不能以偏概全。

第三节　狄更斯小说文本中空间建构的手法

　　狄更斯小说文本中的空间是作者以现实世界为基础，以联想、想象为依托，以语言文字为媒介，运用各种叙述技巧建构的空间。文本空间建构的过程就是作者运用表征、并置、重复、隐喻、象征等手段赋予空间意义和价值的过程。经过建构的文本空间不再是冷冰冰的客体，而体现了作者的思想情感和文化体验，具有审美的意义和价值。下文将对狄更斯小说空间建构的手法进行解析，以便加深读者对狄更斯小说文本中空间意象的理解。

一　表征手法

英国学者霍尔（Stuart Hall）在《表征：文化表象与意指实践》一书中特别强调表征（representation）是"再现"与"表现"功能的统一，"表征是经由语言对意义的生产……在表征中，我们运用被组织为各种不同语言的符号同他人作意义交流。语言能使用符号去象征、代表或指称所谓'现实'的世界中的各种物、人及事。但它们也能指称各种想象的事物和幻想的世界，或者指称就任何明显的意义而言都不属于我们物质世界组成部分的各种抽象观念。在语言和现实世界之间，不存在简单的反映、模仿或一对一相称的关系。……语言并不像镜子那样运作。意义是在语言范围内，在各种不同的表征系统中或通过它们而被生产出来的"[①]。"再现论"和"表现论"是在文论史上影响深远的两个艺术理论，再现论强调艺术的客观性，认为艺术是从客观世界出发对现实世界的客观反映和真实再现；表现论强调艺术的主观性，认为艺术是作者主观精神世界的产物，是作者主观情感的流露和表达。但是主观与客观、物质与精神并不是绝对对立的，客观世界经过作者的想象和构思也具有了主观的部分。另外，作者的精神世界与外部物质世界一样，也是一种客观存在，这样作者才能对其进行考察、筛选、加工，然后再用一定的艺术形式将其表达出来。表现论和再现论的区别只是在于不同作者、作品和流派侧重点的不同，诸如现实主义作家侧重于客观现实，浪漫主义作家侧重点在主观精神世界。而表征（representation）则否定表现和再现的绝对对立，强调主观与

[①] [英]斯图尔特·霍尔编：《表征：文化表象与意指实践》，徐亮、陆兴华译，商务印书馆2003年版，第10页。

客观、物质与精神、真实与想象的融合统一。

关于狄更斯小说的创作手法，西方文学批评界一直存在着很大的分歧。一批西方评论家认为狄更斯运用的是浪漫主义写作手法，例如乔治·吉辛（Gissing George）明确表示："狄更斯创造了一种可以称之为浪漫现实主义的写作手法。"[1] 另一批西方评论家则肯定狄更斯创作的现实性，认为他运用了现实主义的创作方法："狄更斯生前，《伦敦评论》上的一篇未署名评论认为他是英国现实主义领军人物，自创作以来，一直以其敏锐的洞察力和创作题材的多样性而驰骋文坛。"[2] 这些分歧之所以存在，是因为狄更斯在创作过程中既重视客观真实地表现现实生活，又注重主观情感的表达，而这正是表征手法的体现。狄更斯小说文本空间建构的过程也是狄更斯运用表征的创作手法把表现与再现、客观与主观融为一体，赋予空间以意义的过程。例如在《远大前程》中，狄更斯细致到极尽烦琐地对文米克的住宅沃尔夫斯堡进行了客观描述："这地方全是些黑沉沉的刁港、水沟和小花园，看起来幽静得有点近乎冷清。文米克的住宅是座小木屋，坐落在一个小花园中央，屋顶的造型和漆色，好像一座架了炮的炮台……这样小的房子，我生平还是第一次见识；那种哥特式的窗户真是奇形怪状到极点（绝大多数可是装门面的），一扇哥特式的门矮到简直走都走不进去。"[3] 小房子前有一个旗杆，文米克每个星期天都要升一次旗。进入小房子要经过一座吊桥，这座木板桥架在一道四英尺来宽、二英尺来深的沟上，扯起吊桥路就不通了。每天晚上格林威治时间九点整，文米克家就要放炮，"他所说的大炮，架设在一座铁格子的炮台形状的建筑物上。为了遮蔽风雨，上面用油布做了一个巧妙的小玩意儿，像一把伞一样"[4]；"接着，他就领我向十来码外的一座亭子走去，虽

---

[1] Gissing George, *The Immortal Dickens*, London: Palmer, 1925, p. 10.
[2] 赵炎秋、刘白、蔡熙：《狄更斯学术史研究》，译林出版社2014年版，第292页。
[3] ［英］狄更斯：《远大前程》，王科一译，上海译文出版社2011年版，第227页。
[4] ［英］狄更斯：《远大前程》，王科一译，上海译文出版社2011年版，第227页。

说距离不远，可是循着七弯八曲、巧妙设计的小路走过去，倒也走了好一会儿。到这个幽静的所在一看，酒杯已经摆好。亭子筑在一个略为点缀的假湖边上，潘趣酒放在湖里冰着。小湖呈圆形（中央有个小岛，湖里有酒，当然也就少不了这一盘色拉了），湖心有喷泉装置，是由一座小风车改装的，转动风车，取出那管子里的软木塞，泉水进出，刚好可以溅湿你的手背。"① 上述文字以客观叙述的方式将沃尔夫斯堡的方方面面都呈现了出来，读者读后仿佛身临其境。但狄更斯并非客观中立、简单机械地描写，而是倾注了自己的价值取向和精神内涵。文米克是沃尔夫斯堡的工程师，他在这里既做木匠、铅管匠，又做园艺匠，样样都自己干。作为律师助理的文米克在工作期间经常出入新门监狱等犯罪场所，他为自己建造的温馨家庭空间既可以荡涤从工作场所沾来的蛛丝尘垢，也可以让其父亲安享晚年。一屋、一桥、一旗杆、一炮台、一湖、一亭子组成的自给自足、以情感为通行法则的世外桃源，与外面冷冰冰的、轰隆隆的、以理性为通行法则的钢筋混凝土世界形成了鲜明的对比。文米克在外面是一个冷漠无情的"工作机器"，在家里则是一个有生活情调的好儿子、好丈夫和好朋友，空间的特性和人的性格十足吻合。人的实践活动改变了空间的面貌，空间也塑造着人物的性格，表达着狄更斯本人对父慈子孝、妻贤夫安的美好家庭空间的向往。正是狄更斯的这种价值取向和精神内涵参与了沃尔夫斯堡的社会性和人文性建构，赋予了沃尔夫斯堡温馨、和谐的属性，完成了沃尔夫斯堡的空间表征。

二 并置手法

米歇尔·德·塞托（Michel de Certeau）在《日常生活实践》一书中认为："空间是实践着的地点，而一个地点就是一种秩序，根据

---

① ［英］狄更斯：《远大前程》，王科一译，上海译文出版社 2011 年版，第 228 页。

这个秩序，各个组成部分被安排到共存的关系之中。"① 空间的内涵则是通过不同秩序之间的并置来实现的。鲁思·罗侬在《小说中的空间》中将空间界定为："文学叙事中的事件、人物和物体的环境、背景等所构成的'域'（domain）。"② 由此可见，并置是作者在文本中建构空间的主要手法。

狄更斯在文本中建构空间的时候也同样使用了并置的手法，这首先表现在狄更斯小说文本的空间是地理景观、文化景观、社会景观的并置。地理景观主要指空间的位置、规模、面积等地理因素，文化景观主要指空间的文化习俗与生活方式等，社会景观主要指空间中的社会关系等。狄更斯小说《远大前程》中匹普小时候的家附近是一片沼泽地，并且有一条河流，顺河蜿蜒而下，到海不过二十英里；匹普家的房子分上下两层，上面一层是起居室，下面一层是厨房、餐厅和客厅，与厨房相连接的是维持一家人生计的打铁铺子，木板制作的楼梯将上下两层连接起来；匹普家的家庭成员由小匹普、匹普的姐姐乔大嫂与姐夫乔组成，乔是一个打铁匠，他家祖祖辈辈以经营打铁铺为生，乔大嫂则是一位家庭主妇；匹普从小父母双亡，由姐姐和姐夫抚养长大，是村里一家夜读学校的学生，他白天在乔的打铁铺帮忙，晚上去夜读学校读书，他预定的未来就是到了一定年龄跟乔做学徒，将来继承乔的打铁铺子。乔家与当时千千万万个英国家庭一样，基督教在家庭的日常生活中扮演着重要的角色。他们家的家庭成员每天吃饭前要祷告，要按时去教堂礼拜，去世的亲人会葬进教堂公墓；圣诞节是一个家庭最隆重的节日，也是亲戚朋友团聚的日子；每周六的安息日，家里人干完了一周的活儿，会好好放松休息一下，家里的男主人多半会选择去村子里的酒馆喝杯朗姆酒；人们的饮食以面食为主，经常出

---

① ［法］米歇尔·德·塞托：《日常生活实践　1. 实践的艺术》，方琳琳、黄春柳译，南京大学出版社2009年版，第199—200页。
② Ruth Ronen, "Space in Fiction", *Poetics Today*, Vol. 7, No. 3, September 1986, pp. 421 – 438.

现在餐桌上的就是面包、牛奶、布丁、肉馅饼和各类烤肉。

其次，狄更斯在小说文本中建构空间时，使用并置手法使空间成为一个多种功能和秩序的集合体。文本中的空间是一个充满异质力量的空间场域，而非只是一个单向性的场景。例如赵炎秋教授在《狄更斯小说中的监狱》一文中曾指出："在狄更斯的小说中，监狱不是一个单向性的东西，而是有着多重意义与作用的复合体。狄更斯笔下的监狱既是揭露社会黑暗的空间，也是惩罚罪犯的场所，又是平民与不良分子的混杂之地。"[①] 除监狱外，狄更斯在小说文本中建构其他空间的时候也使用了并置的手法。《马丁·瞿述伟》中裴斯匿夫的家宅既是其家庭成员居住的空间，也是一个小规模的建筑学校。裴斯匿夫的家是一个三层的房子，一楼是厨房、餐厅、客厅和裴斯匿夫的书房兼工作室，书房里面有裴斯匿夫的画像、雕像和各种关于建筑行业的书籍。二楼是裴斯匿夫和其两个女儿的卧室，两个卧室则是完全不同的风格：裴斯匿夫卧室的桌子上面搁着一盏灯、一些大小不同的纸张、一块橡皮，还有一盒仪器；裴斯匿夫两个女儿的卧室是一间通风透气的房子，里面有书，有各种花草，还有几只鸟雀。三楼则是建筑学校的教室、学生宿舍和仆人住的地方。建筑学校的教室是三楼邻街的一间屋子，里面堆满了制图板、平行线规、圆规等画图仪器，以及图纸及各类建筑模型。与裴斯匿夫的卧室不同，学生宿舍十分简陋，四人共用一间屋子，屋子里面只有四张小床。裴斯匿夫在家里既是家长又是父亲，同时也是师傅。作为一家之长的裴斯匿夫在家里有绝对的权威，他千方百计地要把女儿嫁给有钱人，以增加自己的声望和财富；作为师傅的裴斯匿夫骗取学生家长的学费，不教给学生任何建筑知识，还霸占学生的设计成果；作为主人的裴斯匿夫打着道德的幌子，无情地剥削家里的仆人汤姆·贫掐。因此，裴斯匿夫的家并置着父女亲情的伦理秩序、主仆之间的权力秩序、师徒之间的生产秩序，是一个有

[①] 赵炎秋：《狄更斯小说中的监狱》，《外国文学评论》2005年第2期。

多重意义的复合体。

三 重叠手法

重叠又可以称为重写（palimpsest）。"'palimpsest'一词源自中世纪书写用的印模，原先刻在印模上的文字可以擦去，然后在上面一次次地重新刻写文字。以前刻上的文字从未彻底擦掉，于是随着时间的流逝，新、旧文字就混合在一起：重写本反映了所有擦除及再次书写的总数。"① 迈克·克朗认为，这与文化十分相似，重叠也是建构文化景观（空间）的主要手法，文化空间就是不同时期文化在同一空间留下痕迹的总和。迈克·克朗举例道："在英格兰的某些乡村还能看到封建雇农制和圈地运动时期自耕农经济的影子。这再次显示出影响当地人民生活的地理景观是文化的记忆库。"② 巴什拉在《空间的诗学》中指出："家宅是存储记忆的场所，家宅中的地窖和阁楼，角落和走廊等具体的场所把记忆储存下来。空间在千万个小洞里保存着压缩的时间。"③ 在巴什拉看来，人在不同时期于同一空间中发生的事件以记忆的方式储存在空间里，这些记忆片段的重叠建构了空间。重叠是狄更斯在小说文本中建构空间的主要手法。例如狄更斯小说《董贝父子》中董贝的家宅见证和记录了董贝家族的兴衰。董贝从其父亲那里继承了这座家宅，他的一对儿女在这里出生，原配妻子在这里病逝，儿子在这里去世、归于泥土；他的骄傲——第二任妻子在这里堕落为一个道德败坏的女人；他的奉承者和下属在这里变为恶棍，他的女儿在这里和他越来越疏离，最后离家出走；他的财富在这里化为乌有。董贝家族每次发生大的变故，家宅空间也会相应地有大的改变。董贝

---

① ［英］迈克·克朗：《文化地理学》，杨淑华、宋慧敏译，南京大学出版社2003年版，第28页。

② ［英］迈克·克朗：《文化地理学》，杨淑华、宋慧敏译，南京大学出版社2003年版，第29页。

③ ［法］加斯东·巴什拉：《空间的诗学》，张逸婧译，上海译文出版社2009年版，第41页。

妻子去世后，他把和妻子相关的物件都封存起来，把家具罩起来，除了他自己用的房间以外，其他房间均不能布置装饰。屋子里的桌椅等都奇形怪状地堆在房间中间，被大块布罩起来，铃的把手、窗子的遮帘、镜子都被报纸遮起来，各种枝形吊灯上都蒙上荷兰麻布。董贝的儿子去世后不久，董贝要开始第二段婚姻。在这之前，董贝对房子又进行了大规模的改造："房子从底层到屋顶四周是一个脚手架的迷宫……工人们在爬上爬下。门口的一辆车子上正在卸下大卷大卷的墙纸。室内装潢商的货车也挡住了路。从厨房到顶楼，从屋子的里面到屋子的外面，除了许多工人和他们各自那一行的工具以外，看不到别的……董贝前妻肖像同其他一些可搬动的东西都不见了，儿子保罗以前的房间已经改变了模样"[1]。经历一番改造，董贝家宅的沉闷和朽败被新奇和华美替代。房间流光溢彩，塞满了昂贵的家具。当董贝的下属卡克尔席卷董贝的财产带领董贝的第二任妻子私奔后，董贝的这座大房子又一次发生了变化。房子里的玻璃和瓷的器皿、床垫被褥、各式餐具、地毯等一系列"第一流的现代家具"都被拍卖，董贝的家变成了拍卖场，破旧的双轮马车、货车、搬运车出现在董贝的家里，花了整整一周的时间拉走了所有东西，连墙上和窗户上的装饰木头和玻璃也未被放过。"最后全都运光了。房子里只留下散落的清单，乱丢在地上的一根根麦秸和干草，还有门厅门后面的破锡锹锅子……门窗上贴上了有关这所合适的住宅出租的条子。"[2] 家宅空间的面貌几经改变，但是挥之不去的是镌刻在空间里的时间碎片。这些不同时期的时间碎片记录着发生在董贝家宅里的人和事，它们重叠在一起建构了董贝的家。董贝的妻子死后，他虽然收起了关于妻子的物品，仆人们还是会念起这位性情温和的太太，董贝的一双儿女也会经常思念自己的母亲，想念母亲的怀抱。每当董贝女儿弗洛伦丝想念母亲的时候，她都会坐在母亲照片附近的窗口沉思片刻。董贝的儿子去世后，弗洛伦

---

[1] ［英］狄更斯：《董贝父子》，祝庆英译，上海译文出版社1994年版，第500页。
[2] ［英］狄更斯：《董贝父子》，祝庆英译，上海译文出版社1994年版，第1021—1022页。

丝睹物思人，每当看到小保罗曾经躺过的小床，她就会忆起和弟弟在一起的点点滴滴。小保罗与其母亲虽然去世了，却从来没有完全离开这所房子，关于他们的点点滴滴都被重叠着储藏在家宅这个空间里。董贝破产后，家变成了一个废墟，把自己关在房子里的他常会回忆起以前和女儿在一起的每一个白天、每一个黎明、每一个黄昏，"想起了他是怎么拒绝、遗弃女儿的……想起了在他周围的一切中，只有女儿始终对她不离不弃"①。这所房子里虽然什么家具都没有了，但重叠在一起的关于记忆的时间碎片却又让它丰富无比。

此外，象征、隐喻等也是建构空间的主要手法。狄更斯在小说文本中建构的空间形状常与生活在空间中的人的形状及外表联系在一起，生产出符号化的象征空间。例如《艰难时世》中的焦煤镇是以"事实"为核心打造出来的新型工业城镇，在这里，除了"事实"，其他都是不被允许的。与"事实"相对应，"焦煤镇上有好几条大街，看起来条条都是一个样子，还有许多小巷也是彼此相同，那儿的居民也几乎个个相似，他们同时进，同时出，走在同样的人行道上，发出同样的脚步声音，他们做同样的工作，而且，对于他们，今天跟昨天和明天毫无区别，今年跟去年和明年也是一样"②。在《小杜丽》中，狄更斯把大金融家位于坎汶迪希广场哈莱大街的家与房子的主人进行类比，"那威严的宅第，坎汶迪希广场哈莱大街的莫多尔大宅之上的阴影，并非大墙的阴影，那阴影是隔街相望的别的庄严宅第的正面投下的。哈莱大街上隔街相望的两排房屋，与无可挑剔的上流社会一样，都板着脸儿，怒目而视。在这一点上，大宅及身居宅内的人也真那么相像，以致常见两排大宅里的人在长桌前就座是相向而坐的，却在各自的傲慢气氛中，表现出房屋的那种毫无生气的表情，注视着大街的对面"③。房子这个空间被用来显现社会事实，成为一种人文景观。

---

① ［英］狄更斯：《董贝父子》，祝庆英译，上海译文出版社1994年版，第1028页。
② ［英］狄更斯：《艰难时世》，全增嘏、胡文淑译，上海译文出版社1985年版，第28页。
③ ［英］狄更斯：《小杜丽》，金绍禹译，上海译文出版社1993年版，第338页。

第四章　狄更斯小说空间叙事

　　时空是互为一体的，时间和空间对一部文学作品来说同样重要，文学就是典型的时空体艺术。但是以往的文学叙事研究侧重点在时间维度，空间维度处于被遮蔽的状态。在以时间为主导的大时代背景下，狄更斯小说叙事研究的侧重点也在叙事与时间的关系上，尽管埃德温·缪尔在20世纪初就意识到空间元素在狄更斯小说叙事中具有重要的作用，但这一点并没有受到人们的重视。

　　国内最早关注到空间在小说叙事中作用的是张世君。她认为："空间在叙事中的作用不容忽视，构成小说叙事从来都要靠空间意象的展开，也即在文本的时间序列建立起来以后，就要依靠空间的叙述来展开时间序列。因此研究叙事理论，不谈或少谈空间是一种理论的疏忽或者批评的疏忽。"[①] 近年来，龙迪勇教授《空间叙事学》一书的发表使小说空间叙事得到了足够的关注。尤迪勇教授在书中指出："空间元素具有重要的叙事功能。小说家们不仅仅把空间看作故事发生的地点和叙事必不可少的场景，而且利用空间来表现时间，利用空间来推动整个叙事进程，塑造人物形象等。"[②] 在以往研究的基础上，下文关于狄更斯小说空间叙事的研究主要从空间意象的叙事功能、空间元素的叙事技巧、空间叙事中的时间与空间关系探讨三方面展开。

[①] 张世君:《〈红楼梦〉的空间叙事》，中国社会科学出版社1999年版，第263—264页。
[②] 龙迪勇:《空间叙事学》，生活·读书·新知三联书店2015年版，第40—41页。

第一节　狄更斯小说空间元素的叙事功能

狄更斯小说中的空间元素主要是指作者以语言文字为媒介,以现实为摹本建构的空间形态,它们在文中不只是附属性的故事发生的背景、人物活动的舞台,也是具有许多叙事功能的存在者。狄更斯小说空间元素的叙事功能主要表现在以下三个方面:狄更斯小说中的空间元素是行动着的地点、狄更斯在小说中用空间元素组织叙事、狄更斯在小说中用空间元素表达主题意义。

一　狄更斯小说中作为"行动着的地点"的空间

荷兰文艺理论家米克·巴尔认为:"空间在故事中以两种方式起作用:一方面它只是一个结构,一个行动的地点。在这样一个容积之内,一个详略不等的描述将产生那一空间的具象与抽象程度不同的画面。空间也可以完全留在背景中,不过在许多情况下,空间常被'主题化'自身就成为描述的对象本身。这样,空间就成为一个'行动着的地点'(atcing place)而非'行为着的地点'(the place of action)。它影响到素材,而素材成为空间描述的附属。'这件事发生在这儿'这一事实与'事情在这里的存在方式'一样重要,后者使这些事件得以发生。在这两种情况下,在结构空间与主题化空间的范围内,空间可以静态地(steadily)或动态地(dynamically)起作用。静态空间是一个主题化或非主题化的固定结构,事件在其中发生。一个起动态作用的空间是一个容许人物行动的要素。"[①] 由此我们可以看出"行为着的地点"是静态的结构化空间,对应的是"这件事发生在这儿";"行动着的地点"是动态的主题化空间,对应的是"事情在这里的存在方

---

① [荷]米克·巴尔:《叙述学:叙事理论导论》(第二版),谭君强译,中国社会科学出版社 2003 年版,第 108—109 页。

式";"行为着的地点"指文本中只作为背景存在的空间;而"行动着的地点"指文本中的空间元素不再只是背景。作者在文中对"行动着的地点"进行了浓墨重彩的描写,其自身具有独立的意义,并能决定空间里人和事件的存在方式。狄更斯小说中的空间大多是"行动着的地点",其创作生涯后期的小说中建构的空间最具有代表性,诸如《小杜丽》中的监狱、《荒凉山庄》中的大法官庭和《我们共同的朋友》中的垃圾场等。

(一) 全方位、多角度的空间描写

在一部小说中,时间对应的叙事手法是叙述,空间对应的叙事手法是描写。在传统小说叙事中,时间的叙述要优于空间的描写,时间叙述是最主要的,具有功能性的作用;空间描写则是次要的,甚至是可有可无的,一般出现在小说的开头、结尾或人物出场前,具有烘托、铺垫的作用。19世纪之后小说也开启了现代化进程,空间描述在文学文本中的作用由附属性的逐渐转变为功能性的,其在文本中所占的篇幅也逐渐增加,作者在文中花费大量的笔墨来描绘空间,把空间和人融为一体,并多维度、多视角地对空间进行描写。例如在《远大前程》中,狄更斯通过匹普的视角对郝薇香的房间进行了从远到近、从静态的物体到动态的生物、从整体到局部的细致描写。这些关于空间描写的文字涉及房间的形状、色彩、声音、气味等多个维度,具有很强的画面感。

> 我经过一个楼梯平台,走进她说的那个房间。那里也是不见一线天光,屋子里空气混浊,一股味儿叫人喘不过气来。潮湿的旧式壁炉里刚刚生了火,看上去是熄灭的份儿多,旺起来的份儿少。弥漫在屋子里迟迟不散的烟,看来真比清新的空气还冷——很像我们沼地里的雾。高高的壁炉架上点着几支阴森森的蜡烛,把屋里映照得影影绰绰——如果用词再贴切一些,应当说是几支蜡烛影影绰绰地搅动了满屋子的黑暗。屋子很大,多半从前一度

也很堂皇，只可惜如今已非复昔日，屋里纵然有几件物件还依稀可辨，哪一件不是霉尘满布，眼看就要变成破烂。最惹眼的是一张铺着桌布的长桌，仿佛盛宴刚要开始，忽然举宅上下，满屋钟表，都统统停住不动了。桌布中央放着一件类似装饰品的玩意儿，结满了蛛丝，根本看不清它的本来面目。我还记得，我当时仿佛觉得那玩意儿像一个黑蘑菇，在泛黄的桌布上愈长愈大。顺着长长的桌布望去，看见一些腿上长着斑纹、身上花花点点的蜘蛛都以这里为家，纷纷奔进奔出，好像蜘蛛界发生了什么了不得的大事似的。①

匹普第一次踏进郝薇香小姐的房间时对一切都感到好奇，他注意到了房间的每一个细节。郝薇香小姐的房间被清晰地展示在读者面前，给了读者较强的视觉冲击效果，它在文中仿佛是一个独立的存在。

又如在《小杜丽》中，主人公克莱南外出十五年后回到了母亲居住的老宅，作者借用克莱南的视角，对这座老房子进行了细致的描绘。

他拿起蜡烛，观察起房间来。室内老式的家具仍然是过去那种摆法，一幅《埃及天灾图》，因伦敦的烟雾灾难之故而变得色彩暗淡，画装在镜框里，挂在墙上。那只放酒瓶的旧橱里空无一物，橱内衬着铅皮，橱看上去宛如内中分隔的一口棺材。那间熟悉而阴暗的密室还在那儿……登上了楼梯走进灯光昏黄的卧室。室内的地板已逐渐向下塌陷，塌得那么低，那壁炉仿佛已经陷到山谷里了。在这凹陷处，有一张活动棺架似的沙发，沙发背后撑着一根很粗的黑色方垫木，样子颇象古代死囚斩首时断头台上用的木砧，就在这张沙发上，坐着他的母亲，身穿寡妇服……炉子里生了火，十五年来白天黑夜都是如此。壁炉铁架上搁着一个水

---

① ［英］狄更斯：《远大前程》，王科一译，上海译文出版社 2011 年版，第 101 页。

壶，十五年来白天黑夜都是如此。炉火的上面盖着一堆湿炉灰，炉膛里也有一小堆耙拢的炉灰，十五年来白天黑夜都是如此。不通风的卧室里有一股黑色染料的气味，那是由于炉火的烘烤，从她穿了十五个月的寡妇服的黑纱和衣料，以及从用了十五年的棺架似的沙发上，散发出来的。①

十五年过去，外面的世界发生了翻天覆地的变化，这座老宅却还是保持着原来的样子。作者的这段文字描写似一幅幅电影画面，有远景、有近景、有聚焦、有闪回，把这座老宅的过去和现在清晰地呈现在了读者的面前。

（二）具有主题意义的独立空间

正如巴尔所说，"行动着的空间"其自身具有独立的意义，并能决定空间里人和事件的存在方式。狄更斯在小说中花费了许多笔墨、占用了大量的篇幅去描绘、建构空间，在其小说中，空间摆脱了附属的地位，是文本中不可或缺的一部分，具有独立的意义。尤其是狄更斯晚期作品中的空间，不但具有独立的意义，还决定着空间里人和事件的存在方式，甚至还能统摄全文本的意义。

《小杜丽》中的监狱在文中是一个具有独立意义的空间。全文以马赛的一座监狱开头，以马夏尔西狱结尾，文中用了大量的笔墨去描写马夏尔西狱的历史由来、位置、形状等。文中的主要人物都和监狱有着密切的联系：马夏尔西狱就是老杜丽一家的家，他和小女儿分别被称为"马夏尔西狱之父"和"马夏尔西狱之女"；贫民窟中的普罗西尼一家曾经因为债务问题住进马夏尔西狱；主人公克莱南在马夏尔西狱结识小杜丽一家，最后因债务问题也住进了马夏尔西狱；克莱南的朋友弥格尔斯夫妇为营救克莱南到过马夏尔西狱；克莱南帮助过的意大利人卡瓦莱托和骗子腊格曾经一起被囚禁在马夏尔西狱。文中反

---

① ［英］狄更斯：《小杜丽》，金绍禹译，上海译文出版社1993年版，第48—49页。

复出现的监狱空间成为"行动着的地点",被赋予了象征的意义。受现代化思潮的影响,"进步"和"工具理性"成为维多利亚社会的主导话语,每个社会成员都在疯狂地追求财富和权力。在工具理性的指导下,受财富和权力的制约,整个伦敦城变成了一个大监狱,每个人都被囚禁其中。这也正是全文的中心意义:"在19世纪的英国,不可能有真正的欢乐。19世纪的英国是一所监狱,里面所有的囚犯是这个家庭里的成员。还可以说,19世纪的英国是一个家庭,这个家庭的生活是按照监狱的方式建立起来的。"① 狄更斯在文中写道:"马夏尔西狱大墙的阴影才是真正笼罩一切的阴影,无论白昼黑夜,无论春夏秋冬。"② 杜丽一家离开了马夏尔西狱,但马夏尔西狱大墙的阴影还笼罩着他们;克莱南小时候经常因为行为举止违背了基督教的教义教规而被囚禁密室接受惩罚;因为侵吞了小杜丽姑妈留下的财产,虔诚的基督教徒克莱南太太良心不安,把自己囚禁在老宅里十五年足不出户,直到老宅坍塌;大富翁莫多尔在日常生活中像蹲监狱一样,一言一行都要接受管家的监视;总管家像警察一样时刻准备着抓住莫多尔的手腕把他送进监狱。

在《荒凉山庄》中,狄更斯虽然没有对大法官庭做详细的描写和细致的刻画,但这个空间在文本中却具有十分重要的作用。大法官庭不仅是事件发生的地点、事件发生的方式,也是推动事件发生的力量来源,它在文中神秘莫测,看不清的具体形象正衬托出了其内部程序的烦琐、不透明、不公开。这个大法官庭决定着文中主人公的命运走向,成为监禁和约束整个社会和个人生活的无处不在的力量。"各个郡里都有被它弄得日渐破落的人家和荒芜了的土地;各个疯人院里都有被他折磨得不成样子的精神病人,每块教堂墓地里都有被它冤死的人;此外,还有被它弄得倾家荡产的起诉人——穿着塌跟鞋和破衣烂

---

① [英]约翰·怀恩:《小杜丽》,罗经国编选:《狄更斯评论集》,上海译文出版社1981年版,第280页。
② [英]狄更斯:《小杜丽》,金绍禹译,上海译文出版社1993年版,第349页。

衫，逢人不是借债就是讨钱；它给有钱有势的人以种种手段去欺压善良；它就这样耗尽了人们的钱财和耐性，荡尽了人们的勇气和希望；它就这样使人心力交瘁、肝肠寸断；因此，在这法院的辩护士当中，那些仁人君子少不了这样对人告诫——而且一直是这样告诫：'纵有天大的委屈，还是忍受为上，千万不要到这里来。'"① 一桩贾斯迪控贾斯迪遗产案一拖再拖，在大法官庭层层盘剥下，遗产被消耗殆尽不说，还赔上了许多人的性命。青年人理查德一直指望从贾斯迪案判决中获得遗产，不能专心从事任何职业，还被无赖律师盘剥得倾家荡产，在得知贾斯迪控贾斯迪遗产案中的全部遗产已经被几十年的诉讼费消耗一空后，他不胜打击，在悲惨中死去；弗莱德小姐被一桩和大法官庭相关的案子拖了一辈子，人变得疯疯癫癫不说，更为此丧失了快乐、青春、宁静、憩息和生命；农民格里德利兄弟为一份遗产发生争执，上诉大法官庭后，事情反而变得更加复杂，但是又不能撤案，二人最终落得倾家荡产、两败俱伤。大法官庭不仅戕害了相关涉案人员，还异化了一群寄生于大法官庭的小人物，诸如贩卖法律专用纸张的斯纳斯比，收购法庭废纸的克鲁克，向诉讼人放高利贷的斯墨尔斯维德一家。另外，大法官庭不是作为孤立的空间出现在文中的，而是作为社会机器的一部分出现的。以钱和权力为主导的大法官庭像一个毒瘤，携带着病毒四处蔓延，使整个社会都呈现病态、溃烂的症状。面对文中所呈现的荒谬社会，我们如果要追问谁之过错，那么罪魁祸首不是德洛克爵士，也不是图金霍恩律师，而是大法官庭。由此可见，大法官庭在文中不是背景，而是推动叙事的力量来源，是一个独立的存在空间。

二 空间书写与狄更斯小说的叙事建构

狄更斯小说因不追求故事情节的完整，受到了许多批评家的批评，

---

① [英]狄更斯：《荒凉山庄》，黄邦杰等译，上海译文出版社1979年版，第9页。

但是这并没有影响狄更斯成为经典作家，探求原因，我们或许可以在狄更斯小说文本建构的空间中找到答案。小说是时空体艺术，时间和空间同时存在于小说的文本中，它们也是作者开展叙事的两种重要手段。但是不同的作家侧重点不同，有的作者侧重时间叙事，通过时间的流动推动情节发展，塑造人物形象，揭示文本意义；而有的作家叙事的侧重点则在空间，即在既定的时间内，通过空间的描写、转换、组合等手段来组织叙事。狄更斯明显属于后者，他在文中建构了各式各样的城市空间，并用空间来表征人物形象、推动叙事进程、揭示小说的主题意义。

（一）空间表征人物形象

人物、情节、环境是小说的三个重要因素。人物被摆放到首要的位置，可见其在小说中的重要性。根据不同的标准，我们可以把文中的人物划分为主要人物、次要人物、圆形人物、扁平人物等。作者在文中塑造人物的手法多种多样，人物行动描写、外貌描写与心理描写是最常见的几种手法。但是由于文本篇幅的有限性和读者记忆的短暂性，以及以人物为中心的小说中人物形象众多，这几种手法无法反映人物性格的全部特征，读者也无法准确地把握作品中的人物形象。因此，许多富有创造性的作家转向了空间，利用空间的具体性和形象性来塑造人物形象。空间是人类实践活动的对象，也是人类实践活动的产物，被生产出来的空间必然会打上人类实践活动的烙印。因此，作者在小说中可以利用空间来表现人物的性格特征。正如有的学者所说："人在空间里最能呈现其生存的状貌与意义，所以从空间的角度来观察人的生活和环境，就是理解人的最好的方法。"[①] 狄更斯就是这样的作家。狄更斯的小说是典型的人物小说，他的每部作品中都有数十个甚至上百个人物，狄更斯把这些不同特征的人物安置于不同的空间，空间塑造着人物，人物改造着空间，两者共同给世界文学作品的人物

---

① ［韩］金明求：《虚实空间的移转与流动——宋元话本小说的空间探讨》，台北：大安出版社2004年版，第8页。

长廊贡献了许多经典人物形象,诸如不朽的米考伯、乐观的匹克威克、怪诞的郝薇香小姐、虚伪的裴斯匿夫等。

在狄更斯小说里所有用来塑造人物形象的空间中,家宅最具有代表性。在人类社会所有的空间形态中,家宅和人类的关系最密切。巴什拉在《空间的诗学》中曾经指出家宅对人类如此重要主要是因为:"家宅它是一种强大的融合力量,把人的思想、回忆和梦融合在一起。在这一融合中,联系的原则是梦想。过去、现在和未来给家宅不同的活力,这些活力常常相互干涉,有时相互对抗,有时相互刺激。在人的一生中,家宅总是排除偶然性,增加连续性。没有家宅,人就成了流离失所的存在。家宅在自然的风暴和人生的风暴中保卫着人。它既是身体又是灵魂。它是人类最早的世界。早在那些仓促下结论的形而上学家们所传授的'被抛于世界'之前,人已经被放置于家宅的摇篮之中。"[1] 狄更斯在文中建构了许多家宅用于塑造人物形象,它们或是繁华闹市中的一个冷清的公馆,或是几十年没有改变也没有和外界发生联系的旧房子……这些具体鲜活的空间意象表征着房子主人的性格特征,给读者留下了难以磨灭的印象。

例如在《董贝父子》中,董贝的住宅在塑造董贝的性格特征中起了关键性的作用。

> 董贝先生的家是一所大房子,坐落在波特兰街和布赖恩斯通广场之间一条街的背阴一边。那条街建筑物很高,光线很暗,气派大得令人敬畏。董贝先生的家就在街的拐角上,有一大片地方下面是地窖,装着铁栅的窗户像皱着眉头似的对着它们,通向垃圾箱的一些门像眯着的眼睛远视着它们。这是座阴森森的房子,背后呈弧形,那是一整套面对铺着砂砾的院子的客厅。院子里有两棵枯瘦的树,树干和树枝都变黑了,树叶给烟熏干了,发出聚

---

[1] [法]加斯东·巴什拉:《空间的诗学》,张逸婧译,上海译文出版社2009年版,第5页。

囊而不是沙沙的声响。夏日的阳光从来照不到这条街，只有上午吃早饭时才照到一会儿。那时与它同来的是运水车，卖衣服的老头儿，拿着天竺葵的人们，修伞的匠人，还有那个边走边把荷兰钟的小铃摇得丁当响的人。一会儿阳光就走了，那一天里就不再见它回来。乐队和零散的潘趣演出也跟着阳光走了，让这地方由最凄凉的管风琴的乐声和白鼠来占领；偶尔还变变花样，由一只豪猪来表演；直到管家们趁主人们出去吃饭时在暮色苍茫中出现在门口，点灯人重复他那夜复一夜的失败，徒然地要用煤气灯照亮街道。①

喧嚣热闹的街道和冷清凄凉的房子形成了鲜明的对比。从这段对董贝公馆房子的描写中，我们其实可以读出董贝的性格特征：冷淡、单调、自私、自大。房子打上了董贝性格特征的烙印，房子也限制和框定着董贝的生活状态。董贝奉行金钱万能的原则，他不爱任何人，唯一爱的就是钱。小保罗出生时，他不考虑妻子的安危，在乎的只是董贝父子公司终于可以名副其实；他不爱女儿弗洛伦丝，对弗洛伦丝的态度到了不近人情的地步；他用暴君式的态度对待仆人，不允许小保罗的奶妈和小保罗有任何感情；他不爱第二个妻子，总是用高高在上的主人姿态管控着她。由此我们可以看出，董贝公馆的阴暗、冷淡正是董贝性格的真实写照。

狄更斯深知，人和其所生存的空间有不可分割的关系。通过观察人居住的空间，我们可以看出人的性格、爱好和生活状态。因此狄更斯对人的描述经常从人居住的空间开始，他甚至经常赋予家宅以人的性格和心理特征。例如在《马丁·瞿述伟》中，约那斯谋杀蒙太古后，"惧怕的感觉正支配着他，简直到了他绝没有料到、也丝毫没法儿应付的程度。对家里那间地狱似的屋子，他还就害怕得那么厉害，

---

① [英]狄更斯：《董贝父子》，祝庆英译，上海译文出版社1994年版，第27—28页。

造成了一种又阴郁、又凶狠、又疯狂的心理，不但替自己害怕，而且对自己也害怕起来；就因为自己也可以说是那间屋子一部分"①。约那斯回家后"将自己关在里面的房间。肮脏的天窗给房子带来一线光亮，墙上有一道门，通往一条狭窄的走廊或者说死胡同。房间到处都是斑点，肮脏而且发霉，如同一间地下室；房子里有水管，在夜晚不经意的时候，万物静悄悄的时候，突然会响起滴滴答答的流水声，仿佛水管窒息得透不过气来"②。此时此刻，约那斯的房子具有了人的品格，房子和约那斯都充满了紧张感和恐惧感，通过拟人化的房子，作者把约那斯的心理活动形象地展示了出来。

（二）空间变易推动叙事进程

狄更斯的小说是典型的人物小说，故事的情节性不是十分突出。"狄更斯小说的叙事单元是以人物为中心形成的，在叙事单元内部，人物也是中心，情节为塑造人物服务。如果撇开人物，对狄更斯小说的情节进行浓缩，我们便会发现，很多叙事单元的情节是破碎、不完整的，是由一系列缺乏内在联系的时间组合而成的。"③ 因此在狄更斯小说中推动叙事进程的不是时间。小说中人物的活动都要在一定的空间内进行，狄更斯在文中便把推动叙事进程的任务交给了空间。他在小说中通过空间的转变或人物活动空间的转换推动叙事进程，让小说叙事在空间的转变和转换中展开。

例如在小说《老古玩店》中，"老古玩店"这个空间联系着文中的主要人物：小耐尔的祖父是老古玩店的拥有者；小耐尔的哥哥福来德想继承老古玩店；狡猾而又残暴的商人奎尔普想霸占老古玩店；吉特是老古玩店的小仆人；恶毒的律师布拉斯兄妹则是奎尔普的帮凶，他们帮助奎尔普最终霸占了老古玩店。老古玩店在文中随着叙事时间的开展也几经变迁，推动着文本的叙事进程。老古玩店是"一个古旧

---

① ［英］狄更斯：《马丁·瞿述伟》，叶维之译，上海译文出版社1983年版，第432页。
② ［英］狄更斯：《马丁·瞿述伟》，叶维之译，上海译文出版社1983年版，第433页。
③ 赵炎秋：《狄更斯长篇小说研究》，社会科学文献出版社1996年版，第158页。

和珍奇东西的收容所，它们似乎故意蜷伏在城市的特殊角落里，又嫉妒又怀疑地躲避大众的眼睛。这里有一套一套的甲胄，像是全身武装的鬼魅，到处都是；有从寺庙里搬来的斑斓雕刻；有各式各样生了锈的兵器；有残缺了的瓷、木、铁和象牙的造像，还有可能是在幻梦中设计出来的锦毯和新奇的家具。这些东西都是从古老的教堂、坟墓和废宅中搜寻来的"[1]。小耐尔的祖父老吐伦特是老古玩店的拥有者，但是他因为染上了赌博的恶习，欠下许多赌债。在奎尔普的引诱下，老吐伦特在奎尔普那里贷了高利贷。然而，老吐伦特却没有偿还高利贷的能力，于是奎尔普在恶毒的律师布拉斯兄妹的帮助下，依靠所谓的法律力量，取得了老古玩店的所有权，并试图霸占小耐尔。奎普尔占有了老古玩店后，关闭店门、停止营业，并按照自己的兴趣对老古玩店进行了重新装修和布置，使老古玩店变了模样。小耐尔和祖父不堪奎尔普的剥削，半夜趁奎尔普和布拉斯熟睡的时候逃离了老古玩店。之后，奎普尔搬空了老古玩店，店里只剩下席片、破壶和几堆干草，老古玩店彻底冷清了："房子整个出空，又脏又暗。一个生了锈的挂锁吊在门上，褪了颜色的窗帘和帐幔的布角在楼上半开着的窗口凄凉地飘动，紧闭着的百叶窗下面的破口也因为里面的晦暗变成了黑色。房子的玻璃已经被打破，房间的样子比任何房间都更为荒凉阴沉……在繁华的闹市中这座房屋独自立在那里，宛如一幅荒凉冷落的挂图。"[2] 在小耐尔祖孙二人外出逃命的时候，老古玩店曾经的仆人吉特非常思念小耐尔，时常漫无目的地在老古玩店门口徘徊。老古玩店的凄凉、败落与小耐尔祖孙在外逃命的艰辛相互映衬，升华了文章的主旨。当老吐伦特失散多年的弟弟回来寻找哥哥的时候，看到的只是一座凋敝的、近似坍塌的房子。在文章的结尾，随着小耐尔安详地去了天国，老古玩店也坍塌了，它被人们夷为平地。"在老古玩店的地基上修建了一条又整齐又宽阔的大道。最初吉特还能用手杖在那里画出

---

[1] ［英］狄更斯：《老古玩店》，许君远译，上海译文出版社1980年版，第5—6页。
[2] ［英］狄更斯：《老古玩店》，许君远译，上海译文出版社1980年版，第131页。

第四章 狄更斯小说空间叙事

一块方地，指出房子就建在那里，但是不久之后他便捉摸不定那个地方了，只能说大约在那一带，他想，这些变化把他搞糊涂了。"① 《老古玩店》是典型的人物小说，狄更斯在文中塑造了许多经典的人物形象，诸如小耐尔、奎尔普、多余人理查·斯威夫勒等。以这些人物为中心，文中发展出了许多独立但又交叉的故事情节。狄更斯在文中通过老古玩店的几经变迁推动文本的整体故事情节向前发展，他以老古玩店的变迁组织着叙事，使整个故事情节散而不乱。因此，读者在阅读的过程中可以通过老古玩店的变迁把握文本整体的叙事脉络。

与《老古玩店》不同，《大卫·考坡菲》主要通过人物活动空间的转换推动叙事进程。《大卫·考坡菲》是一部富有自传体色彩的小说，这部80多万字的小说记载了大卫否泰相交、喜忧相伴的成长经历。但是《大卫·考坡菲》与一般的自传体小说还是有差别的。一般的自传体小说中的人物性格能随情节发展而发展和深化，故事情节紧紧围绕人物性格的发展而开展，即时间是推动叙事的主要力量。在《大卫·考坡菲》中，大卫的故事虽然是叙事的中心，但其在文中所占篇幅并没有超过一半。随着大卫生活空间的转移，文中陆续出现了许多其他的人物形象，并以这些人物为中心展开了许多故事情节，这些故事情节或长或短、详略不等，它们都与主干故事有直接或间接的关系，但又都各有其相对的独立性，有其各自的故事内容，并且这些故事情节不是相互独立的，它们之间也存在着联系。因此，主人公生活空间的转移，代替了线性的叙事时间，推动着叙事进程。大卫出生在萨福克郡的布伦得屯，他那被亲切地唤作"栖鸦庐"的家中住着他、他的母亲及他们的老仆人坡勾提，后来家中又住进了他的继父枚得孙及其妹。大卫和仆人老坡勾提去亚摩斯——坡勾提哥哥的家中住过一段时间。坡勾提先生的家是由一艘旧船改造成的船屋，大卫在那

---

① ［英］狄更斯：《老古玩店》，许君远译，上海译文出版社1980年版，第692页。

里结识了坡勾提先生、汉、爱弥丽、格米治太太,并引出了他们的故事;随后,大卫被继父送到伦敦郊区的撒伦学舍,他在那里和特莱得、史朵夫是同学,引出了关于他们两位的故事;大卫母亲去世后,大卫被迫辍学,去伦敦的黑皮鞋鞋油厂做童工,租住在米考伯的房子里,结识了米考伯一家,又引出了米考伯一家的故事;大卫不堪黑皮鞋鞋油厂老板的压迫,逃出伦敦,去多佛投奔其姨婆贝萃小姐,在姨婆贝萃小姐的家里,他结识了智力有障碍的狄克先生;不久大卫被姨婆送至斯特朗博士学校读书,寄住在维克菲律师家中,在这里,作者引出了维克菲律师及其女儿爱格妮、律师事务所的学徒乌利亚·希坡及斯特朗博士夫妇的故事;学业有成后,大卫去伦敦博士公堂做法律学徒,在那里爱上了斯潘娄的女儿朵拉,后和朵拉在伦敦组建家庭;朵拉病逝后,大卫的精神受了很大打击,他出游欧洲大陆,后回国和爱格妮组建家庭,最终成为一名知名作家。从栖鸦庐到大卫和爱格妮组建的新家庭,小说通过不同空间的建构、转换推动着叙事的进程,并引出了许多其他的故事情节,反映了维多利亚时代波澜壮阔的社会生活,给了读者高度的艺术享受。

(三) 空间组合揭示文本意义

从上文我们可以知道,狄更斯小说中的空间是"行动着的空间",这些空间具有秩序性、位置性等特征,具有独立的主体意义。此外,这些空间与空间组合在一起,其内部相辅相成、互相映衬、互相补充并形成差异、对比、对照等关系,这些空间组合的关系使文本的矛盾更为突出、思想表达更为清晰,影响着整部作品的意义生成。

狄更斯是一个以 19 世纪的伦敦乃至整个维多利亚时代的英国为描写对象的现实主义作家,他的笔触伸向了社会的各个角落。他似一个摄影记者,"拍摄"下来贫与富、新与旧、光明与黑暗、先进与落后等各种社会空间,让我们从中看到了 19 世纪大都市伦敦的驳杂和多样。例如在《荒凉山庄》中,狄更斯主要建构了大法官庭、切斯尼山庄、荒凉山庄、朗斯威尔的钢铁工厂这四个空间形态,这四个空间形态组成的空间组合内部形成了对照的关系。位于林肯郡的切斯尼山庄归德洛克家族所有，已经有七百多年的历史。德洛克家族是门阀世家，历史悠久、名望很高。切斯尼山庄是一所古老而又别致的房子，坐落在一个树木茂密的幽雅的猎园里，山庄有三角墙、烟囱、尖塔、角楼、浓荫掩映的门道，还有那宽阔的露天走道。山庄仿佛坐落在虚无缥缈的仙境，给人宁静而幽深的感觉。山庄里面"德洛克夫人窗前的，不是一种阴沉沉的景色，就是一种黑魅魅的景色。前边的石板道上，有几个石坛子，整天接着雨水；大点大点的雨，滴答、滴答、滴答，通宵不停地打在宽阔的石板路上，这条路很早以来就叫'鬼道'。礼拜天，猎园里的小教堂有一股发霉的气味，橡木讲道坛流着冷汗，到处弥漫着一种好像德洛克家祖先从坟墓里散发出来的气息"[①]。

荒凉山庄位于一座小山的山顶上，发着闪闪烁烁的亮光。"这所老房子正面的屋顶上有三个尖顶。这不是那种合乎正规的房子，但是很讨人喜欢。在这种房子里，你从一个房间出来，走进另一个房间，总得上下台阶；等到你以为已经把所有的房间都看遍了，可是过一会儿你又会看到还有房间；这里有许多大大小小的走廊和过道，你还会在一些意想不到的地方找到一些古老的、具有田舍风味的屋子，装着格子窗，绿色的爬墙植物从窗户爬了进来……室内的家具与其说旧，不如说老式更恰当，它们跟这房子一样，虽然不合正规，倒也讨人喜欢，它们有一个共同的特点就是十分整洁……房子那些透亮的窗户，除了拉上帘子的地方，都在这星光灿烂的夜里闪闪发光；还有那灯烛辉煌、温暖如春的舒适环境；还有那准备开晚饭时远远传来的杯碟的碰击声，给人一种殷勤好客的感觉；还有豪爽的主人那种喜气洋洋的脸色，使我们觉得一室生辉。"[②]

大法官庭又称正义法院，事实上是英国司法机构的一部分，它十分古老，最早设置于查理二世时期。在狄更斯生活的19世纪中叶，大

---

① [英]狄更斯：《荒凉山庄》，黄邦杰等译，上海译文出版社1979年版，第14页。
② [英]狄更斯：《荒凉山庄》，黄邦杰等译，上海译文出版社1979年版，第87—90页。

法官庭专门承办有关遗产、契约方面的案子。根据特殊规定，大法官庭不受其他法院应用的英国普通法的约束，以自己的程序为最高原则，而它的程序十分烦琐、拖拉，一件案子在大法官庭能拖数十年甚至上百年。"大法官庭坐落在林肯法学会，脑袋上有一个模模糊糊的光轮，前边的桌子上铺着红桌布，后边的墙上挂着红帷幕；一边似乎是凝视着屋顶的天窗，辩护士在念着冗长的答辩词，在书记官的红案桌上摆着起诉书、反起诉书、答辩书、二次答辩书、禁令、宣誓书、争执点、给推事的审查报告、推事的报告等等一大堆一大堆花费浩大的无聊东西。法院里到处点着蜡烛，还看不清东西；浓雾笼罩着庭内，好象再也出不去似的；那些装有彩色玻璃的窗户失掉了光彩，使白昼的光线无法射进这个地方来；街上的行人从玻璃门向里面瞧上一眼，看见里边这种森严的景象，就不敢进去。"①

朗斯威尔的钢铁工厂位于英国北方的钢铁之乡，钢铁之乡没有鲜绿的树林，尽是煤坑和煤灰、高高的烟囱和红色的砖头、枯萎的草木、灼人的炉火和永不消散的浓烟，还到处响着一片叮叮当当的打铁声。朗斯威尔的钢铁工厂在城镇大街一边的一堵高墙里面，耸立着高高的烟囱。"生产车间里只见到处是乱堆乱放的铁制品，有各种冶炼阶段的铁器，也有各种不同样子的铁制品……铁水在远处的熔炉里发出白热的光芒和冒着气泡，有的铁制品在汽锤的捶打下，迸出明亮的火花，有的铁烧得通红，有的烧得白热，有的冷却变黑，还有铁的气味，铁的臭味，以及种种混杂的打铁声。朗斯威尔的办公室里没有什么摆设，窗户上也没有什么装饰，但从那里却可以望到下面的钢铁世界。桌子上摆着一些账本和几张纸，纸上满是数目字和有趣的图案，横七竖八地放着几件不同用途的铁器，在使用的不同阶段中，故意敲下来做试验的。这里的什么东西都落上一层铁粉末，透过窗户可以看到，从高耸的烟囱里喷出的滚滚浓烟，和其他烟囱的一大片烟雾混合在一起。"②

---

① [英]狄更斯：《荒凉山庄》，黄邦杰等译，上海译文出版社1979年版，第6—7页。
② [英]狄更斯：《荒凉山庄》，黄邦杰等译，上海译文出版社1979年版，第1080—1081页。

由此可见，切斯尼山庄是一个古老奢华、幽静冷漠、没有生机的空间，荒凉山庄是一个朴素自然、温暖和谐、其乐融融的空间，大法官庭是一个腐朽、腐败、拖沓、阴沉冷漠的空间，朗斯威尔的钢铁工厂则是一个高效、高能、热火朝天、生机勃勃的空间。在四个空间的组合中，切斯尼山庄象征着过去，朗斯威尔的钢铁工厂则象征着未来，大法官庭是腐朽的、即将消亡的封建社会生产关系的体现，朗斯威尔的钢铁工厂是新的资本主义生产关系的体现，荒凉山庄则寄托着狄更斯理想的家庭关系和氛围，过去与现在、新与旧、冷漠与温馨两两之间形成了鲜明的对比和对照。狄更斯在文中正是通过不同空间之间的差异、对比和对照来揭示作品的内在思想内涵，生成整部作品的意义，这是狄更斯惯用的创作手法。如《大卫·考坡菲》中斯特朗博士的学校有类无教、友好的氛围和撒伦学舍严厉苛刻的管理制度形成了鲜明的对比；坡勾提先生其乐融融的船屋与史朵夫冷清、幽静的家也形成了对照关系。在此不一一列举。

第二节　狄更斯小说空间元素的叙事策略

从前文我们可以知道，狄更斯小说中的空间不只是故事发生的背景及人物活动的舞台，其自身还具有独立的意义。首先，狄更斯在小说中用空间去塑造人物形象、推动叙事发展、建构故事情节；其次，狄更斯在小说中选择伦敦作为叙述地点，将人物活动主要安放在监狱、法律场所、学校、家庭等与城市市民生活密切相关的空间场所中；最后，狄更斯小说中的空间具有较强的可视性和画面感，并主要通过文中人物的视角来呈现。既然狄更斯小说中的空间有如此重要的作用又有如此鲜明的特点，那么我们就有必要探究一下狄更斯小说的空间处理策略，即狄更斯在文中为什么选择伦敦作为叙事地点，为什么选择监狱、家庭、律师事务所等与市民生活密切相关的空间作为人物活动的空间场所，狄更斯在文中又是怎样表现这些空间的，文中空间与空间之间是怎么样转换的，这个转换过程又隐含着怎样的叙事意图等一系列问题。

一 狄更斯小说空间叙事中的空间选择策略

狄更斯小说的空间选择包括以下两个主要的方面：一是大空间的选择即作者是选择城市还是乡村、国内还是国外等作为自己叙述的地点，二是小空间的选择即作者重点选择什么样的具体空间作为人物活动的场所。这些既是作者的生活经历决定的，也和作者的写作意图、人生哲学等密切相关。

（一）狄更斯小说中大空间的选择策略

众所周知，狄更斯小说大的空间场景是伦敦，他的 15 部长篇小说除了《艰难时世》，其他都是在讲伦敦。之所以选择伦敦作为描写对象是因为他 9 岁就和家人一起来到伦敦，除了几次短暂的国外旅行，他终生没有离开伦敦；他是伦敦的闲逛者和观察者，他的脚步遍布伦敦的大街小巷，从繁华的伦敦金融商业中心到肮脏不堪的贫民窟都留下了他的足迹。狄更斯每天"做完工，他没有别的去处，只有游逛，他走过了大半个伦敦。他从孩提时代就是个沉湎于幻想的人，他比任何人都要关心自己那不幸的命运……他在黑夜里站在霍尔登的街灯下，在十字路口感觉受着殉教般的痛苦……他去那儿并不是像一个迂腐学究那样要去观察什么，他并没有注意那十字路口是如何形成的，也没有去数霍尔登的街灯来练习算术……狄更斯没有把这些东西印在心上，然而他把心印在这些东西上"[1]。伦敦为狄更斯的小说写作提供了不竭的动力。

选择伦敦作为描写对象既是狄更斯自身的生活经历决定的，也和他的写作意图密切相关。埃特加·约翰逊（Etga Johnson）认为："狄

---

[1] ［英］赫·皮尔逊：《狄更斯传》，谢天振等译，浙江文艺出版社 1985 年版，第 86 页。

更斯的重要价值不止于他准确地浓缩了自身的生活经历。他以锐利的目光透视现代生活。贯穿他全部作品始终的一条线索，就是对于 19 世纪社会所作的批判性的分析。其广度和深度是没有任何一位小说家能够超越的。"[1] 由此可见，批判性和现实性是狄更斯小说的思想特征，也是狄更斯小说的写作意图。在狄更斯生活的维多利亚时代，英国已经初步完成了工业革命，迈入了现代社会。现代化最重要的维度就是城市化。在现代社会，城市取代农村成为社会生活的中心。而伦敦在当时又是大英帝国的首都与心脏，是世界的金融中心和贸易中心，是世界上最繁华的都市之一。当时的伦敦人口集中，流动性强，职业种类繁杂。混杂、多样的大都市伦敦能给作家写作提供丰富的素材，作家所需的各类社会原型在大都市伦敦都能找到。因此，以反映广阔社会现实生活为己任的作家狄更斯必然会选择大都市伦敦作为描写对象。

（二）狄更斯小说中人物活动空间的选择策略

在狄更斯的小说中，人物的活动空间主要被安放在监狱、法律场所、学校、家庭等与市民生活密切相关的空间场所。首先，这些空间场所与狄更斯自身的生活经历相关。狄更斯出生在英国的朴次茅斯，9 岁时随家人来到伦敦。他童年的快乐时光并没有持续太久，在他 11 岁的时候因父亲债台高筑，全家搬进了债务人监狱，作为长子的他在一家黑皮鞋鞋油厂做工，挣钱补贴家用。他几乎每天去监狱里探望家人，因此对监狱这个空间场域十分熟悉。狄更斯在小说中建构了许多监狱，《匹克威克外传》中的匹克威克先生、《大卫·考坡菲》中的米考伯等人都有过住进监狱的经历；监狱这个空间意象还贯穿了《小杜丽》全文。后来，狄更斯的祖母去世，狄更斯的父亲继承了一笔财产，还清了债务，全家得搬出债务人监狱。但由于父亲不善理财，祖母留下的遗产很快被花光，狄更斯被迫再次辍学，自谋生计。他先在一家律师事务所做杂务，后转做律师的缮写员，兼做事务所的通讯员。在律师

---

[1] ［美］埃德加·约翰逊：《狄更斯——他的悲剧与胜利》，林筠因等译，天津人民出版社 1992 年版，第 41 页。

事务所工作的这段时间，狄更斯接触了广阔的社会生活，了解了许多法律界的内幕，为小说创作积累了素材。因此律师事务所、法庭等法律场所成为了狄更斯小说中经常出现的空间意象，例如《匹克威克先生外传》中道孙和福格的律师事务所、《老古玩店》中布拉斯兄妹的律师事务所、《远大前程》中贾格斯的律师事务所；在《荒凉山庄》中，大法官庭和律师事务所甚至是统摄全文的空间意象。狄更斯在律师事务所工作的两年期间，跟父亲学会了速记，后转行去《太阳报》做了记者，并凭借自己的天赋和勤奋成为了当时伦敦最优秀的记者之一。他在报社的任务就是采访下议院，并且经常去全国各地观看国会和政界人士的演讲。在此期间，狄更斯广泛地接触生活，了解了许多政治内幕。所以，议会选举也是狄更斯小说中经常出现的空间场景。《荒凉山庄》中库德尔党派和杜德尔党派长期在议会中轮流执政，钢铁大王朗斯威尔代表中产阶级参与议会选举，并取得节节胜利；《我们共同的朋友》中维尼林参选议会议员，挖空心思四处奔走拉票。以上内容充分地说明了狄更斯小说中人物活动的具体空间选择和作者的人生经历息息相关。而家庭空间几乎在每位小说家的文中都会出现，狄更斯的小说也不例外，因为家庭是每个人的精神故园和人生中的原风景，是社会的基本单位。

  此外，狄更斯在小说中选择这些具体的空间作为人物活动的场所也是他要在文中反映广阔的社会生活这一写作目的决定的。狄更斯生活的维多利亚时代通过工业革命的洗礼和政治的变革已经步入了现代社会，现代社会最显著的特征就是市民社会形成、社会生活中公共领域和私人领域泾渭分明、社会迈入法治时代。家庭空间和各类司法空间在市民日常生活中扮演着重要的角色。维多利亚社会十分重视家庭生活，家庭观念比较浓厚，家庭在人们心中具有神圣的地位，家庭幸福是衡量人是否成功的标准之一。狄更斯在小说中建构了各式各样的家庭空间，这些家庭空间有的贫穷，有的富裕，有的破裂，有的美满，狄更斯的许多小说中的主人公都是从家庭出发，后回归家庭，例如

《我们共同朋友》中的哈蒙、《远大前程》中的匹普等。现代社会建立在契约的基础之上，法律是契约的保障，各种法律行为准则规范着人们的日常生活。英国是世界上最早发生资产阶级革命并迈入现代社会的国家，法制概念已经普及，市民有很强的法律意识，他们从出生到死亡都在和法律及相关的司法机关打交道。人们结婚需要去民法学会，遗产继承需要通过大法官庭，个人的财政等一切事务都需要律师事务所代为管理。由此，我们在狄更斯小说中看到了许多司法空间，它们深入到了小说人物日常生活的每一个角落里。

二 狄更斯小说空间叙事中的空间表现策略

空间是客观的，但是由于作者的侧重点与思想倾向性等不同，同一空间在不同作家的笔下可能呈现不同的特点。例如维多利亚时代的伦敦在萨克雷小说中和狄更斯小说中有很大的区别，萨克雷笔下的伦敦是上流社会的伦敦，而狄更斯笔下的伦敦则是全部伦敦人的伦敦。因此，我们有必要探究一下狄更斯小说中空间的表现策略及狄更斯小说空间在文本中具体表现出来的特点。

（一）突出表现室内空间与街道空间

以往小说中的空间只是作为背景存在着，它们只是人物活动的舞台、故事上演的场景，通常处于隐匿的状态。狄更斯小说中的空间则不只是作为背景存在，而是被"前景"化了。狄更斯在文本中用了大量的篇幅去描写空间，其文中的空间具有很强的画面感和立体感。另外，狄更斯小说中的空间和空间中的人物及发生在空间中的事件同等重要，它们在文中相互映衬、平分秋色。在狄更斯小说所建构的空间中，狄更斯对室内空间和城市空间中的街道着墨最重，它们在狄更斯小说中有着重要的地位。狄更斯小说是人物小说，侧重于对普遍人性的关注和探索，而室内空间是一种封闭的空间，人处于封闭的空间，容易获得安全感，会放下戒备，打开心扉，展示性格本真的一面。这种特点利于作者塑造人物形象、探索普遍人性。例如《远大前程》中贾格斯律师的助手艾米克在外面是一个非常职业化的、公事公办的、不讲情面的人，在家里却是一个善良的热心肠的人，他与匹普把酒言欢、推心置腹，热情地帮助匹普；《老古玩店》中奎普尔太太和五六位邻居正是在奎普尔太太的闺房里才敢敞开心扉讨论社会中男女地位不平等的问题，并大胆地发表男人既然有压迫妇女的倾向，妇女就应该有反抗暴政、维持权力和尊严的义务的言论。此外，在狄更斯小说中，男女之间互生爱慕之情，相互表白真情，也大都是在室内空间进行的。与室内空间不同，城市街道空间是开放的，就像城市的血管一般四通八达，对外呈现扩张和延伸的状态。城市街道空间把杂乱无章的城市分割为若干区域，又把它们连接成一个充满生机和活力的有机体。狄更斯自己就是城市街头的闲逛者和奋斗者，他小说中的伦敦街道上演着繁杂的城市生活，街道上行走的既有匆匆忙忙的商人，也有无家可归的流浪者，还有一群群的闲逛者。文中的街道还为人物的相遇提供了空间场所，从而推动着叙事的发展。城市街道带给行人的震惊、疏离、陌生等现代性体验又升华了叙事的意蕴。正如巴赫金所说："小说中的相会，往往发生在道路上。道路主要是偶然邂逅的场所……这里时间仿佛注入了空间，并在空间上流动形成道路，由此道路也才出现如此丰富的比喻意义'生活道路'、'走上道路'、'历史道路'等等。"[①]《老古玩店》一文的故事就是"我"在街道上闲逛得来。"上了年纪的'我'晚上却还经常去外面散步，一方面是因为它对我的病体有益，另一方面则因为它给了我一个研究街上来往行人的性格和职业的机会。"[②]"我"正是在散步的街道上遇见主人公小耐尔，引出了老古玩店的故事。在《小杜丽》的开头，克莱南在街道上遇见小杜丽，尾随后知道了她是"马夏尔西狱之女"；在文章的结尾，小杜丽从马夏尔西狱中接回克莱南，两人在教堂结婚后携手"来到了喧

---

① [苏] 巴赫金：《小说理论》，白春仁、晓河译，河北教育出版社 1998 年版，第 444 页。
② [英] 狄更斯：《老古玩店》，许君远译，上海译文出版社 1980 年版，第 1 页。

嚷的大街，难舍难分，无比幸福；他们在阳光下，在树荫里，朝前走着的时候，吵吵嚷嚷的人和心情急切的人，不可一世的人、刚愎自用的人、虚荣浮夸的人，又烦恼，又焦灼，发出了通常的喧闹声"[1]。街道上嘈杂的声音和各式各样的人就是他们夫妇二人要面对的现实世界。

（二）突出空间的社会维度

与现实中的空间相对应，小说中的空间也可划分为自然空间、社会空间和心理空间。由于狄更斯是一个现实主义作家，他在文中建构空间的时候主要突出了空间的社会维度，即狄更斯小说中建构的空间主要是社会空间；另外，狄更斯在文中建构的自然空间和心理空间也具有社会色彩。笔者已经在前文中对狄更斯小说中的社会空间作出分类并进行了具体的研究，此处不再赘述。

狄更斯在文中很少建构自然空间，其文中最常见的自然空间就是伦敦的母亲河泰晤士河。但是狄更斯主要描写的不是泰晤士河的自然风光，出现在狄更斯笔下的泰晤士河已经被社会化。狄更斯文中的泰晤士河污秽不堪，河面上笼罩着刺鼻的浓雾，河滨一带布满了垃圾和工业废墟，周围犯罪事件频繁发生。泰晤士河在狄更斯的文中呈现腐朽、糜烂、衰败的黑灰色景象，是一个藏污纳垢的场所。此外，在狄更斯小说中，许多重要事件都发生在以河为中心兼及河滨、小岛、船、桥、码头等的河流场景中。河流不仅是故事发生的场所，还是空间生产发生的场域，具有丰富的表征意义，狄更斯常常把河流与现代文明的恶果，人性的邪恶与犯罪，人类的生存与死亡、拯救与救赎联系起来，表达着其对所处时代的思考。例如《奥立弗·退斯特》中那个处在泰晤士河的一个水湾之中的"雅各岛"是凶残的盗贼、杀人犯费根最后的藏身之地。泰晤士河的这个水湾曾经是一个磨坊池，也是附近居民饮用水的来源。受经济不景气和大法官庭诉讼拉锯战的影响，曾

---

[1] ［英］狄更斯：《小杜丽》，金绍禹译，上海译文出版社1993年版，第1149页。

经十分繁荣的雅各岛变成了十足的荒岛，到处显出破败相。令人作呕的污垢、废物和垃圾装点着磨坊池浑水的两岸，这一带成为最邋遢、最奇怪、最特别的一处地方。"房屋没有主人，有胆量的人便破门而入，据为己有；他们住在那里，死在那里。他们必定有重大的理由需要找个秘密的住处，或者真是穷得走投无路，否则不会到雅各岛来栖身。"① 心理空间属于主观空间，和人的主观意识密切相关，是人对外部世界编辑、修改、加工后建构的空间。苏贾（Edward W. Soja）在《第三空间》中认为"心理空间属于'第二空间'，是空间的精神层面，是外部空间在人的内心的表征"②。由此可见，心理空间也具有社会属性。作者在文中建构心理空间的方法有许多，例如现代派作家经常按照人物心理活动的特点和规律，运用时空穿梭、联想、想象、回忆、内心独白等手法建构心理空间。而狄更斯主要采用内心世界外化的方法建构心理空间。"一般来说，狄更斯很少直接展示人物的内心世界……狄更斯的长处在于当他处理人物的内心世界时，他能够巧妙地把他们外化出来，成为一种可感知的外部形象，使读者感到甚至猜到人物内心思想情感的活动。"③ 这样更能突出心理空间的社会特征。例如在《奥立弗·退斯特》中，盗贼费根在死刑执行前的最后一夜感到极度焦虑、惊恐、慌张，狄更斯通过自己的叙述和人物的行为把这种内心世界充分地表现了出来：费根"直至这可怕的最后一天晚上，意识到自己濒于绝境的一种幻灭感才达到最强烈的程度，并控制了他发霉的灵魂。倒不是因为他曾抱有明确的希望犹图得到宽恕，而是因为到目前为止，很快就要一命呜呼这件事在他心目中顶多只是一种笼统的设想。他很少同轮番看住他的那两个人说话，他们也不企图引起他的注意。他坐在那里醒着做梦。他动不动会跳起来，张口喘着大气，

---

① ［英］狄更斯：《奥立弗·退斯特》，荣如德译，上海译文出版社1984年版，第457—458页。
② ［美］索杰：《第三空间——去往洛杉矶和其他真实和想象地方的旅程》，陆扬等译，上海教育出版社2005年版，第101页。
③ 赵炎秋：《狄更斯长篇小说研究》，社会科学文献出版社1996年版，第302页。

身上皮肤发烫，急匆匆地来回奔跑，克制不住恐惧和暴怒的发作，甚至见惯了这种情景的看守也吓得从他那儿闪开"①。

（三）突出空间的批判维度

小说中的空间是作者以现实世界中的空间为摹本，以语言文字为工具，通过主观想象建构的空间。狄更斯是一个现实主义作家，但是他自身又具有爱憎分明的性格，有很强的倾向性。狄更斯在作品中建构的伦敦有强烈的批评色彩，他在文中建构贫民习艺所、学校、监狱等各种空间来批判政府的社会福利制度，揭露济贫院、监狱等的丑恶现状，关注儿童教育、社会治安、童工等各种社会问题；他用具有良知的方式，持续不断地关注底层社会，他所建构的"最坏的伦敦"和大英帝国巅峰时代"最好的伦敦"形成了鲜明的对比。狄更斯虽然在文中突出了空间的批判维度，但并没有忽视空间的现实维度。正如国内狄更斯研究专家赵炎秋教授所说："现实主义要求作家如实地反映现实生活，但狄更斯又是一个有着强烈惩恶扬善倾向的作家，从不在作品中隐瞒自己的思想感情，在坚持全面反映生活的同时，通过虚化与突出生活的某些方面，以达到自己的创作目的，是狄更斯创作的基本特点之一。"② 例如狄更斯在小说中建构了许多学校空间，他在文中通过学校空间揭露了教育资源的不公。19 世纪是英国教育发展、学校普及的时代，但教育不公现象在社会中依然存在——很多贫穷儿童依然被排斥在学校的大门之外，女性未能同男性一样享有受教育的权利，有着不同阶级背景的孩子在学校受到不同的待遇，贫穷学校的基础设施与贵族公学有着天壤之别，等等。狄更斯在文中通过学校空间揭露了学生管理制度的弊端。19 世纪英国的学校管理制度由课堂教学、课外规范化管理、检查考试三部分构成。在这种管理制度下，教师和学生的关系是二元对立的关系，老师拥有绝对的主导权，老师通过层级监视、规范化裁决、检查考试等管理手段，对学生进行规范化管理。

---

① ［英］狄更斯：《奥立弗·退斯特》，荣如德译，上海译文出版社 1984 年版，第 491 页。
② 赵炎秋：《狄更斯小说中的监狱》，《外国文学评论》2005 年第 2 期。

这种管理模式提高了知识普及的效率，有利于社会平稳正常地运转。但在这种教育管理制度下成长起来的孩子存在着被社会权威规训的风险，其身心难以得到自由健康的发展，这些情况也和实现人的自由发展的学校教育目的相背离。另外，狄更斯还通过学校空间批判了当时在学校盛行的功利主义教育思想。19世纪英国的学校课程设置重视古典人文、轻视理性和实证，受功利主义影响的教育家对此十分不满。受功利主义思想影响的教育家们推行实用主义的教育价值观，主张在学校广泛开展自然科学学科教育，这种以功利主义为指导思想的学校教育推动了英国自然科学的发展，提升了教育在社会中的地位，促进了教育的普及，提高了教育的效率。但这种学校教育过分强调实用和效率，忽视了人文关怀，极易导致私欲的膨胀。狄更斯虽然在文中耗费了大量的笔墨批判学校教育的弊端，但是并没有忽视学校教育的积极作用。《大卫·考坡菲》里的大卫·考坡菲、《远大前程》中的匹普都出身寒门，在贫民学校所受的教育提升了他们的社会地位，使他们获得了较好的前程。狄更斯小说中，学校的正面形象主要通过抽象、虚化的手段表现出来。

三 狄更斯小说空间叙事中的空间信息控制策略

文学中的空间不是一个客观的、静止的、冷冰冰的容器，而是一个主观的、复杂的、多重社会关系建构的共同体。狄更斯在小说中建构了多样、复杂的空间，上文已对他所采用的方法和手段作出具体研究，接下来主要从叙事学的"视角"出发，探讨狄更斯小说空间的控制策略，即狄更斯在小说中建构这些复杂空间时选择用谁的视角和用了几重视角去控制这些空间的信息，这背后所隐含的创作目是什么。

（一）叙事者视角和人物视角相结合

视角本质上与文中信息的控制和管理有关。"视角是叙事者的观察点，叙事者通过这些观察点来感知事物。叙事者所取的观察位置不同，他看到的东西自然也就不同。在视角中，叙事者就像一个摄影镜头，放在什么位置，就观察到什么东西。视角的承担者或为故事中的人物或为叙事者，从这个角度看，视角可以分为人物视角与叙事者视角。"[1] 在文中建构空间的时候，狄更斯主要采用叙事者视角和人物视角相结合的方法，叙事者的观察位置多在空间的外围，而人物的观察位置常在空间的内部，狄更斯通过叙事者或人物的表述，内外结合、详略得当地把其所建构的空间形象地展示在了读者面前。例如在《双城记》中，狄更斯首先采用叙事者的视角观察马奈特大夫寓所的外部："马奈特大夫幽静的寓所，坐落在离奥候广场不远的大街上一个幽静的拐角。在伦敦，再也找不到一处比大夫居住的更为古雅别致的拐角了。没有道路从这里穿过，大夫住宅的那排前窗面临一带赏心悦目的小小街景，那街上具有一种令人舒畅的幽静气氛。大夫占用了一所安静房子的两层楼。据揣测，这所房子里白天有好几种行业从事活动，不过哪天也几乎听不见它们的动静，而到了夜晚，则一概停业。住宅背后有一栋大楼，和那所房子只有一院之隔，院内有一棵法国梧桐，绿色的叶子簌簌作响。"[2] 我们由上文可知狄更斯是一个有着强烈情感色彩的作家，"古雅别致""舒畅的幽静气氛"等形容词体现出狄更斯对马奈特大夫寓所的喜爱之情。狄更斯接着又用劳瑞的视角观察了马奈特大夫寓所的内部："劳瑞先生进屋子后四下走动打量。在这一层楼上有三间屋子，它们之间的门都是开着的，这样空气就可以在三间屋子里畅行无阻地流通。劳瑞先生从一间屋子走进另一间屋子，愉快地看着，在他周围所看到的一切东西都有一种奇妙的相似之处。第一间是最好的一间屋子，里边有露茜的鸟儿、花儿、书籍、书桌、工作台和一盒水彩颜料；第二间是大夫的诊疗室，也作饭厅用。第三间，院内的梧桐树在里面洒下了摇曳不定的斑驳树影，这是大夫的卧室，

---

[1] 赵炎秋：《叙事情境中的人称、视角、表述及三者关系》，《文学评论》2002 年第 6 期。
[2] ［英］狄更斯：《双城记》，张玲、张扬译，上海译文出版社 2011 年版，第 102—103 页。

在一个屋角，放着已经不用的制鞋凳子和一盘工具，很像放在巴黎圣安东区酒铺旁边那栋昏暗房子五层楼上的那种样子。"① 劳瑞先生是一个有文化涵养的绅士，他的观察视角和表述能把寓所内温馨装饰、和谐友爱的氛围贴切地呈现出来。另外，马奈特大夫的制鞋工具是文中的标示物，马奈特大夫在巴士底狱从事的改造劳动就是制作鞋子。当劳瑞和其女儿露茜去巴黎德发日家的阁楼上营救马奈特大夫时，马奈特大夫正在不停地敲打、制作鞋子。狄更斯用劳瑞的视角才能聚焦马奈特医生房间的制鞋工具，这也为下文马奈特医生的精神再次崩溃做了很好的铺垫，马奈特大夫受到有关自己含冤入狱事件的刺激，再次把自己关进房间，不停地敲打制鞋工具。

（二）多重式观察视角

从观察主体出发，文学作品中的视角分为叙事者视角和人物视角；根据文中事件和人物观察视角的多少，文学作品中的视角又可以分为单一式和多重式。在狄更斯小说中，空间的建构多采用多重式的观察视角。狄更斯在小说中建构的空间形态具有复杂性、多层次性等特征，由于自身生活经历不同，不同的人物"看"的侧重点也必然不同，不同的视点结合在一起，才能建构出立体、完整、全面的空间。例如《荒凉山庄》分别运用了叙事者、德洛克夫人、埃丝特、格皮等人的视角对切斯尼山庄进行观察。在文中，我们首先通过叙事者的视角看到了切斯尼山庄的大致样貌："德洛克夫人曾经去过林肯郡，住在她通常说的那所'邸宅'。林肯郡洪水泛滥。猎园里的那座桥有一个桥洞被水冲毁，而且被冲走了。邻近半英里宽的洼地成了一条死水河，萧萧的树木就成了河中的小岛，竟日不停的雨把整个水面打得千疮百孔。德洛克夫人的'邸宅'十分凄凉。多少个昼夜以来，霪雨连绵，就连树木都湿透了；樵夫砍下的柔条嫩枝掉到地上时，一点声响也没有。湿淋淋的野鹿经过的地方，留下了一个个的泥塘。枪弹在这雨天

---

① ［英］狄更斯：《双城记》，张玲、张扬译，上海译文出版社2011年版，第104页。

里失去了锐音，它的硝烟象一朵小云彩，向那青青的山冈缓缓飘去，在这个杂树丛生的山冈衬托之下，这场雨显得格外分明。"① 其次，从德洛克夫人的视角由里往外看，我们看到的是切斯尼山庄内部的景象："展现在德洛克夫人眼前的，不是一种阴沉沉的景色，就是一种黑魅魅的景色。前边的石板道上，有几个石坛子，整天接着雨水；大点大点的雨，滴答、滴答、滴答，通宵不停地打在宽阔的石板路上，这条路很早以来就叫'鬼道'。礼拜天，猎园里的小教堂有一股发霉的气味，橡木讲道坛流着冷汗，到处弥漫着一种好象德洛克家祖先从坟墓里散发出来的气息。"② 然后，我们又通过律师格皮的视角参观了切斯尼山庄的内部，看到了德洛克家族祖祖辈辈的画像、一间间屋子、长长的客厅、德洛克夫人的房间、石板鬼道等。最后，我们又通过埃丝特的视角从上到下俯瞰了整个山庄："我们登上一座小山的山顶时，我们的朋友就放下德洛克不谈，而向我们遥指着切斯尼山庄。那是一所古老而又别致的房子，坐落在一个树木茂密的幽雅的猎园里。波依桑向我们指出，离开邸宅不远的地方，耸立在树木中间的，就是他刚才说的那个小教堂的尖顶。看啊，那些参天古树上面的光影倏忽闪动，仿佛天使们在振翅飞翔，掠过那夏日的太空；那绿草如茵的平坡，那波光粼粼的河水，还有那个花园，五色缤纷的鲜花，左边一丛，右边一簇，收拾得非常整齐——这些景色有多么瑰丽啊！那所房子有三角墙、烟囱、尖塔、角楼、浓荫掩映的门道、还有那宽阔的露天走道——走道栏杆旁和花盆里，还盛开着玫瑰花。那所房子可以说是坐落在虚无缥缈的境界中，处在宁静而幽深的气氛中，给人一种似真非真的感觉。"③ 这四个视角处于不同的位置，作者在文中把它们结合起来，让切斯尼山庄形象、立体地展示在了读者面前。

此外，作者对文中观看或把控空间中信息的人物视角的选择，与

---

① [英]狄更斯：《荒凉山庄》，黄邦杰等译，上海译文出版社1979年版，第14页。
② [英]狄更斯：《荒凉山庄》，黄邦杰等译，上海译文出版社1979年版，第14页。
③ [英]狄更斯：《荒凉山庄》，黄邦杰等译，上海译文出版社1979年版，第322页。

作者的写作目的和意图密切相关。在《荒凉山庄》中，狄更斯用格皮的视角去观察了切斯尼山庄德洛克夫人的画像。格皮是埃丝特的追求者，他通过观看画像发现德洛克夫人和埃丝特十分相像，这为下文他向埃丝特求婚、解开埃丝特是德洛克夫人私生女的秘密埋下了伏笔。另外，狄更斯在文中用埃丝特的视角观察了杰利比太太的家。杰利比太太为社会慈善工作着了魔，完全献身社会，不善持家，是作者批判的对象。埃丝特去杰利比太太家里看到的是这样一种景象："房间里到处都是乱纸，一张大写字台占去了大半个房间，写字台上也撒满了纸。我必须说，这屋子不但很乱，而且很脏。我们的眼睛不得不注意到这些，尽管我们的耳朵当时还得倾听着那个滚下楼梯去的孩子；我想，大概是滚到后面的厨房里去了，那里似乎有人在堵着他的嘴，不让他哭"①。与杰利比太太相比，埃丝特则是一个持家能手，她被贾斯迪先生和婀达亲切地称为"德登大妈""小老太太"。作为荒凉山庄的管家，埃丝特把家里收拾得井然有序。狄更斯安排贤惠的埃丝特去参观杰利比的家，埃丝特首先聚焦的就是杰利比太太家由于其不做家务造成的乱象，作者的情感倾向性就这样自然地、不着痕迹地流露了出来。

第三节 狄更斯小说空间叙事中的空间与时间的关系特征

空间和时间是世界万物的基本属性和存在方式。通常意义上的空间和时间与我们的经验感知相关。时间多指事物发展变化的过程，具有不可扭转性和因果关系属性；空间则是广延的，具有关系、位置等属性。文学艺术是一种时空体艺术，既具有时间属性也具有空间属性；文学是语言的艺术，语言文字必须按照一定的时序才能叙述完成一个文本。另外，构成文学文本中故事的事件也具有时间性。因此，文学

---

① [英]狄更斯：《荒凉山庄》，黄邦杰等译，上海译文出版社1979年版，第51页。

具有时间属性。正如英国女作家伊丽莎白·鲍温（Elizabeth Bowen）所说："时间是小说的一个主要组成部分。我认为时间同故事和人物具有同等重要的价值。凡是我能想到的真正懂得、或者本能地懂得小说技巧的作家，很少有人不对时间因素加以戏剧性地利用的。"[①] 另外，文学也具有空间属性。文学文本的载体即书本具有空间形态，文本中事件的发生、人物的生存和生活都要以一定的空间场域为载体。作家曹文轩曾说："我们说小说是时间的艺术，是从小说形式而言的。而从小说所要关注的、最终作为自己内容的那一切来看，空间问题却又成了它基本的、永远的问题。既然它所关注的对象无法离开空间，那么它也就无法抛弃空间。并且，恰恰因为小说在形式上属于时间艺术，因此，空间问题反而在这里变得更加引人注意了：作为时间艺术的小说究竟如何看待空间，又如何处理空间问题就成了小说家的一门大学问。"[②] 本章的重点是狄更斯小说的空间叙事，主要关注狄更斯小说的空间属性，但并没有否定其小说的时间属性。下文我们将就狄更斯小说中时间和空间的关系展开探讨，以期通过狄更斯小说的时间维度来更好地理解和把握空间。

一 狄更斯小说的时空一体性

空间和时间是互为一体、不可分割的。正如爱因斯坦所说："空间（位置）和时间在应用时总是一道出现的。世界上发生的每一件事都是由空间坐标 X、Y、Z 和时间坐标 T 来确定。因此，物理的描述一开始就一直是四维的，但是这个四维连续区似乎分解为空间的三维连续区和时间的一维连续区。这种明显的分解，其根源在于一种错觉，认为'同时性'这概念的意义是自明的，而这种错觉来自

---

① ［英］伊利莎白·鲍温：《小说家的技巧》，吕同六主编：《20 世纪世界小说理论经典（上卷）》，华夏出版社 1995 年版，第 602 页。

② 曹文轩：《小说门》，作家出版社 2002 年版，第 170 页。

这样的事实：由于光的作用，我们收到附近事件的信息几乎是即时的。"① 与其他事物一样，文学既有时间维度，也有空间维度，空间与时间并行不悖、辩证统一。巴赫金正式提出了文学是一种时空体艺术，他认为："在文学中的艺术时空体里，空间和时间融合在一个被认识了的具体的整体中。时间在这里浓缩、凝聚，变成艺术上可见的东西；空间则趋向紧张，被卷入时间、情节、历史的运动之中。时间的标志展现在空间里，而空间则要通过时间来理解和衡量。这种不同系列的交叉和不同标志的融合，正是艺术时空体的特征所在。"② 因此，我们在探讨狄更斯小说的空间艺术的时候，不能忽视其小说的时间维度。下文我们将以空间为出发点，探讨狄更斯小说的时空一体属性。

（一）狄更斯小说的空间存在于时间之中

我们由前文得知狄更斯小说空间叙事中的空间主要是指作者以语言文字为媒介，以现实为摹本建构的空间形态。狄更斯小说中建构的空间存在于时间之中，表现在以下几方面。

首先，空间存在于特定的时代之中。文本故事发生的维多利亚时期界定了文本中空间叙事元素的时代特征、政治经济关系和风俗特点。治安混乱的维多利亚中期的伦敦是《奥立弗·退斯特》中故事发生的时代背景。19世纪中期的英国初步完成工业革命，物质财富的积累达到了空前的高度，但是贫富差距却日益扩大，城市里流浪着大量破产的农民、失业的工人、无家可归的儿童，社会犯罪率居高不下。偷盗罪是维多利亚中期最主要的犯罪类型，"1825年，12237人因各种罪名被起诉，近6/7的人因偷盗而被起诉。"③ 狄更斯在小说中建构的济贫

---

① ［美］阿尔伯特·爱因斯坦：《爱因斯坦文集（第一卷）》，许良英等编译，商务印书馆1976年版，第251页。
② ［苏］巴赫金：《巴赫金全集（第三卷）》，白春仁、晓河译，河北教育出版社1998年版，第274—275页。
③ 陈燕：《十九世纪四十年代伦敦的社会治安问题》，硕士学位论文，上海师范大学，2013年，第9页。

院、贫民习艺所则与 1834 年英国议会通过了《1834 年济贫法修正法案》这一时代背景有关。新的济贫法取消了对穷人和弱势群体的一切现金或实物的救济，要求把穷人集中到济贫院并通过改造劳动让他们学会自食其力。济贫院的建立在一定程度上提高了英国的救济效率，降低了社会犯罪率，维护了社会治安，为社会再造了许多劳动力，但是济贫院严格的管理制度和较差的居住环境又引起了穷人的恐惧和排斥。恩格斯尖锐地指出："那里的伙食比最穷的工人吃的还要坏，而工作却更繁重……甚至监狱里一般的伙食也比这里好……而实际上习艺所也就是监狱。不做完分内的工作就不能吃饭……"[1]

其次，狄更斯小说文本中空间的建构要占据一定的叙事时间。描写和叙述是小说最主要的两种写作手法，狄更斯在小说中建构空间的主要方法是描写。从叙事时间的角度来看，描写性文字叙事时间进展很慢甚至接近停止，许多人把它称为静叙或慢叙。与新小说绝对客观的展示不同，狄更斯在文中对空间的描写性叙事包含很多叙述的成分，正如热奈特（Gérard Genette）所说："19 世纪伟大的作家巴尔扎克、狄更斯、陀思妥耶夫斯基克服和超越了机械、孤立的修辞语式的教条和片面，把最高度的展示与最纯粹的讲述熔为一炉。"[2] 狄更斯小说描写性文字的叙事时间进展很慢，但是并没有停止。例如在《艰难世事》中狄更斯对焦煤镇的描写："庞得贝和葛擂硬两位先生正要前往的焦煤镇……这是个一色红砖房的市镇……这是个到处都是机器和高耸的烟囱的市镇，无穷无尽的长蛇般浓烟，一直不停地从烟囱里冒出来，怎么也直不起身来。镇上有一条黑色的水渠，还有一条河，这里面的水被气味难闻的染料冲成深紫色，许多庞大的建筑物上面开满了窗户，里面整天只听到嘎啦嘎啦的颤动声响，蒸汽机上的活塞单调地移上移下，就象一个患了忧郁症的大象的头……葛擂硬和庞得贝两位

---

[1] 《马克思恩格斯全集（第二卷）》，人民文学出版社 1957 年版，第 576 页。
[2] ［法］热拉尔·热奈特：《叙事话语·新叙事话语》，王文融译，中国社会科学出版社 1990 年版，第 112 页。

先生，这两位异常实际的绅士此刻正在焦煤镇上走着。"[1] 狄更斯用了近 3000 字去描写焦煤镇，狄更斯笔下的焦煤镇和葛擂硬、庞得贝十分相像，它们都是"事实"的化身。这些描写性文字不是纯粹客观的，它们并未独立于叙事时间之外，而是介于叙述和描写之间，读者能明显地感觉到叙事时间的流动。

最后，文本中建构的空间存在于时间的流动之中，时间的流动是建构空间意义的来源。例如《老古玩店》中的"老古玩店"、《董贝父子》中的"董贝公寓"等都几经变迁，这种变化的过程正是建构空间意义的来源。狄更斯在《老古玩店》中建构的老古玩店是一个类似于"乌托邦"的空间场域，从老吐伦特作为这家老古玩店的拥有者，到奎普尔侵占老古玩店、搬走老古玩店的所有东西，再到老古玩店走向荒凉、凋敝、坍塌，我们可以看出老古玩店这个空间存在于一个特定的时间段内，只有在这个时间段内，老古玩店这个空间的意义才能完全显示出来。老古玩店是传统与过去的象征，和周围以机器为主要生产方式、受到资本控制的现代社会格格不入。奎普尔入侵老古玩店象征着现代资本主义生产方式对传统的破坏和侵蚀，老古玩店的坍塌也预示着"传统"和"过去"在现代社会必然消亡的命运。正如小说的结尾所说："吉特有时把他的孩子带到小耐尔曾经住过的大街，不过许多地方都改变了，没有原来的面貌了。那座老房子早已拆毁了，在它的地基上修建了一条又整齐又宽阔的大道。"

（二）狄更斯小说的空间包含着时间

狄更斯小说的空间存在于时间之中，而其空间也包含着时间；狄更斯小说的空间是建构的空间，它是内部各个要素之间秩序与关系的建构，也是时间的建构。

空间叙事元素包含着时间，首先体现为空间中各要素包含着时间。例如《荒凉山庄》中切斯尼山庄的"鬼道"。"鬼道"是切斯尼山庄

---

[1] ［英］狄更斯：《艰难时世》，全增嘏、胡文淑译，上海译文出版社 1985 年版，第 18 页。

的一条石板道路,源自德洛克家族的一个古老传说。传说切斯尼山庄很久以前的主人莫布里爵士和他的夫人因政治立场等各种原因相处得很不融洽,这位夫人经常在石板道上散步,并死在了石板道上,死的时候留下诅咒:"我就死在这里,死在我散步的这个地方。我死后虽然躺在坟墓里,可我还是要在这里散步。我将来就在这里散步,一直散到这个家庭的声誉一落千丈为止。当这个家庭出了不幸的事或丢脸的事,就让德洛克家的人听听我的脚步声吧。"[①] 数百年来,只要这个家庭里有人害病或是去世,石板的回声就会再次响起,这条石板道因此而被称为鬼道。每当石板道的脚步声响起,切斯尼山庄的人都会想起数百年来一直流传的关于这条石板道的传说。因此,这条"鬼道"的时间属性不言而喻。

其次,空间中的秩序也包含着时间。空间的秩序其实就是空间对时间的再次分配和组合。例如《小杜丽》中拖拖拉拉部中各个职能部门都有明确的分工:克莱南到拖拖拉拉部质询老杜丽债务案,需要先经过负责人巴纳尔克父子的准许,然后去甲办事员那里领取表格、乙办事员那里签字,最后把表格交给丙办事员。拖拖拉拉部的每个工作程序之间有时间上的先后顺序,每个职能部门的权责相互制衡,这提高了工作效率,便于巴纳尔克父子的监督和管理。拖拖拉拉部里的空间秩序就是对时间的合理安排和再分配。

最后,狄更斯小说建构的空间中包含着许多叙事事件,而时间是构成叙事事件的主要元素,这些碎片化的叙事事件并置、交叉、重叠在一起,共同建构了空间的社会属性。例如《董贝父子》中董贝公寓这个空间里发生过这些叙事事件:小保罗出生、董贝夫人去世、小保罗去世、公寓专修、董贝再婚、董贝的第二任夫人和其属下卡克尔私奔、弗洛伦丝离家出走、董贝公寓拍卖、董贝性格转变等,这些叙事事件共同建构了董贝公寓这个空间场域。

[①] [英]狄更斯:《荒凉山庄》,黄邦杰等译,上海译文出版社1979年版,第120页。

综上所述，狄更斯小说空间叙事中时间和空间互为一体、不可分割，它们是互相包含、相互作用的。此外，狄更斯小说空间叙事中的时空关系还有其他特征，我们在下文将对此做具体的分析。

二 狄更斯小说空间叙事中的空间改造着时间

缪尔（Edwin Muir）在《小说结构》一书中认为萨克雷和狄更斯的小说是典型的人物小说，"在人物小说里，时间是假定了的，而情节是在空间上继续不断地再分配和再改组的一个动态的模式。正是人物情节在时间上的这种固定性和在一定空间范围发展的这种特点，使得它的各个部分相称而有意义。"[1] 狄更斯小说以反映广阔的社会生活为己任，文中的一组组空间内上演着一组组生活场景，里面挤满了各式各样的人，他们之间在不停地言说、交流，时间对他们来说仿佛是静止的。这里时间情节的静止性并不是指狄更斯小说中的叙事时间是不流动的、不存在的，而是指狄更斯小说中的故事情节没有较强的时间性和逻辑性。造成这种现象的原因是空间场景的突出、叙事时间的省略以及缺少因果联系的多个故事情节的并置出现等，从而使时间成为空间的附属，给读者营造了很强的空间感。

（一）空间的突出、时间的淡化

狄更斯小说是人物小说，狄更斯小说中的空间不再只是人物活动的舞台、故事上演的背景，而是和人物融为一体的空间，打上了人物的烙印，承载着丰富的思想内容；另外，狄更斯在小说中经常用拟人、象征等手法，全方位、多角度地描写空间，使空间形象十分鲜明、立体，承载丰富信息的空间拦截了叙事时间的进展，吸引了读者的注意力，淡化了读者的时间感受。例如《双城记》第五章"酒铺"中狄更斯对巴黎圣安东区的描写：

---

[1] ［英］卢伯克、福斯特、缪尔：《小说美学经典三种》，方土人、罗婉华译，上海文艺出版社1990年版，第374页。

第四章 狄更斯小说空间叙事

一条狭窄弯曲的街道,充满罪过和恶臭,与其他一些狭窄弯曲的街道纵横交错,到处都是穿着破衣烂衫,戴着睡帽的人群,并且到处都是破衣烂衫和睡帽的臭味,而所有看得见的东西都以阴凄凄的眼光看着这些面带病容的人。即使在走投无路的神色中,也还有一种困兽犹斗的想法。尽管他们无精打采,羸弱不堪,他们当中仍然不乏冒火的眼睛,不乏紧闭得发白的寡言罕语的双唇,也不乏拧成像是他们就要引颈自受或使人受刑的绞索似的眉头。商业招牌(它们几乎和店铺一样多)全都是表示"匮乏"的丑恶图画。屠夫肉商涂抹的只是瘦骨嶙峋的带骨肉,面包师傅涂抹的是粗砺不堪的一点儿面包。信手乱画出来的酒铺里的酒客,对着盛有寡酒的小酒杯大发牢骚,在一起蹙眉低语。除了家什和武器,任何东西都显得不景气,但是,刀具商的刀斧刃利锋亮,铁匠的锤子结实沉重,枪械匠的枪杆杀气腾腾。拐角的石头路面,到处是泥坑水洼,根本没有人行便道,都是径直对着各家门口。流水沟为了弥补这种不便,直通到街心——不过是在它真流水的时候,这得是暴雨过后,此时它就像莫名其妙地抽起风来似地,一股一股涌进各家屋子里。从条条长街的一头到另外一头,每隔很远,有一盏粗陋的街灯,用绳子和滑轮吊着;到了晚上,点灯的人把这些灯放下,点着,再把它们吊上去,一束微弱的灯光就在头上半死不活地摇来晃去,仿佛是在海上。它们确实是在海上,而那只船和全体船员正面临风暴的危险。①

这段对空间进行描写的文字蕴含着丰富的信息,它展示了圣安东区肮脏、破败的恶劣生活环境,展示了圣安东区人愚昧、贫困的精神状态。仇恨和报复已经遮蔽了圣安东区人的双眼,锋亮刃利的刀斧、结实沉重的锤子、杀气腾腾的枪杆预示着一场大的革命风暴即将到来。

---

① [英]狄更斯:《双城记》,张玲、张扬译,上海译文出版社2011年版,第34页。

狄更斯这段空间场景描写集视觉、听觉和嗅觉于一体，贴切的比喻、形象的描写让圣安东区的空间形象跃然纸上，空间被凸显了出来，时间在这里仿佛是静止的。

此外，作者在文中经常从一个时间段内选择一个时间点来集中描写、刻画一组组生动的空间场景，但是由于空间场景之间缺少时间的过渡，读者经常感受不到时间的变化。例如《双城记》第一卷《起死回生》的主要内容是劳瑞和露茜去巴黎营救马奈特医生，这一卷由"时代""邮车""夜影""准备""酒铺""鞋匠"六章组成。"准备"一章狄更斯以旅馆为中心建构空间场景，集中笔墨写劳瑞和马奈特小姐在多佛旅店的碰面，劳瑞在这时告知了马奈特小姐的身世和其父亲的现状；"酒铺"一章狄更斯以巴黎圣安东区的德发日酒铺为中心建构空间场景，劳瑞和马奈特之前的仆人德发日在酒馆碰面，得知马奈特医生被德发日夫妇关在阁楼上；第四章的结尾劳瑞和马奈特小姐决定去法国巴黎营救马奈特医生；第五章的开头就是对圣安东区的详细描绘，劳瑞和马奈特小姐从多佛到巴黎圣安东区的时间段内发生的故事在文本中被省略掉，狄更斯的笔墨主要集中在对圣安东区的描写上。文中空间场景的转换像一组组并置的电影镜头的切换，具有很强的立体感和空间感。

（二）空间压缩着时间

小说中人物性格的不断发展变化推动故事情节向前发展，故事情节环环相扣，一个事件引发下一个事件，这种不断向前延伸的状态是显示文本叙事时间的最好方式。然而，狄更斯小说中的人物是"扁形人物"，人物的性格特征处于相对静止的状态，人物形象的塑造主要不依赖时间而是空间，小说人物活动在一组组社会空间场景中，不断扩大着作品所反映的社会内容，时间仿佛被文中的空间吞噬掉了。例如《大卫·考坡菲》中米考伯的人生信条永远是"等一切到了相当的时候，都会发生"，他的性格特点从开始到结束几乎没有发展变化。但这并不影响米考伯成为世界文学画廊中一个不朽的人物形象，因为读者所意识到的是他丰富多彩的生活，不是他的生与死、发展与变化。

读者脑海中的米考伯永远是那个生机勃勃地拥挤在伦敦熙熙攘攘的人群中梦想着或许明天就能飞黄腾达的米考伯，也是那个在温泽台的寓所敷衍着讨债人并幻想着明天或后天就可能还清债务的米考伯，还是那个在债务人监狱给狱友写请愿书并且要呈到平民院请求改变债务人监狱法律制度的米考伯。

狄更斯小说是人物小说，情节为人物服务。与情节小说不同，为了塑造更多更为丰富的人物形象，狄更斯往往在一个空间场景内围绕不同的人物讲述多个故事，这些并置的故事情节之间没有明显的因果逻辑关系，故事情节向外呈现扩展的状态，而不是向前延伸，时间仿佛被空间压缩了。例如在《大卫·考坡非》的坡勾提船屋这个空间场景中，狄更斯不但讲述了主人公大卫的故事，还讲述了格米治太太的故事、坡勾提的故事、小爱弥丽的故事，通过这一系列并置的故事情节，狄更斯生动地刻画了这几个人物形象，给读者留下了深刻的印象。格米治太太是个寄住在坡勾提家的寡妇，她的脾气很不好，爱烦躁，经常哭丧着脸嘟嘟囔囔，她常常挂在嘴上的话是："我是一个孤孤单单的苦命人。"[①] 坡勾提则是一个慷慨侠义、脾气非常好的老实人，但最害怕别人夸他仗义，每次听到这样的话他就恼羞成怒。小爱弥丽是一个漂亮、天真的女孩，她的梦想是嫁个有钱人，让全家人过上好日子。美国文学理论家约瑟夫·弗兰克（Joseph Frank）等在《现代小说的空间形式》一文中指出小说空间场景中并置的逻辑结构终止了叙事时间，读者的"注意力在有限的时间范围内被固定在诸种联系的交互作用之中。这些联系游离叙述过程之外而被并置着；该场景的全部意味都仅由各个意义单位之间的反应联系所赋予"[②]。在狄更斯小说的每个空间场景中正是这些并置的逻辑结构压缩着时间，不断扩展着空间，塑造了一批批栩栩如生的人物形象。当我们想到狄更斯小说人物世界

---

① ［英］狄更斯：《大卫·考坡非》，张谷若译，上海译文出版社1980年版，第96页。
② ［美］约瑟夫·弗兰克等：《现代小说中的空间形式》，秦林芳编译，北京大学出版社1991年版，第3页。

的时候,"我们面前浮现的画面正有些像常用作装帧狄更斯小说集的那些人物密集的扉画;这里我们看到前后左右簇拥着的是——匹克威克先生、傅克史涅夫、密考伯、狄克、斯威夫勒、尤利亚·希普、山姆·维勒、萨拉·甘普、蒙塔古·提格、狡猾的闪不见、胖孩子以及数不清的次要人物,直到画面上似乎再也容纳不下"①。这种密集的效果,这种生活与运动的空间感觉,也是由人物的空间属性所造成的。每个人物在另一个人物出现的时候,仍有其自己的地位;所有的人物永远存在,所有的人物也同时存在;即使他们是在不同的小说中占有其主导地位,也还是一起在读者的心头涌现。

三 狄更斯小说空间叙事中的空间表现着时间

虽然狄更斯小说具有比较突出的空间色彩,文中的叙事时间非线性,也没有较强的因果逻辑性,但是这并不意味着时间在其文中不重要,狄更斯在文中违背的是叙事时间而不是自然时间,自然时间恰恰是他在文中要表现的对象。在狄更斯生活的维多利亚时代,人类进入了资本主义社会,工业革命改变了人们的生产和生活方式,人类征服自然的能力大大提高。"变动不安"成为时代的主旋律,随着铁路的兴修,昨天的贫民窟转眼变成高楼大厦,昨日繁荣的手工作坊现在则已经成为废墟。面对瞬息万变的外部世界,人们不再能够把握永恒的东西,精神世界呈现出面对时间的焦虑景象。城市作家狄更斯的小说正是用空间去表现时间,在瞬息万变、混杂多样的伦敦中寻找时间的秩序,释放人们面对时间的焦虑和无力感。狄更斯在文中经常用空间意象的今非昔比来标示自然时间的流逝,正如美国文学理论家弗兰克所说:"为了知道时间,叙述者把他自己从熟悉的环境——或者,等于那同一事物的东西,从对那个环境有影响的时间流里迁移出来,接

---

① [英]卢伯克、福斯特、缪尔:《小说美学经典三种》,方土人、罗婉华译,上海文艺出版社1990年版,第387页。

着，在数年流逝之后，再投入到那个时间流中去，这是完全必要的。这样做时，这位叙述者发现他自己面对着两个意象——他先前已经知道的世界与现在在他面前所看到的被时间改变了的世界；当这两个意象被并置时，通过其可见的效果，时间的流逝被突然体验到了。"① 狄更斯在文中也经常用这样的手法去表现时间。例如《大卫·考坡菲》中的大卫在外漂泊三年后再次回到求学的时候曾经住的地方——爱格妮的家："第二天一清早我（大卫）就骑着马上了路，往我求学时期的地方奔去……我那么熟悉的路很快就走过了，我来到那些安静的街道了，那儿每一块石头对我说来，都是一本童年读过的书。我步行走到那所老房子跟前，但是由于我情感满填胸膛，不敢进入，又退回来了。后来我又回到那儿，经过那个先是乌利亚·希坡、后来是米考伯先生经常坐的圆形屋子，从它那低低的窗户往里瞧，发现这个屋子这时候已经不是事务所了，而改成一个小客厅了。除了这一点，这所端重肃庄的老房子那种整齐洁净，都仍旧和我第一次看到它的时候一样……女仆带着我上了那沉静庄重的老楼梯，进了那个依然如故的客厅。爱格妮和我一起读过的那些书，都摆在书架上，我很多晚上在那儿用功的书桌，仍旧原地不动摆在那个大桌的一角旁边。希坡母子在那儿的时候所不知不觉带来的小小改变，又都改回来了。一切都跟在过去快活的岁月里一个样子。"② 爱格妮家里的一草一木、一花一石等各种物件都储藏着大卫儿时的记忆，再次看到它们时，曾经的记忆和经验都涌向了大卫的脑海，记忆中的空间和现实空间的叠印及空间中事物的今非昔比，显示着自然时间的流逝和变化。又如《远大前程》中匹普十一年后再次回到"沙堤斯庄屋"："我（匹普）打算赶在天黑以前到庄屋旧址去一趟。可是一路逛去，望望旧日的风物，想想旧日的

---

① ［美］约瑟夫·弗兰克等：《现代小说中的空间形式》，秦林芳编译，北京大学出版社1991年版，第12—13页。

② ［英］狄更斯：《大卫·考坡菲》，张谷若译，上海译文出版社1980年版，第1221—1222页。

情景，到达目的地已经是黄昏时分了。哪里还有什么庄屋，哪里还有什么酒坊，哪里还有一所房子，只剩下旧日花园的围墙。空荡荡的地上围着简陋的栅栏，向栅栏里边一望，只见旧日的藤蔓已经重新扎下了根，在一堆堆冷落的碎砖破瓦上长成绿油油的一片……我握住艾丝黛拉的手，和她一同走出这一片废墟。当年我第一次离开铁匠铺子，正是晨雾消散的时候。如今我走出这个地方，夜雾也渐渐消散了。"① 匹普第一次离开铁匠铺子来到"沙堤斯庄屋"时还是一个少年，那时沙堤斯庄屋对少年匹普来说是一个有魔力的地方，它促使匹普萌发了成为上等人的愿望。时间飞逝，而立之年的匹普再次来到"沙堤斯庄屋"，这里已经是一片废墟。在社会中兜兜转转历练了许多年的成年匹普已经明白了生活的真谛，唯有爱、正直、善良才是人生走向成功的法宝。狄更斯在此处无须围绕时间大写特写，特定空间中的物是人非便是展示时间流逝最好的方式。

此外，狄更斯小说中的时间经常凝结于空间，空间以具体的形式表现时间的存在和流逝。例如狄更斯在小说中描写了许多废墟，这些废墟多是在现代工业文明冲击下过时的、被遗弃的手工作坊和磨坊池等，这些废墟之上凝结着时间的碎片，彰显着它们繁荣的过去，标示着工业社会稍纵即逝的时代特征。例如《奥立弗·退斯特》中班布尔夫妇和蒙克斯会面的地方在河岸棚屋区的一个建筑物内，"这一座高大的建筑物坐落在岸边，它的楼面俯临着河流。这幢房屋曾经是一家什么工厂，当年也许为附近的居民提供过就业机会，但早已变成废墟。在耗子、蛀虫和潮湿的侵蚀下，屋桩都烂了，建筑物的很大一部分已经塌入下面的水中；剩余的部分摇摇欲坠地悬在浊流上方，似乎在等待适当的时机追随它们的老伙伴，接受同样的命运"②。《大卫·考坡菲》中泰晤士河河滨一带"是一片沮柳之地，上面野草丛芜，茁壮茂盛，蔓衍四布。其中的一处，上面立着几所房子的骨架子，动工的时

---

① [英]狄更斯:《远大前程》，王科一译，上海译文出版社 2011 年版，第 543—547 页。
② [英]狄更斯:《艰难时世》，全增嘏、胡文淑译，上海译文出版社 1985 年版，第 332 页。

候,没碰到好日子,盖着的时候,半路就停工,现在都在那儿慢慢烂掉。其中的另一处,就地上满是锅炉、轮子、曲轴,管子、风火炉、橹、锚、潜水器、风磨帆,还有我也叫不出名字来的奇怪玩意,都象些长了锈的铁怪物一样,压在那儿……"① 废弃房子的骨架子、腐朽的木桩、残余的机件等都是对过去时间的展示,是时间凝结于空间的标志。它们存在于那里,默默地言说着时间的意义。

---

① [英]狄更斯:《大卫·考坡菲》,张谷若译,上海译文出版社1980年版,第996页。

第五章 狄更斯小说空间的现代性特质

　　现代城市是现代性空间生产的最佳样本,随着城市的深入发展,现代城市成为空间理论家的关注重点,城市研究也因为空间理论的注入有了新的生机,成为空间研究的重要组成部分。城市文学是以现代城市为描绘对象的文学作品,为空间理论家的城市研究工作提供了翔实的文本。正如理查德·利罕(Richard Lehan)在《文学中的城市:知识与文化的历史》中所指出的:"城市是都市生活加之于文学形式和文学形式加之于都市生活持续不断的双重建构。"[1] "城市和关于城市的文学有着相同的共同体。当文学给予城市以想象性的现实的同时,城市的变化反过来也存进文学文本的现实……阅读文本就是阅读城市的方式之一。"[2] 本雅明通过研究波德莱尔的诗歌解读了19世纪现代之都巴黎的现代性空间体验,大卫·哈维通过研究巴尔扎克的《人间喜剧》演绎了巴黎现代空间的生产过程,迈克·克朗通过研究雨果的《悲惨世界》解构了法国大革命时期巴黎的空间政治经济学特征。但值得注意的是,空间理论家视野中的文学城市不再只是故事发生的背景,而是富含了表征意义的空间场域;

---

　　[1] [美]理查德·利罕:《文学中的城市:知识与文化的历史》,吴子枫译,上海人民出版社2009年版,第4页。
　　[2] [美]理查德·利罕:《文学中的城市:知识与文化的历史》,吴子枫译,上海人民出版社2009年版,第4页。

第五章 狄更斯小说空间的现代性特质

空间理论家也不再仅以现实世界中的城市为依据为文学中的城市做地图式的还原，而是对城市空间的现代性意义和文化意识形态内涵进行了主要探讨。

现代化进程最杰出的作品就是现代城市，现代意义上的伦敦、巴黎等大都市于 19 世纪在现代化进程突飞猛进的欧洲诞生，狄更斯、雨果、巴尔扎克和波德莱尔等作家就居住在这些城市之中。他们是城市的观察者和闲逛者，他们的作为城市人的空间经验和感知方式在现代性作用下发生了很大变化，这些变化也呈现在了文本之中。正如巴尔扎克、波德莱尔等人的作品中的"巴黎"空间一样，狄更斯在小说中建构的"伦敦"空间也得到了城市空间理论研究者的关注。本雅明在《拱廊街计划》中认为狄更斯和波德莱尔一样是城市的闲逛者，狄更斯在文本中建构的伦敦呈现出现代性经验的瞬间、短暂、偶然和记忆碎片化等特征；雷蒙·威廉斯在《英国小说：从狄更斯到劳伦斯》和《乡村与城市》两本书中对狄更斯作出高度评价，他认为狄更斯站在城市内部观察和书写城市，捕捉到城市空间现代性的本质——表象的混杂性、多样性和本质的唯理性、秩序性，开创了新型城市小说；西方马克思主义空间理论的代表人物大卫·哈维明确指出，狄更斯小说中的伦敦不是简单的物理空间，而是承载着狄更斯对城市空间现代性的见解和认知的空间，狄更斯小说中伦敦东区的贫民窟和西区繁华的富人区充分体现了资本和权力等要素在现代城市空间生产中的支配作用。以上空间理论家发现了狄更斯小说的现代性特质，也为狄更斯小说研究提供了新的思路和方法，使经典文学作品在当下获得了新生。本章将沿着本雅明、大卫·哈维等人的研究路径，运用空间理论探析狄更斯小说中建构的伦敦空间的现代性特质。在此之前，我们有必要厘清城市空间和现代性的关系，确定 19 世纪期间得到长足发展的现代性给城市空间所带来的变化，继而探讨狄更斯是如何敏锐地捕捉和描绘城市空间的现代性特质的。

第一节　城市空间生产与现代性关系

作为一种空间形态的城市是人类记忆和欲望的整体，也是人类文明的整体。城市不单是经济商品交换的场所，也是人类文化记忆交换的载体。自18世纪工业革命开始，城市与现代性有机互动、互为生产，推动着城市化呈纵深化发展。但在城市规模无限扩大、人口以几何模式增长、城市奇观不断发生的同时，城市的人际关系则变得日益冷漠；城市的商业运作规律将城市人际关系压制得越来越稀薄，城市实际空间被无限压缩；城市里的贫富差距日渐增大，伦理道德失序，权力和金钱引导下的资源配置以一种不合理的方式迅速蔓延。处在如此城市环境下的现代人形成了瞬间化的、碎片式的独特生存体验，该生存体验带来大众文化的兴起：日常生活中出现常新不败的审美倾向，城市公共空间的雕塑、主题公园等也能成为审美对象。探赜大时代背景下的城市与现代性的关系，把握城市与现代性的深层次关联，有助于进一步了解城市，对建构更具人性化的城市空间有重要的理论和现实意义。

一　现代性与城市空间生产

欧洲中世纪的城市由"城"和"市"两个部分组成，"城"指防御外敌入侵的城墙，"市"指商品交易的市场，是一个受保护的区域，其活动范围有限。16—17世纪，欧洲"重商主义"盛行，工商业迅速发展，资产阶级兴起，此时，资本开始在国家政治经济生活中扮演重要角色，以经济利益为主导的资本犹如化学溶剂渗透进长期以来保护中世纪城市的城墙，清除了管理市场的组织机构和制度。17—18世纪，现代城市起源于西欧，现代城市是城市发展的高级阶段，是生产力发展的产物，城市开始对外呈现出开放、扩张的姿态：城市中的每个地段都变成可以讨价还价的商品交易场所；随着城市人口剧增，城内、城外的市场乃至海外市场都互相连接；随着各种股票、证券交易所的出现，有形的市场开始转变为无形的市场。当城市的核心功能开始由政治和宗教转向商业时，现代意义上的城市也就诞生了。现代性是一个意义复杂的概念，对此仁者见仁、智者见智。马克思认为现代性主要指："生产的不断变革，一切社会状况不停的动荡，永远的不安定与变动，这就是资产阶级时代不同于过去一切时代的地方。一切固定的僵化的关系以及与之相适应的素被尊崇的观念和见解都被消除了，一切新形成的关系等不到固定下来就陈旧了。一切等级的和固定的东西都烟消云散了，一切神圣的东西都被亵渎了。人们终于不得不用冷静的眼光来看他们的生活地位、他们的相互关系。"① 马歇尔·伯曼（Marshell Berman）认为："现代性是一种关于时间与空间、自我与他人、生活的各种可能和危险的经验。所谓现代性就是发现我们自己身处一种环境之中，这种环境允许我们去历险，去获得权力、快乐和成长，去改变我们自己的世界，但与此同时他又威胁要摧毁我们拥有的一切，摧毁我们所知的一切，摧毁我们表现出来的一切。"② 与其他人不同，福柯对现代性的判断跳过了理性、经验，侧重于权力："现代社会与前现代社会的差异既不是理性与神性的差异，也不是商品与产品的差异，而是表现为权力的差异。在前现代社会权力表现为强取豪夺、强征、压迫，而在现代社会权力则是生产的、创造的、投资的权力。在现代社会的每一个细微之处，在角落，在边缘，在晦暗的角落或者明亮的地方权力都在调动、出没、施展、发挥其特长和技术、实践其诡计和意图。"③ 综合各种较具影响力的关于现代性的定义，可以发现现代是一个相对于古代而论的概念（古代、现代的对比最初形

---

① 《马克思恩格斯选集（第一卷）》，人民文学出版社1995年版，第275页。
② [美] 马歇尔·伯曼：《一切坚固的东西都烟消云散了——现代性体验》，徐大建等译，商务印书馆2003年版，第15—16页。
③ 汪民安等主编：《现代性基本读本》，河南大学出版社2005年版，第27页。

成于文艺复兴时期,17世纪被广泛应用),现代性是一个综合的复杂而又独特的社会历史进程,包括政治、经济、社会、科学技术等多方面的逐渐现代化;现代化的历史进程曲折、迂回,时间、发展、进步、理性、科学、创新等是它的核心词。

二 城市空间与现代性的历史关联

城市不仅是一个国家或地区的政治经济中心,更是文化的集中地和发源地,它传承着历史文明,承载着现代文明,是人类精神文化的创新地和承载各种文明的容器。正如芒福德(Lewis Mumford)所说:"在城市发展的大部分历史阶段中,它作为容器的功能都较其作为磁体的功能更为重要。"① 如果说现代性是围绕着中心、主题、国家、城市来建构的,城市这个容器则是现代性上演的舞台。现代性对城市空间不断进行改造、重构,使城市成为一个富含矛盾和差异的有机文化体。

与时间相关联的现代性可以被看成一个综合的、复杂的而又独特的社会历史进程,这个过程的每一个阶段都与城市息息相关。按照马歇尔·伯曼的说法,现代性可分为以下三个阶段。

第一阶段是现代性的起源阶段,标志性事件是宗教改革和文艺复兴。宗教改革让神学体制变得衰弱,将个人和上帝联系了起来,拉开了人文主义的大幕,和文艺复兴相映生辉。文艺复兴首推人文主义,其特点就是发现了人和自然,其最伟大的一项成就就是让"人"从地平线上缓缓地浮现。至此,基督教徒开始摆脱教会的压迫而直面世俗社会,宗教改革和文艺复兴携手把人送进了理性的世界。人的主体意志可以创造、改变这个世界,人的主体性得到肯定。可以说,宗教改革和文艺复兴成为现代性的革命性起源事件,而这两个起源事件都与城市息息相关。意大利、德意志新兴的城市为宗教改革和文艺复兴提

---

① [美]刘易斯·芒福德:《城市发展史——起源、演变和前景》,倪文彦、宋俊岭译,中国建筑工业出版社1989年版,第74页。

第五章　狄更斯小说空间的现代性特质

供了活动空间，新兴城市繁荣的商业活动为宗教改革和文艺复兴提供了物质基础。经济基础决定上层建筑，现代性的出现可以说是繁荣的商业经济的必然产物。

现代性的第二个阶段是高潮阶段，标志性事件是法国大革命。法国大革命是在启蒙运动的影响下发生的一场提倡理性反对愚昧、提倡自由平等反对专制的资产阶级革命。法国大革命推动了现代性叙事的普及，正如伊曼纽尔·沃勒斯坦（Immanuel Wallerstein）所说："法国大革命以及拿破仑式的继续都促进了资本主义世界经济作为一种世界体系在意识形态上的转变，从而创造出全新的领域或一套文化制度，此后它们就成为世界体系的主要组成部分。"[1] 法国大革命同样和城市密切相关，其标志性事件是巴黎人民攻占巴士底狱，这一事件的发生地点在巴黎。资本主义和工业主义经过上一阶段的积累得到进一步发展，伴随着资本主义和工业主义的发展，农民和手工业者破产，大量人口拥入城市，城市人口增多，城市规模扩大，城市成为各阶级活动的舞台，各阶级的经济力量对比和利益冲突孕育了法国大革命。

第三阶段也是现代性的转向阶段，标志性事件为20世纪60年代发生在西方的学生运动，该运动是白人中产阶级家庭在校大学生发动的一场文化革命。资本主义社会经过近百年的发展，并没有全部兑现初期所承诺的"自由"、"平等"和"博爱"。技术理性使现代人获得了时间和空间上的自由，却剥夺了他们的精神自由，使现代人成为了没有自我、没有本我、灵魂没有了内在的紧张和活力的"单面人"。此外，"少数族裔的平等权力问题一直被拖延，成了那些具有'人类普遍情感'（即对跨越种族、阶级、国家的人类的平等权利与个人自由的渴望和追求）的白人中产阶级子弟的道德负担"[2]，

---

[1] ［美］伊曼纽尔·沃勒斯坦：《现代世界体系（第三卷）》，郭方等译，社会科学文献出版社2013年版，第415页。
[2] 程巍：《一场象征性的文化革命——反思西方60年代学生造反运动》，《外国文学》2002年第6期。

学生们走向城市的街头，把喧嚣嘈杂的城市街道变成表达诉求的阵地。一些学者把这次运动称为"城市大街上的风暴"或"大街上的现代主义"，这次运动和城市的关系可见一斑。这次运动在西方现代性的历史上具有里程碑意义，它开启了现代性的后现代转向。现代性丧失了终极意义，变得支离破碎，消费主义和虚无主义开始盛行，主体性的意义开始瓦解，所谓的理性和意义主体只是碎片化的拼贴和复制。

"与现代性的三个阶段相对应，城市的变迁也经历了三个阶段：分别是：以市场、贸易为特征的'商业城市'；以大规模机械化生产为特征的'工业城市'；以权力和知识的垄断为主宰的'官僚城市'……贯穿这个变迁过程的核心力量是生产规模不断扩大、消费群体逐渐增多。"[1] 城市化进程加快，城市的数量、规模、面积不断扩大。1800年，西方世界的城市没有一个超过100万人口，而至1900年，西方世界出现了11个人口超过百万的大都市；1800年，全球人口只有1.7%居住在10万人口以上的城市里，到了1900年，却有世界人口的13.1%居住在了10万人口以上的城市里。此外，在城市化的进程下，城市扩大了影响范围，把商品货物、生活习惯、价值观念等带到了偏远的农村，并超越农村成为世界的主宰。反观世界文明史，可以看到，现代性生成与变迁的每个阶段都与城市密切相关，现代性的剧变也是城市的剧变，二者有机互动、互为生产，推动城市化向纵深方向发展。有人甚至直接把现代性称为城市现代性。

三 城市空间与现代性的辩证关系

城市和现代性之间不但存在历史关联，还具有客观辩证的关系。现代性从物质、社会、文化三个维度影响着城市：现代性促使了现代

---

[1] [美]刘易斯·芒福德：《城市发展史——起源、演变和前景》，倪文彦、宋俊岭译，中国建筑工业出版社1989年版，第390页。

城市空间的产生；现代性打破了宗教和神权对城市的垄断，并催生了市民社会；现代性改变了都市人的生活行为方式和价值观念，形成了独特的城市文化。与此同时，现代性也犹如一把双刃剑给城市发展带来了不少的问题。当然，城市也不是一个静止的、客观的、冰冷的容器，它对现代性也产生了深刻的影响：繁荣的城市文化为现代性艺术的诞生提供了肥沃的土壤，城市的自由性、独特性和开放性是消除异化城市的现代性工具理性的力量源泉，而城市中的跨国公司更是现代性的传播者。现代城市是开放的、自由的，通过发达的交通和互联网络与全球市场相联系，吸引了大量跨国公司入驻；而欧美等发达地区和国家正是以城市中的跨国公司为基地，通过开展全球贸易活动把现代性理念传入了第三世界国家。

（一）现代性作用下的城市

现代城市是在现代性作用之下兴起的。

首先，现代性催生了现代城市空间生产。"空间生产"这个概念源于西方马克思地理学派的开创人和集大成者列斐伏尔，他创造性地将空间本身作为生产对象来看待，改变了空间长期被遮蔽、被忽视的状况。在列氏看来，空间是一个社会产品，它带着意图和目的被生产出来，是资本流通的渠道，是政治权力角逐的舞台，作为人类实践产物的空间变成了一个主观的、能动的、多种力量相互交织的场域。城市是最具有代表性的空间，城市空间生产（现代城市空间）在现代性的支配下，将城市的经济关系、政治关系、社会关系、道德模式、资产阶级的价值观念、阶级力量对比和冲突镌刻在城市空间中，从而打造出现代城市空间。工业革命发生后，许多工业城市以工厂为中心新兴起来，真正意义上的现代城市就是18世纪工业革命后形成的工业城市，而工业革命又是现代性的直接产物。倡导理性和启蒙的现代性把人从神权中解脱出来，人的主观能动性得到了发挥，这直接促成了人类历史上的第一次工业革命。在催生工业革命的工业时代，人口大量向工厂区流动，在资源的最大化利用和合理安排原则下，工厂区周围兴修了工人的住宅区和商业区；为了方便原材料的输入和商品的输出及进一步扩大商品市场，交通运输业也迅速发展并形成网络，与商业资本息息相关的银行证券等现代金融服务业也应运而生。新兴城市中各式各样的行业需要统一的管理和稳定的社会秩序，一系列城市管理机构由此诞生，它们共同生产出现代城市空间。恩格斯曾经这样形容现代工业城市的生产过程："居民也像资本一样集中着，……大工业企业要求许多工人在一个地点共同劳动；这些工人必须居住在一起，因此，他即使在最小的工厂附近，也形成了整个村镇。……村镇变成小城市，小城市又转化为大城市，大城市越大，住起来就越方便。……由于这个缘故，大工业城市的数目急剧增加起来。"[1]

其次，现代性催生了现代意义上的市民社会。市民社会这个概念最早由亚里士多德在《政治学》中提出。市民社会在古希腊和古罗马指的就是城邦社会，是具有自由活动权力的男性公民组成的共同体，公民有干预城邦公共事务的话语权，通过投票共同决定城市的公共事务。汉娜·阿伦特认为"城邦的兴起意味着除了他自己的私人生活以外，人还接受了第二种生活，即政治生活（bios politilcos）。每一位公民都隶属于两种生活程序，在他自己的生活（odion）与共同体的生活（Koinon）之间存在着鲜明的区分"[2]。但是，古希腊的城邦政治还不是现代意义上的市民社会，只是市民社会的雏形，因为城邦和国家是合二为一的，市民社会和国家公权没有形成鼎立之势。现代意义上的市民社会是18世纪以后伴随着现代性城市空间生产而诞生的。市民社会是与现代国家平行存在的一个社会团体，是政治、经济、社会、文化等多维度的合体，其重要组成部分是市场经济和民主政治；在市民社会中，契约取代信仰成为通行原则，现代性的核心即理性则是市民社会的核心价值观；市民社会管理的权威法则即法律也是理性的结晶。

---

[1] 《马克思恩格斯全集（第二卷）》，人民文学出版社1957年版，第318—319页。
[2] ［德］汉娜·阿伦特：《公共领域和私人领域》，汪晖、陈燕谷主编：《文化与公共性》，生活·读书·新知三联书店1998年版，第59页。

市民社会中，商品的交换、资本的增值及人与人之间的经济往来都在公平、诚信、自愿、等价、有偿等原则下进行；在社会管理层面，有效分工协作的科层制管理取代人治成为城市通行的管理制度，城市变成了人流、物流、资本等可以自由进入的开放场域。

再次，现代性催生了独特的城市文化。这里的城市文化是一种广义的文化，包括城市市民的生活行为方式、价值观念，以及和文化相关的各种机构和公共场所，诸如学校、图书馆、电影院、书店等。在现代性的推动下，理性战胜了自然情感成为城市文化的主导原则，以普及和推广理性为目的的各类教育机构、文化场所、科学实验场所等广泛出现在城市里。现代性衍生的科学主义和理性主义影响了都市人的生活观念和价值取向，城市人变得精打细算、唯金钱至上，城市人对金钱和理性精神的把握取代情感体验成为生命体验结构中最重要的一维。货币经济以理性化、平均化的方式将城市人关联起来，以抵制多样化、瞬间化带来的精神上的困扰。同时，大城市独特的环境给城市人提供了个性发展的可能，社群规模越大，个人的思想、生活方式越不受限制。城市人有许多社交圈，每个人都与周围的其他人产生联系，然而，大城市的劳动专业分工使人与人的差异越来越大，这种差异转换到精神和心理层面，形成了人在精神层面的个体化倾向。尽管大城市的多样性、丰富性为城市人的生存和发展提供了广阔的空间和选择的可能性，但由于城市人的外在生存空间被货币经济所控制，内在精神空间又受到理性主义的强制支配，城市人最终只得选择是退回内心和家庭，而非建立具有抵制意义的公共空间。因此，城市文化呈现出了单一与多元、混杂与程序化相互交织的局面。

最后，现代性是把双刃剑，它催生的现代城市既是人类文明进步的标志，也是许多问题的根源。现代性使工具理性成为现代城市的指挥棒，使人的行为目的金钱化，城市中贫富差距逐渐扩大，阶级严重分化，环境被污染，失业人口增多，伦理道德失序。城市市民在物欲横流的都市生活中丧失了理想和信念。正如有的学者所说："近现代工业文明与科技发展在现代城市基质的同时也给人类带来无限的困惑。机械化的城市区间的分割导致社会不平等及人格的片面化：大众消费社会使人拼命追求物质财富而为物役，让高贵的头颅作了贪婪眼睛的奴隶；社会分工越来越细，以至于使人变成了工具，工具理性盛行于城市生活的每一个角落。"[1]

（二）城市作用下的现代性

城市不是一个静止的、客观的、冰冷的容器，它对现代性也产生了深刻的影响。

首先，现代性可分为两种形式，一种是政治经济维度的现代性，一种是文化视域中的现代性。而文化视域中的现代性则植根于支离破碎的城市生活经验。现代城市所独有的"过渡""短暂""偶然"的风光造就了文化维度的现代性。大城市"有妖艳、神秘而复杂的女人，有冷漠、骄傲和挑衅的浪荡子，有雄赳赳、冷静和大胆的军人，有隆重的典礼和裸露的女人，美丽的活得幸福穿得很好的孩子"[2]，他们一起拥挤在城市的街头，成为现代艺术家眼中"全部的生活"。艺术家走上街头进入人群就像进入了一个巨大的电源，进入了一台有意识的万花筒，大都市的风光在艺术家的感觉上打上印记，艺术家从中提取美的成分进行加工，创造了和以往不同的艺术形式。过去的艺术形式重视永恒的、不变的美，而大城市风光激发下产生的现代性艺术形式则更多地表达了时代、风尚、道德、情欲所流出来的短暂的、相对的美。波德莱尔、伍尔芙等现代性艺术的旗手都是在大城市风光哺育下成长起来的，他们既是城市的闲逛者也是观察者、书写者。

其次，城市也是消除异化城市的现代性工具理性的最佳场所。随着城市的快速发展，现代性给城市带来的弊端逐渐显现。在各类令人目不暇接的商品景观的打击下，城市人的感觉器官退化，经常忽视物

---

[1] 任平：《时尚与冲突——城市文化结构与功能新论》，东南大学出版社2000年版，第7页。
[2] ［法］夏尔·波德莱尔：《波德莱尔散文选》，怀宇译，百花文艺出版社1992年版，第482—483页。

与物之间的差异性,"城市人从根本上丧失了想象、意志和激情,人与人之间根本无法进行精神和情感交流,进入了'单子状态'"①。打破现代性带来的工具理性对城市的桎梏是城市发展的必然诉求,也是城市的职责所在。就如芒福德所说:"通过情感上的交流,理性上的传递和技术上的精通熟练,尤其是,通过激动人心的表演,从而扩大生活的各个方面的范围,这一直是历史上城市的最高职责。它将成为城市连续存在的主要理由。"② 城市自身具有自由性、独特性和开放性,城市打破现代性工具理性的束缚,获得解放和自由发展,就要诉诸这些特性。城市文化研究的始祖本雅明就曾做类似的尝试,他试图在城市之中找到去除现代性工具理性的方法。本雅明生活在 20 世纪初的德国,经历过两次世界大战,资本主义前期现代性所宣扬的"平等""博爱"等价值理想在城市中消失,工具理性逐渐占据上风,城市进入了本雅明所说的"紧急状态",城市这个受到现代性洗礼的地方,开始出现"反现代性"的倾向,现代性的弊端日益显现出来。为寻找解除现代性弊端的良策,本雅明重返 19 世纪中期巴黎的拱廊街和意大利那不勒斯的单向街寻求城市的救赎之道。在《拱廊街计划》中,本雅明以 19 世纪巴黎的拱廊街为写作对象,以城市无业游民为主体的"闲逛者"带着自己的生活经验而非理性逻辑思维观察和阅读城市。"闲逛"不只是一种社会行为也是一种美学感受,与这"闲逛者"本身的超现实的记忆和眼前的城市景观相交织。"闲逛者"把自己的喜怒哀乐、悲欢离合都附着在城市景观上,此时的城市景观带给城市人的不再是震惊和疏离,而是一种发自内心的亲近感。在《单向街》中,本雅明对意大利那不勒斯建筑呈现的"多孔性"推崇备至。(多孔性指城市规划不成体系,各城市功能区没有明确的界限划分,城市

---

① [德]瓦尔特·本雅明:《发达资本主义时代的抒情诗人》,王才勇译,江苏人民出版社 2005 年版,第 11 页。
② [美]刘易斯·芒福德:《城市发展史——起源、演变和前景》,倪文彦、宋俊岭译,中国建筑工业出版社 1989 年版,第 422 页。

中的事物相互渗透、融合关联，新与旧、公共与私人、神圣与世俗掺杂在一起），这种充满生机的城市观使行走在其中的城市人得到了久违的惊奇感和冒险感。本雅明的"闲逛理论"和"多孔城市"为现代城市摆脱现代性工具理性的桎梏以及获得自身的解放提供了很好的范例，也证实了城市自身有消除工具理性的能力，是消除工具理性的最佳场所。

最后，城市中的跨国公司是现代性的传播者。现代城市是开放自由的，通过四通八达的交通网和快速、便捷的互联网，全球化语境下的城市与全球其他地区相联系，吸引了大量的跨国公司入驻。世界上著名的跨国公司的总部大多位于伦敦、纽约等欧美地区的大都市中，欧美等发达国家和地区正是以城市中的跨国公司为基地，通过开展全球贸易活动，把现代性理念传入第三世界国家，维多利亚时期位于伦敦的东印度公司就是很好的例证。现代性理念的传入促使第三世界国家现代转型，给其发展带来了巨大的机遇，也带来了相应的风险和挑战。现代性根植于西方社会，是西方文明发展的产物，与第三世界国家的文化、国情等都有很大的不适性。因此，第三世界国家的现代性转型要植根于自身的文明与文化之中，从自己的国情出发，不能盲从西方舶来的现代性。如果照搬照抄西方的现代转型，西方城市化中出现的贫富差距拉大、阶级严重分化、环境污染加剧、失业人口增多、体制僵化、伦理道德失序等一系列问题将在第三世界国家重现，甚至还会发展得更为严重。因此，处于社会主义初级阶段的、现代化中期的我国在现代化转型和发展过程中一定要吸取西方的历史教训，要以"以人为本"的新的现代性理念为指导，把城市建设成宜居城市。

综上所述，城市是现代性的重要组成部分，现代性的剧变也是城市的剧变，现代性的每一次转型都和城市密切相关，城市与现代性有机互动、互为生产，推动城市化纵深发展。但是，现代性给城市发展带来的诸多弊端也是不容忽视的。城市与现代性并不能画等号，城市是文化形态和物质形态的合体，它的物质形态是一个空间概念、一种实体的存在，是人类生活和聚居的地方；城市的文化形态指城市是一个人、物质、信息相互交流的文化空间，这种快速的、密集的文化交流方式改变了人类体验和感知生活的方式。现代性则只是一个文化形态，属于哲学范畴，它以理性为内核，主要表现为与传统的决裂。

第二节　狄更斯小说空间中人的现代性经验

空间是人类实践活动的产物，反过来，人类生产实践活动塑造的空间又影响着人类的审美体验、认知经验。19世纪是欧洲现代化、城市化的高峰时期，伦敦、巴黎等大都市已经初步具有现代大都市的形态，都市里熙熙攘攘的人群、光怪陆离的景观、琳琅满目的商品使都市人的空间体验和认知经验与前现代时期有很大差异。如果说前现代时期人们的认知经验是线性的、完整的，那么，现代都市人的认知经验则是空间的、碎片化的。狄更斯作为伦敦的"闲逛者"拥有全方位体验城市的能力，他置身伦敦熙熙攘攘的人群之中，但又和人群保持距离，有着自己的节奏。"闲逛者"狄更斯并不是一个保守主义者和怀旧者，他迷恋现代化造就的五光十色、千姿百态的城市景观，但是又用自身的行动反抗着资本控制下的现代性。现代性下城市的统一化和同质化、都市人精神层面的异化和疏离，都被狄更斯编织成了文本。文本就是狄更斯的闲逛经历，只要置身于狄更斯打造的"文学伦敦"，读者就能获得都市人狄更斯的现代性经验，并进而发掘出狄更斯文学伦敦的现代性特质。

一　空间中的现代性经验分类研究

人类的经验与人的主体意识相关。与传统经验不同，城市现代性经验具有短暂、偶然、转瞬即逝等特征。新鲜、短暂、易懂的新闻报道取代了主题意义鲜明、故事情节完整的旧的叙事方式，非熟练的现代大工业生产流水线的工人取代手工工厂时期熟悉全套手工工艺的熟练工人等，这都是现代性经验萎缩和断裂的最好例证。置身大都市伦敦人群中的"闲"逛者狄更斯捕捉到了都市现代性经验的特征，这为他小说的创作提供了丰富的素材。狄更斯文学作品中都市的现代性经验主要表现为震惊、主体意识的丧失和记忆的空间化等，下文我们将借助相关城市空间理论对其进行详细解读。

（一）震惊经验

震惊经验是本雅明根据弗洛伊德（Sigmund Freud）的精神创伤理论提出来的。生命有机体有一种特殊的防御刺激保护层，"对于生命有机体来说，防御刺激较之接受刺激几乎是更重要的功能。这个保护层具有自己的能量，它最首要的任务是必须保护在自身中进行的那些特殊的能量转换形式，避免外部世界存在着的巨大能量威胁所带来的影响——这类影响试图抵消它们从而造成破坏。"[①] 然而，丰富、瞬间、短暂的都市景观不断对都市人形成刺激，都市人置身都市仿佛掉进了一个蓄电池。这些外部的刺激不断突破生命有机体的防御刺激保护层，造成都市人意识层面的"创伤性休克"，震惊经验随之产生。19世纪中期是城市化和现代化的高峰时期，许多新的事物在伦敦、巴黎等都市里产生，这些新鲜事物有一个共同的特征，即瞬间经验替代许多步骤组成的复杂过程，在人毫无防备的情况下对人形成刺激，产生震惊的效果。如人划燃火柴的一刹那，人拿起电话听筒、来自遥远地方的声音瞬间传入耳膜的那一刻、摄影师"按下快门"的刹那，报纸广告版面五花八门的信息映入读者眼帘的那一刻，人在忙乱的街道上遭遇人流和车流的那一刻等。此外，大工业生产流水线上的工人面对高速运转的机器，赌场里反复掷色子的赌徒面对不能确定的"命数"，也都能产生震惊的体验，这些震惊经验也是狄更斯小说中的人物置身大

[①] ［奥］西格蒙德·弗洛伊德：《超越唯乐原则》，《弗洛伊德后期著作选》，林尘等译，上海译文出版社1986年版，第28页。

第五章　狄更斯小说空间的现代性特质

都市伦敦经常体验到的。例如《董贝父子》中，卡克尔被火车轧死之前在火车站看见呼啸而过的火车时产生了震惊体验。"他突然害怕地跳起来听。因为这时，真的，不是他的幻想。地摇动了，房子格格作响，那剧烈的猛冲出现在空中！他感到它过来了，又从旁边冲过去了；甚至当他匆匆走到窗口去，看到是什么时，他站在那里还躲开它，仿佛连去看看也不安全……地上一阵抖动，耳朵里迅速震荡，远处响起一声尖鸣；一道暗淡的光过来了，马上变成两只红眼睛和一团烈火，落下发红的煤块；一个巨大吼声和越来越大的庞大物体不可抗拒地过来了；一阵大风，一阵嗒嗒嗒的声响——又一列过来了，过去了；他紧紧抓住一扇门，好像为了救自己似的！"[①] 还有《董贝父子》中弗洛伦丝离家出走、置身川流不息的人群时产生的惊恐和害怕情绪，《马丁·瞿述伟》中的约那斯杀人后的惊恐心理，《老古玩店》中赌桌上的老吐伦特激动地、紧张地又是那么贪婪地渴望得到赌注的样子等都是震惊经验。狄更斯和波德莱尔一样，"意志力和注意力不是他的强项；他所喜欢的是感官喜悦；他们常常染上能够扼杀兴趣和消解接受意愿的'忧郁'"[②]。狄更斯不追求旧的叙事形式下的情节的完整和主题形象的鲜明，他的旨趣在于给读者感官上的刺激（震惊经验）。但与波德莱尔等现代派作家不同的是，狄更斯小说有现实讽喻和道德说教的成分，他在作品中不仅描写了都市人置于忙乱的街道、拥挤在熙熙攘攘的人群中遭遇新奇事物的震惊经验，还运用情节结构和陪衬情节结构、剧情的突转与逆转、巧合与冲突等艺术手法将情节剧、犯罪小说、哑剧、童话故事、伤感小说融于一体，由此形成的狂欢化的效果不断刺激着读者的感觉器官，使读者产生震惊经验。因此，狄更斯小说也拥有了现代性的特征。

---

① ［英］狄更斯：《董贝父子》，祝庆英译，上海译文出版社1994年版，第953页。
② ［德］瓦尔特·本雅明：《巴黎，19世纪的首都》，刘北成译，上海人民出版社2006年版，第183页。

(二) 记忆的空间化

记忆在西方哲学史上是一个非常重要的概念，和知识、真理、审美经验密切相关。柏拉图主义推崇的"灵魂回忆说"就是通过记忆返回理念的世界，获取知识和真理，建构现实世界。文艺复兴和启蒙运动期间，人类摆脱了宗教的束缚，记忆和人的审美感知联系在了一起。18世纪之后人类社会的现代化进程加速，现代性所推崇的基于线性逻辑演绎的历史意识和概念思维由于便于人类探索和把握世界的规律，推动了人类社会的飞速发展。然而，理性思维过于程序化，又忽视了人类经验的丰富性和复杂性，造成了人类经验的断裂和记忆的贫乏。本雅明称这种贫乏的记忆为"有意识的记忆"。此外，本雅明结合柏格森的"纯记忆"理论、普鲁斯特的"不由自主的记忆"和弗洛伊德的记忆理论，发现人的思维领域还存在着"不由自主的记忆"。不由自主的记忆虽然呈现在人的脑海中，在人的脑海中留下了记忆的痕迹，但是它从未进入意识的过程，也没有明确地被主体有意识地体验到，未能成为主体性经验的意象。如果说依附于历史意识和概念思维的有意识的记忆是线性的、完整的、贫乏的、时间的，那么凝结于日常生活空间之中，由无数并置意象组成的"不由自主的记忆"则是空间的、破碎的、瞬间的。但是"不由自主的记忆"并不能轻易被捕获，正如普鲁斯特所说："其非智力所及，它隐蔽在某件我们意想不到的物体之中，而那件东西我们死亡之前能否遇到，则全凭偶然，说不定我们到死也碰不到。"[①] 只有当主导我们的理性思维受到震惊时，"短路现象""不由自主的记忆"才能被激发，一个人本真的意识才能显现出来，形成自我认知和完整经验。比本雅明早大半个世纪的狄更斯，先知般地在小说文本中证明了本雅明记忆理论的正确性。例如《董贝父子》中卡克尔在逃亡的途中由于被不断追赶，受到了惊吓，脑海中出现了一系列幻象，他看到过去和现在的事物混在了一起，他的一生

---

① [德] 瓦尔特·本雅明：《巴黎，19世纪的首都》，刘北成译，上海人民出版社2006年版，第186—187页。

和这次旅行合而为一。"在混杂的马头上方闪烁的灯光和那阴影似的马车夫混在一起,马车夫飘拂的大氅形成上千个模糊不清的形状,和他的思绪相呼应。熟人的身影以他们那些熟悉的姿态俯在他们的办公桌和账簿上;他逃离的那个男人的影子或伊迪丝的影子奇怪地出现;说过的话一再在丁当的铃声和滚动的车轮声中响起;时间和地点全搞混了,昨夜成了一个月以前,一个月以前成了昨夜。家,时而远得没有希望到达,时而近在眼前;他脑子里和周围全是喧闹、冲突、匆忙、黑暗和混乱……接着,董贝先生第二次婚姻前的那段过去的时光在他记忆中浮现出来。他想到他是多么嫉妒那个男孩,他是多么嫉妒那个女孩,他多么狡猾地把别人远远挡开,在他欺骗的那个人(董贝)周围画了一个圆圈,除他而外,不准任何人进去。"① 卡克尔试图恢复自制力和脑子的平衡,却无能为力,脑海中的幻想无法被阻止或者引导,反而拖着他任意游荡。这些出现在卡克尔脑海中的幻想片段不存在因果逻辑和时间顺序,它们并置存在着,不受人的概念思维控制,恰似普鲁斯特的意识流小说中由联想、想象、追忆所激发的似星丛一样的并置意象。此外,《奥立弗·退斯特》中赛克斯杀人逃跑的途中和董贝第一次坐火车出门旅行时,他们脑海中都出现了星丛似的并置意象,也就是本雅明所说的"不由自主记忆"。本雅明又把这星丛似的意象称为辩证意象,认为它们是一系列意义关联体,基于现在、联系着过去、隐喻着未来,观照着剔除了概念思维的自我经验。因此,本雅明赋予了"不由自主记忆"打破概念思维对人的认识和思维的禁锢、重塑完整自我经验的使命。为此,本雅明用空间叙事的手法创作了两卷童年回忆录《柏林记事》和《1900年前后柏林的童年》,这两部回忆录都将对主观因素的描写降到了最低,没有采用线性叙事,而是由一系列场所的描写和事件并置而成,这些并置的意象为打破历史意识对记忆的禁锢提供了缺口。正如本雅明自己所说:"这些回忆确实不是

---

① [德]瓦尔特·本雅明:《巴黎,19世纪的首都》,刘北成译,上海人民出版社2006年版,第183页。

自传……我在这里谈论的只是空间、片段和非连续。"① 因为本雅明的写作目的是在并置意象的对比中寻求真理，拯救被历史意识和概念思维所禁锢的体验能力——为未命名的未来见证。无独有偶，狄更斯在传记体小说《大卫·考坡菲》的开头便说："在记叙我的平生这部书里，说来说去，我自己是主人公呢，还是扮那个角色的另有其人呢……"② 狄更斯和本雅明一样拒绝承认自己就是回忆录的主人公。狄更斯的这部小说并没有按照时间顺序展开，他也没有完整地书写主人公的成长经历，整部小说由围绕着许多空间上演的故事并置而成，在文中的每个叙事空间中，经验自我和叙事自我同时介入，两者并不重合，而是保持着一定的张力。例如文中的"我"再次回到出生地布伦得屯故地重游时，"我这一方面呢，在踽踽独行、旧地重谒中，我的活动是：沿路行走，把每一码旧境都重新回忆一番，在所有旧日常到的地方都徘徊流连一阵。这类活动从来没有叫我厌倦过。我现在亲身在这些地方徘徊的次数，就和我从前脑子里在它们这儿徘徊的次数一样地多，我在这些地方流连的时间，就和我幼年远离这些地方，我心里在它们这儿流连的时间一样地久……我一听到教堂的钟报告时刻，就吃一惊，因为那种钟声，让我听来，就好象永逝者的声音一样……我的脚步发出来的回声，也不表现任何别的调子，而只和这种思想永不间断地呼应，好象我那时已经回到家中，坐在还活着的母亲膝前，建造起我的空中楼阁一样。"③ 在这个时刻，物理时间已经停止，只有自然时间的流动。叙事者"我"眼前的家和"我"回忆里的家并置出现，时间被定格在空间之中，正是这些回忆中的经验意象，瓦解了铁板一块的线性历史叙事，丰富和完善了自我的经验。与本雅明一样，狄更斯的《大卫·考坡菲》的写作目的并不是记录完整的童年记忆，而是在记

---

① [美] 理查德·沃林：《瓦尔特·本雅明：救赎美学》，吴勇立、张亮译，江苏人民出版社 2008 年版，第 2 页。
② [英] 狄更斯：《大卫·考坡菲》，张谷若译，上海译文出版社 1980 年版，第 3 页。
③ [英] 狄更斯：《大卫·考坡菲》，张谷若译，上海译文出版社 1980 年版，第 864 页。

忆中完善经验自我，更好地走向未来。通过查阅本雅明的《拱廊街计划之 N：认知论、进步论》，我们可以获知，本雅明谙熟狄更斯的小说，曾经认真阅读过《大卫·考坡菲》《老古玩店》等作品。可以确定，狄更斯的作品在一定程度上影响了本雅明，正如有的评论家所说："狄更斯预示了本雅明的理论总结，即那迷宫般的城市导致了人们与自身和记忆的际遇，支配并恢复自身的经验。"①

（三）主体的物化

19 世纪如狄更斯所说是"最好的年代，也是最坏的年代"。在狄更斯生活的维多利亚时代，现代化、工业化、城市化使人类社会物质财富的积累达到空前的高度，但是现代性的弊端也已经开始显现，城市空间中的科层制度和专业化分工把人变成了无差别的个体，工具理性和技术理性越来越忽视人的情感和自我意志，人面临丧失主体意识、被物化的风险。"物化"理论由卢卡奇提出，他在《历史与阶级意识》一书中对"物化"理论进行了详细的解读。卢卡奇的"物化"理论滥觞于马克思的"异化"理论，马克思在《资本论》中这样写道："一切资本主义关系……都有一个共同的特点，即不是工人使用劳动工具，相反而是劳动工具使用工人。不过这种颠倒只是随着机器的采用才取得了在技术上很明显的现实性。"② 马克思从阶级的立场出发，指出了工人阶级物化为劳动工具的现象；然而，卢卡奇的"物化"则从"商品拜物教"出发，指的是全社会的物化，涉及政治、经济、文化和意识形态等各个领域。人物化成了马尔库塞所说的没有主体意识的"单向度的人"；社会则不再是一个有机统一体，而是由单个原子按照抽象规律、概念机械化地组合而成。狄更斯笔下的伦敦就是一个这样的空间——人的灵魂被物控制着，而物又是没有灵魂的人的象征和隐喻。如《荒凉山庄》中的"斯墨尔维德的爷爷是个老怪物。他下肢瘫软，

---

① Gillian Piggott, *Dickens and Benjamin: Moments of Revelation, Fragments of Modernity*, Ashgate, 2014, p. 131.

② 《马克思恩格斯全集（第40卷）》，人民文学出版社1995年版，第122页。

上肢也不灵活，可是头脑却非常清醒。他今天也还象当年那样，牢牢记着加减乘除的算法和一些非常实际的经验。至于什么理想、信仰、幻想以及诸如此类的念头，他从前固然没有，现在也还是没有……斯墨尔维德爷爷本人因为用力过猛，颓然倒在他那张看门人用的椅子里，成了一个断了线的木偶。在这种时候，老先生活象一个装着脏衣服的口袋，只是上面多了一顶黑色的便帽；他的孙女立刻在他身上施行两种手术，首先是把他当作大瓶子晃一晃，接着是把他当作大枕头捶一捶、打一打——只有这样做他才有了生机"①。寄生于大法官庭靠收购大法官庭废弃纸张、文件和其他物品过活的克鲁克则完全按照物的世界的规律生活，最后竟然像化学物品一样自燃了。《我们共同的朋友》中的特威姆娄被东道主维尼林夫妇当作折叠式的餐椅使用，维尼林夫妇按照宴会的规模来伸展或者收拢特威姆娄。而木腿男人赛拉斯·魏格的人性已经降为他那条木腿的物性，如果这种变化不被及时制止，他在六个月内可能长出另外一条同样的木腿。有机体中出现无生命的肢体表明赛拉斯·魏格的精神已经坏死，他已是行尸走肉。此外，《马丁·瞿述伟》中土地骗局的经纪人斯该得一只眼睛是瞎的，一动不动，"他似乎是用脸的那一边来听这一边的动静呢。这么一来，两个脸颊儿就各自为政，表情彼此不同；能动弹的那一边最活跃的时候，也就是象僵尸的那一边最冷眼旁观的时候"②。《小杜丽》中的克莱南太太的管家弗林特温奇脖子扭曲得非常厉害，看上去仿佛上过吊；《艰难时世》中焦煤镇的工人被机器物化成了"人手"，他们像海洋中的低等生物一样只有手和胃这两种器官。而整个伦敦城市空间则不再是一个富有生命力的有机体，而是被物化成一个没有"血缘关系"的机械组合体，由狭窄的居住空间、密密麻麻的街道、鳞次栉比的各类行政机构和商业实体等组合而成，城市中的每个空间场所都以资本为

---

① ［英］狄更斯：《荒凉山庄》，黄邦杰等译，上海译文出版社1979年版，第373—376页。
② ［英］狄更斯：《马丁·瞿述伟》（下），叶维之译，上海译文出版社1983年版，第502页。

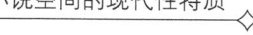

导向被生产出来,它们互相拥挤、践踏、推搡着。

(四) 精神创伤

精神心理分析学派的创始人弗洛伊德将人的精神空间分为意识和无意识两大部分。无意识是第一性的,它和人的原始冲动、本能、欲望等密切相关,大多不符合社会道德和法律规范。而意识是第二性的,是社会道德、权力等规训出来的产物;意识通过压制、理性化、否认等防御机制压抑着无意识,保证二者和平相处。外部的社会空间发生大的变化会引发人剧烈的心理冲突,意识和无意识的平衡状态被打破,精神创伤由此产生。精神文化分析学派的代表人物卡伦·霍妮(Karen Horney)曾经说:"容易得神经症的人似乎往往是这样一些人,他们都以一种极端的形式,经历了由文化所酿造的困难,大多数都经由童年期经验这一中介,并且在此之后无法解决这些困难,或者即使能够解决这些困难,也要付出极高的人格代价,我们可以把这些人称为我们文化的继子。"[1] 罗森布鲁姆(Dena Rosenbloom)在《精神创伤之后的生活》一书中认为定义精神创伤的两个条件分别是:"第一,是事件本身的性质,它一般包括现实的或害怕的死亡,以及严重的身体或情绪损害。第二,是事件对于受害者具有的意义。"[2] 狄更斯小说中人物的精神创伤主要由崇尚工具和技术理性的现代家庭和公共机构造成,在工具理性的促使下,商业和技术通过金钱和权力主导着城市,使人丧失情感和意志后变成理性的动物,同时也生产出了各类压制人性的官僚结构。对都市人来说,家庭不再是温暖的港湾,金钱和资本植入家庭内部,家庭空间由"血缘关系"的生产变成了"政治经济学"的生产,这对人尤其是儿童的精神伤害是巨大的。狄更斯自身就背负着巨大的精神创伤,他是不负责任的家庭和童工制度的受害者。为缓解

---

[1] [美]卡伦·荷妮:《我们时代的病态人格》,陈收译,国际文化出版公司2001年版,第198页。

[2] [美]罗森布鲁姆等:《精神创伤之后的生活》,田成华等译,中国轻工业出版社2001年版,第19页。

家里的经济压力，狄更斯12岁的时候便被家人送至泰晤士河河边亨格福德码头的黑皮鞋鞋油作坊做童工，在那里他受尽了嘲弄。他日后在自传中写道："我这样小小的年纪便被轻易地扔出家门，现在想来还使我觉得十分奇怪……（在鞋油作坊）我沦落到同这些人为伍，心灵深处的痛苦是无法用语言来表达的……那时我觉得完全没人关心我、爱我；前途茫茫，所处的地位十分屈辱……这种感觉在我的记忆中之深，是写不出来的。我整个身心都由于想到这些而充满了悲哀与屈辱。直到现在，虽然我已经显身扬名，十分幸福，但在梦中却还时时会忘记我已经有了娇妻爱子；甚至还忘记了我已经长大成人，仿佛又孤苦伶仃地在我那一段往日的童年生活中徘徊彷徨。"[①] 因此，随着精神分析学派的兴起，许多学者从狄更斯的精神创伤入手对其展开研究，他们把狄更斯的小说命名为创伤叙事。狄更斯不断地写作和外出举办朗诵活动的一个很重要的目的就是排解精神创伤带来的焦虑和压抑，如美国评论家爱德蒙·威尔逊（Edmond Wilson）在《狄更斯：两个克鲁奇》中所说："狄更斯童年时代为有组织社会的残忍所伤害，形成了犯罪和叛逆两种态度，这导致他对监狱和犯罪主题的关注。"[②] 同狄更斯一样，狄更斯小说中的许多人物也都背负着严重的精神创伤，如匹普、大卫·考坡菲、奥立弗·退斯特、小耐尔、小杜丽、克莱南、乔、珍妮·雷恩等。造成他们巨大精神创伤的直接原因是公共机构和不健全的家庭，创伤的根源则在于倡导工具理性、践踏个人意志的社会机制。例如《荒凉山庄》中，弗莱德老小姐受大法官庭的迫害，变得疯疯癫癫，她在鸟笼子里养了许多只鸟，以"青春""希望""自由"给这些鸟们命名，她准备等大法官庭的判决下来就恢复这些鸟的自由，但鸟的生命终究抵不过大法官庭冗长的诉讼程序，一只只相继死去。

---

① [美] 埃德加·约翰逊：《狄更斯——他的悲剧与胜利》，林筠因等译，天津人民出版社1992年版，第36—37页。

② [美] 爱德蒙·威尔逊：《狄更斯：两个克鲁奇》，赵炎秋编选：《狄更斯研究文集》，译林出版社2014年版，第91—101页。

一只只小鸟的死去正如不良的社会法律机制相继剥夺了弗莱德老小姐的青春、希望、自由甚至生命。在《大卫·考坡菲》中,严厉的家庭环境使狄克先生的性格有些古怪,狄克先生的父亲和哥哥便认为他是半个疯子,父亲去世后,狄克的哥哥把狄克送进了私人疯人院,狄克在里面受尽了虐待,他的精神受到了巨大的创伤,最终真的变得疯疯癫癫了。

此外,狄更斯小说中的都市人身上还有许多非理性的因素,如《我们共同的朋友》中的布拉德莱·海德斯东和《德鲁德疑案》中的约翰·贾斯泼具有非理性的杀人动机,许多研究者常把他们和陀思妥耶夫斯基笔下的人物的非理性犯罪联系起来研究,此不赘述。

二 空间现代性经验的体验者——闲逛者

狄更斯笔下的伦敦正在经历着剧烈的变迁,一个现代性的都市空间正在被生产出来。特拉法加广场修建了议会大厦和皇宫,为万国工业博览会修建的海德公园、水晶宫等大型建筑拔地而起;此外伦敦还建成了世界上第一座火车站、第一条铁路;泰晤士河上的万吨巨轮每天从伦敦出发,来往于全世界;伦敦城是世界的金融中心,伦敦城内的银行、证券等商业公司鳞次栉比;考文垂花园等购物中心的商品琳琅满目,人群熙熙攘攘。这些现代化的城市景观与圣贾斯尔的贫民窟、泰晤士河河滨的工业废墟、弥漫于城市上空的浓雾等一起组成了"迷宫"似的伦敦。但是混杂的城市景观背后却隐藏着有序的组织原则,大都市伦敦是以理性主义为指导原则生产出来的,标准化和雷同化是其特色,效率和功能是其目的;都市中各个空间内部也按理性主义的原则运行,都市人变成负责结构程序的"零部件",彻底丧失了主体意识,每天配合着城市的节奏在住宅、工作单位之间穿梭,过着单调、乏味的生活,他们窥探不了城市的秘密、感受不到城市的独特性,只有那些没有被城市现代性同化的、到处游走的街头闲逛者才能胜任这项工作。

(一) 闲逛者意象解读

"闲逛者"最先由本雅明提出,他认为"闲逛者是人群的探索者。这个投身人群的人被人群所陶醉,同时产生一种非常特殊的幻觉:这个人自鸣得意的是,看着被人群裹挟着的过路人,他能准确地将其归类,看穿其灵魂的隐蔽之处——而这一切仅仅凭其外表"①。在本雅明看来,闲逛者置身人群之中和人群节奏保持一致,享受着混迹人群中的微妙感受;同时,闲逛者又和人群保持着一定的距离,能捕捉城市转瞬即逝的景观、窥探城市的秘密。本雅明眼中的城市文人则是最具有代表性的闲逛者:"文人是在城市街道上融入他所生活的社会的。他在街道上随时准备着听到又一个突发事件、又一句俏皮话、又一个传言。在那里他建立了与同行、社交界的关系网,而且他十分依赖这些关系网带来的结果,就像妓女依赖她们的乔装打扮。"②狄更斯就是这样的城市文人,他从童年时期起就喜欢在伦敦的街道上闲逛,闲逛丰富了他文学创作的想象力。约翰·福斯特在狄更斯的传记中写道:"只要有人带他到'真正的城市'去散步他简直喜出望外——尤其是到修道院花园或河滨一带,他尤其高兴。他被圣贾尔斯令人厌恶的景象深深地吸引着。只要他能够说服那个带他出去散步的人带他走过一个叫'七街口'的地方,他就无比高兴。'天哪',他大叫道'我在这里看到了一个由罪恶、贫穷和乞讨组成的多么光怪陆离的世界'。"③这些光怪陆离的城市景观激发了狄更斯的想象力,影响了其作品的美学风格。狄更斯曾十分得意地告诉记者,在伦敦几百万人中,没有谁比他更了解伦敦,从鲍桥到布伦特福德,他对这个城市了如指掌,他小说中所有的伦敦"画面"都是他亲自考察绘制出来的。狄更斯还经

---

① [德]瓦尔特·本雅明:《巴黎,19世纪的首都》,刘北成译,上海人民出版社2006年版,第49页。

② [德]瓦尔特·本雅明:《巴黎,19世纪的首都》,刘北成译,上海人民出版社2006年版,第81页。

③ J. Foster, *The Life of Charles Dickens*, Dutton & New York: Everyman's Library, 1966, p. 14.

第五章　狄更斯小说空间的现代性特质

常乔装打扮或在警察的保护下到伦敦治安不好的地方去闲逛，他的许多小说素材都是在街头闲逛得来的。上文提到的"七街口"被他写进了《博兹速记》："街道上，房子肮脏而散乱，不时遇见一个意料之外的院子，四面的房子不成比例，奇形怪状，就像养狗场里打滚的半裸的孩子一样。"《老古玩店》这个故事就是狄更斯在闲逛中得来，"我虽然上了年纪，晚上却经常到外面去散步……我所以会在不知不觉中养成这种习惯则因为它给了我一个研究街上来往行人的性格和职业的机会。中午阳光炫眼，行人来去匆匆，极不适合于我这种无聊的工作。路灯或橱窗灯光映照出来的一闪一闪的面影，往往比白昼显示得更清楚，更有利于我的要求……一天晚上，我信步来到城里，一如通常那样徐徐行走着，脑海里想着很多的事情。忽然我的注意为一个询问所吸引……"①。此外，狄更斯在小说中还塑造了许多闲逛者，他们游荡在城市街头，是精力充沛的步行者和城市的探索者，获得了许多关于城市的秘密。《大卫·考坡菲》中，小大卫做完工后最喜欢的事情就是在伦敦的街道上闲逛，看人来人往，他把在人群中、街道上拾取的有趣的事情编成故事讲给一起做工的同伴听。《董贝父子》中，磨工慈善学校毕业的罗布成为街道上的流浪汉，他最喜欢遛鸟和在伦敦的街道上闲逛，他掌握了许多关于这个城市的秘密，诸如董贝先生和董贝女儿弗洛伦丝的动向，以及卡克尔和董贝的第二任妻子伊迪丝私奔的具体去向。《荒凉山庄》中典型的闲逛者则是街道的弃儿乔和侦探布克特。乔是街道的弃儿，每天在街上遛来遛去，被人群挤着、撞着、推着，无论什么时候都是个闲人。街道上五颜六色的商品、形形色色的人吸引着乔，他与文中的人物或多或少都有联系，因此，在法律文件誊写人自杀案和德洛克夫人失踪案中，乔都是主要的证人。本雅明认为游走于城市中的侦探也是城市典型的闲逛者，他们置身人群，根据在人群中、街道上获得的散落的片段信息，结合案发地点和受害者

---

① ［英］狄更斯：《老古玩店》，许君远译，上海译文出版社1980年版，第1—3页。

的个人基本情况，通过推理和计算破案，《荒凉山庄》中的侦探布克特就是运用这样的方法找到了德洛克夫人。由此可见，狄更斯的小说和"闲逛"有着密切关联。正如切斯顿所说："狄更斯从童年就开始了这种游荡的习惯。每当他干完苦活儿后，他没有别的消遣，只会游荡。他转遍了半个伦敦。他是一个好做梦的孩子，大部分时间是在想自己那些挺阴郁的前景……他在霍尔本街路灯下的暗处踽踽独行，在查林十字路口来回溜达……他不是去'观察'，那是一种自命不凡的习惯；他不是通过观察查林十字路口来提高自己的思维，也不是用数霍尔本街上的路灯来练习自己的算术……狄更斯不是把这些地方印在自己的心里，而是把你自己的心思印在这些地方，日后建构出了文学伦敦。"①

（二）闲逛者置身的人群

人群是闲逛者所依赖的，也是形成闲逛者的先决条件，而视野开阔、人迹寥寥的乡村和小城镇则是思想者的沃土，滋生不出左右打量的闲逛者。狄更斯生活的维多利亚时代，随着工业革命的完成，城市化进程加快，大量外来人口拥入伦敦。狄更斯曾在小说中这样描写外来人口流入伦敦的盛况："大路上长途跋涉去伦敦的人，总是朝一个方向——总是朝着伦敦。他们似乎由一种不顾一切的迷惑力驱使着到那座大城市去，在它的这一面或那一面被吞噬，永远也回不来。他们是医院、墓地、监牢、河流、热病、疯狂、罪恶、死亡的食物——他们走向那在远方吼叫的怪物，消失得无影无踪。"② 这些人拥入伦敦的街头、酒馆和商业区，组成了人群这个庞大的空间意象。城市街头的人群既是具体的又是抽象的。街道上的人群是具体的，街道上的一次车祸、一场纠纷就能把人群聚集起来。人群又是抽象的，对于陈列在街道两旁商店里的商品来说，人群是潜在的消费者和顾客。狄更斯小说城市空间中的人群景象给城市蒙上了一层令人陶醉的面纱。傍晚城

---

① ［德］瓦尔特·本雅明：《巴黎，19世纪的首都》，刘北成译，上海人民出版社2006年版，第135页。
② ［英］狄更斯：《董贝父子》，祝庆英译，上海译文出版社1994年版，第592页。

市街头点亮的煤气灯更给人群增加了些许暧昧色彩。忽明忽暗的灯光下，伦敦街道的人群中有穿着镶金边的外套、佩着剑的绅士们，他们争吵，他们决斗；有衣着华丽的太太老爷们，他们昂首挺胸向大剧院走去；有衣衫褴褛、面目悲惨的儿童，像一群小老鼠和大老鼠，他们走起路来躲躲闪闪，在垃圾堆中觅食，互相挨着身子取暖，还遭到人们的驱赶；还有走街串巷卖花束、卖菠萝、卖青豆的小贩。熙熙攘攘、热闹非凡的人群，吸引着闲逛者不断加入其中。《小杜丽》中的克莱南坐在卢山咖啡馆内看着"窗外雨越下越大，越下越密，接着湿淋淋的雨伞出现了，其次是湿漉漉的裙子，其次是泥浆。泥浆顷刻之间便汇集起来，仿佛人群的汇集一般，而且在五分钟之内便把亚当的子子孙孙一个个都溅污了一身。点街灯的人此时出来了，当火焰喷嘴在他的一触之下点亮……亚瑟·克莱南先生拿起帽子，扣好外衣的纽扣，走出咖啡馆，走向人群"①。《马丁·瞿述伟》中，汤姆"自然最想去瞻仰瞻仰伦敦城里那些熙熙攘攘、特别热闹的地方……最让他感觉到新鲜有趣儿的，还就是瞧着人家慌着忙着去进行他们的种种计划，别管是办正事，还是去追欢作乐；城市生活千篇一律的刻板文章中，倒居然还有这么点儿变化与自由，一想起来，汤姆心里就好不快活"②。同样，人群对狄更斯来说也充满了魔力。他曾经这样说："我无法表达我是多么需要那些街道。它们似乎为我的大脑提供了紧张工作时不可或缺的东西。我可以一两周内在一个僻静的地方很好地写作，然后去伦敦呆上一天，接着又可以重新如此工作……但如果没有那盏神灯，日复一日地如此写作带来的劳苦将是非常可怕的……我笔下的人物若是没有人群在他们周围，往往就会显得死气沉沉。"③

在狄更斯小说中，人群也是隐藏犯罪分子的最佳场所。"在一个

---

① ［英］狄更斯：《小杜丽》，金绍禹译，上海译文出版社1993年版，第45页。
② ［英］狄更斯：《马丁·瞿述伟》，叶维之译，上海译文出版社1983年版，第288页。
③ ［德］瓦尔特·本雅明：《巴黎，19世纪的首都》，刘北成译，上海人民出版社2006年版，第112页。

熙熙攘攘的地方，几乎无法保证人们品行端正，也就是说，人们彼此都不认识，因此不必在任何人面前脸红。"① 人群就像一个庇护所，可以藏匿一个反社会分子。《奥立弗·退斯特》中，老费根训练的几个扒手逮不着、恰利·贝茨等经常混进人群中作案，奥立弗第一次和逮不着、恰利·贝茨一起外出作案时被人发现，恰利·贝茨和逮不着贼喊捉贼，一声"抓扒手"在人群中引起了巨大的波澜。"'抓扒手！抓扒手！'这喊声得到百把人响应，人群愈聚愈多。他们奔跑着，踩得泥浆四溅，蹬得人行道咚咚作响。窗户纷纷打开，人们从屋里跑出来，群众蜂拥向前；傀儡戏演到最精彩处，观众一齐撇下喷趣（英国传统木偶剧中的驼背丑角），去投入人流，增强声势，给'抓扒手！抓扒手！'的叫喊加油打气。"② 此外，狄更斯小说中的人群也是都市人暂时摆脱各类压制，获得短暂自由的地方。人群中的人来自不同的阶级，拥有不等量的财富，他们聚居在街道上，使街道变成了一个异质的空间，人被淹没在人群之中，不必遵守封闭空间的各种规则和秩序，也避免了其他人的监视和打量，可以自由地和同伴交谈、大声地喧哗，也可以一个人闲散踱步、自由思考。当闲逛者与人群中的人擦肩而过，因身体微微接触而产生的震惊体验，恰似给闲逛者注入了一针麻醉剂，令其形成"空间幻觉"，使之更加陶醉地游荡在人群中。例如《双城记》中的卡屯最喜欢做的事情就是在街道上、人群中闲逛。

第三节 狄更斯小说中现代性的表征空间

表征即赋予事物有价值与意义的文化实践活动，是一种意指实践。英国文化研究学者斯图尔特·霍尔在《表征：文化表象与意指实践》一书中指出："所谓表征是指运用物象、形象、语言等符号系统来实

---

① [德]瓦尔特·本雅明：《巴黎，19世纪的首都》，刘北成译，上海人民出版社2006年版，第100页。

② [英]狄更斯：《奥立弗·退斯特》，荣如德译，上海译文出版社1984年版，第80—81页。

第五章　狄更斯小说空间的现代性特质

现某种意义的象征或表达的文化实践方式，正是我们对一堆砖和灰浆的使用，才使之成为一所'房屋'；正是我们对它的感受、思考和谈论，才使'房屋'变成了'家'。"① 狄更斯在小说中建构的空间并不是对现实空间的简单模仿和再现，它参与了维多利亚时代社会、历史与人文的建构，赋予了伦敦城市空间新的意义和价值，彰显着生存的意蕴。狄更斯小说中的现代性经验附着于具体的空间之中，这些空间也表征着狄更斯小说的现代性经验。在狄更斯小说所建构的废墟中，我们看到了未来时间和过去时间于现在的交汇；在资产阶级用物堆积而成的家宅中，我们看到了拜物教的盛行；在联结城乡的铁路和林立的烟囱之中，我们看到了新兴资产阶级的野心和抱负，以及资本在城市空间中的绝对主宰地位。

一　废墟

废墟是城市现代性经验的重要表征空间，融过去、现在、未来于一体，是历史与现在、真实与想象、虚构与存在展开对话的场域。人们在废墟上编织着浪漫的寓言故事，想象着过去，预见着未来。残存的废墟寄存着人类文明的碎片，存在着修复人类完整、丰富经验的可能，散发着辩证的光晕。卡斯腾·哈里斯（Kasten Harris）在《建筑的伦理功能》一书中指出："废墟是对时间的记忆，是对被毁的城市的见证……废墟的作用是它强化了观者的感受，即使是最好的典范也难逃时间的侵蚀。"② 废墟也是本雅明城市空间理论主要关注的对象。本雅明认为城市空间文化就是一种废墟文化，"这种文化本身含有自我否定和灾难的部分，但仅仅对其进行捣毁和清理是不够的，更为需

---

① ［英］斯图尔特·霍尔编：《表征：文化表象与意指实践》，徐亮、陆兴华译，商务印书馆2003年版，第10页。
② ［美］卡斯腾·哈里斯：《建筑的伦理功能》，申嘉、陈朝晖译，华夏出版社2001年版，第238页。

要的是拯救，即对被废墟所埋没、毁掉、并因此而被现代性中的人们忘却的传统的拯救，这个传统的源头可追溯到人类尚未堕落的天堂时代，甚至更早的没有主客体之分、天地浑然一体的前天堂时代，目标则是在现代性中对已经破碎的总体、完整性加以挖掘、拯救、再现、整和、回归。"① 所以，本雅明对城市中的废墟格外关注。他在《拱廊街计划》中发现波德莱尔笔下的现代巴黎不仅有繁华的街道，还有破败的房屋、建筑工地和垃圾废墟，在其笔下，整个巴黎城就是一个开发过度的荒原。他在书中还提到："巴尔扎克是第一个说到资产阶级的废墟的城市作家。但是最先让我们睁眼看到废墟的是以巴黎城市空间为写作对象的超现实主义作家……在这个时代产生了拱廊和私人居室，展览大厅和全景画，他们是梦幻世界的残存遗迹……随着市场经济的大动荡，甚至在资产阶级的纪念碑倒塌之前，我们就开始把这些纪念碑看作废墟了。"② 同巴尔扎克、波德莱尔等城市作家一样，狄更斯笔下的伦敦也布满了废墟，呈现出一片腐朽、糜烂、衰败的黑灰色景象，宛如一块被过度开发、利用而废弃的荒原。《奥立弗·退斯特》中，那个处在泰晤士河的一个水湾之中的"雅各岛"曾经是一个磨坊池，也是附近居民饮用水的来源，受经济不景气和大法官庭诉讼拉锯战的影响，曾经十分繁荣的雅各岛变成了十足的荒岛，到处显出破败相，令人作呕的污垢、废物和垃圾装点着磨坊池浑水的两岸，使这一带成为最邋遢、最奇怪、最特别的一处地方。《远大前程》中，马格韦契最后的藏身之所"缺凹湾磨池浜"位于伦敦桥东边蒲塘一带的河滨，这里原来是制造船只的作坊，但它已经被遗弃好多年，四周是锈迹斑斑的废船壳，堆积如山的木桶和木料，以及残破的风车。"缺凹湾磨池浜"浸没在淤泥黏土和海潮带来的垃圾中，呈现出一派衰败的

---

① 郭军：《序言：本雅明的关怀》，[德]西奥多·阿多诺等：《论瓦尔特·本雅明——现代性、寓言和语言的种子》，郭军、曹雷雨译，吉林人民出版社 2011 年版，第 4 页。

② [德]瓦尔特·本雅明：《巴黎，19 世纪的首都》，刘北成译，上海人民出版社 2006 年版，第 29—30 页。

景象。昔日的繁荣、富足之地变成今天令人作呕的藏污纳垢之所，究其原因是现代工业文明对传统生产方式的冲击和不良都市政治带来的影响，但这并不意味着狄更斯是一个具有浓厚怀旧主义情绪和向往乡村牧歌情调的作家，他在文中并没有像巴尔扎克那样为一个失去的时代唱挽歌。《大卫·考坡菲》中，在布满一堆腐朽木桩、被遗弃的旧作坊的旁边，各式各样红光外射的工厂发出叮当刺耳之声、闪耀着刺目之光。这些工厂在夜里把一切都搅扰了，只有从它们那些烟囱里冒出来的烟凝重浓沉、连续不断，不受影响。《我们共同的朋友》中，垃圾承包商哈蒙的儿子约翰·哈蒙在泰晤士河"死而复生"，继承了哈蒙承包垃圾而积攒下来的财产，演出了一个死亡与新生的寓言。《老古玩店》中变成废墟的老古玩店被拆除，它原来的地基上修建起了一条又整齐又宽阔的大道。《远大前程》中，因一场火灾而变成废墟的沙堤斯庄屋旧址也要建造新的房子。总览狄更斯小说中的废墟景观，我们可以知道狄更斯不是"怀旧者"而是"现代性"的书写者和体验者，但在狄更斯的意识中，"现代性"并不意味着和过去一刀两断，现代性是从过去的废墟中孕育出来的神话。狄更斯小说的废墟景观吸引人的地方在于，它似一个巨型的万花筒，而从这个万花筒中我们可以看到"现代性"是如何被孕育出来的。狄更斯有一种奇妙的能力，他能够通过建构各式各样的废墟，把城市现代性以可见的方式表达出来。在现代大都市之中，一切坚固的东西都烟消云散了，变动不居成了都市的常态，现代城市文明就是在废墟之上创造一个又一个神话，废墟储存着现代文明的记忆。

二 中产阶级的家宅

家宅是城市中最为重要的空间场所。进入现代社会，随着生产力的发展和社会分工的专业化和专门化，都市人的栖居空间被划分为公共空间和私人空间，二者泾渭分明、彼此分离。在公共空间中，人是一种理性的存在，他们是大机器生产流水线和科层官僚制度复杂程序中的一个"零部件"，是一种无差别的、工具理性的存在物；而作为私人空间的家宅则是人们用生活痕迹建构的生活空间，家宅把时间压缩在空间之中，联系着过去、现在和未来，把都市人的思想、回忆和梦想融合为一体，这些因子在居室中相互对抗、干涉和作用，使家宅变成了一个富有活力的异质空间。现代性支配的公共空间呈现出短暂性、偶然性、稍纵即逝等特征；而家宅则排斥着偶然性，增强着连续性，避免人成为一个流离失所的存在物，像一个摇篮般呵护着人的梦想、记忆与经验。本雅明在《巴黎，19世纪的首都》中指出："在路易·菲利普统治时期，作为私人的个体走上了历史舞台。对于私人而言，居所第一次与工作场所对立起来。前者成为了室内。办公室是对它的补充。私人在办公室内不得不面对现实，因此需要在居室通过幻想获得滋养。由于他不想把对他的社会功能的明确意识嫁接在他的商业考虑上，这种需要就越发显得紧迫。在建构他的私人环境时，他把二者都排除在外，由此产生了居室的种种幻境——对于私人来说，居室的幻境就是整个世界。在居室中，他把遥远的和久远的东西聚合在一起。他的起居室就是世界大剧院的一个包厢。"[1] 同路易·菲利普统治时期一样，英国的维多利亚统治时期也是现代化的高潮阶段。新兴的中产阶级面对短暂、偶然、疏离的现代社会对其感觉器官、灵魂世界形形色色的打击，内心充满了焦虑和不安，亟须通过家宅这个以血缘关系为纽带的庇护所恢复内心的平衡，找回以前的和平、安静的状态。所以，家宅在维多利亚时代扮演着重要的角色。新兴的中产阶级大都是家庭主义者，狄更斯也是一个不折不扣的家庭主义者，正如奥威尔（Orwell George）所说："狄更斯的理想生活仍然是中产阶级式的，他从来不写农业，他对封建的、农业的过去是敌视的，他所追求的理想几乎是这种模样的东西——几万英镑，一幢爬满常春藤的老房

---

[1] ［德］瓦尔特·本雅明：《巴黎，19世纪的首都》，刘北成译，上海人民出版社2006年版，第44页。

子，一个温柔体贴的妻子，一窝小孩子。一切都是安全、舒服、太平的，尤其是温馨的。"① 首先，在狄更斯小说中家宅承载着本真的自我，小说中人物的最终奋斗目标就是拥有一个温馨和谐的家。《远大前程》中的文米克在外是一个冷冰冰的法律职员，在家宅中却是一个孝顺的儿子、完美的恋人，是匹普体贴的朋友。《荒凉山庄》中被异化为法律机器的律师霍尔斯榨干了理查德的钱财，但是，家中的他却是孝顺的儿子、慈祥的父亲。其次，狄更斯小说中的家庭也是都市人理疗现代性精神创伤、恢复内心安宁的空间场所。《远大前程》中的匹普、《大卫·考坡菲》中的大卫在外经历沧桑世事，迷失了自我，是温暖的家宅帮助他们找回了本真的自我，成就了他们丰富、完整的人生经历。再者，狄更斯小说中，中产阶级的住宅内收藏了许多精美的物品和器具，都市中的资产阶级通过对家宅内部进行精致的装修和陈设以弥补外部空间的单调与乏味。正如本雅明所说："中产阶级的居室是艺术的避难所。收藏家是居室的政治居民。他以美化物品为己任，他身上负有西西弗斯的任务，即不断地通过占有物品来剥去他们的商品属性。但是他只赋予它们鉴赏价值，而不是使用价值。"② 狄更斯小说中，中产阶级家宅的装修和陈设与维多利亚时代大多数中产阶级的家宅一样"门厅要是大理石的地板并铺以东方的地毯，在门后最好设有一个伞架方便家人或客人放伞，放置一到两个朴素的高背椅会更好，因为这样可以让远道而来的客人临时休息一下。餐厅的中央应放置一个圆形或椭圆的独腿餐桌，环绕其四周的座椅最好铺设皮革坐垫，因为丝绒的坐垫更容易损坏女主人或客人精美布料的晚礼服。在餐厅的墙边还应该有一个餐具柜和橱柜，用来搁置放有银餐具的精美瓷盘和酒。除此之外，最好安置一个连接餐厅和地下室厨房的食品升降架，这样不仅使仆人的工作更简单，而且能减少挥发，让饭菜

---

① [英] 奥威尔著，董乐山编：《奥威尔文集》，中国广播电视出版社1997年版，第245页。
② [德] 瓦尔特·本雅明：《巴黎，19世纪的首都》，刘北成译，上海人民出版社2006年版，第56页。

更能保持原汁原味"①。在《荒凉山庄》中贾斯迪先生的山庄中、《我们共同的朋友》中维尼林的住宅中、《董贝父子》中董贝的宅邸中，我们都可以看到类似的装饰和陈设。这也从另一方面折射出来新兴的资产阶级想通过对物的拥有、对世俗生活的享受来抵御稍纵即逝的时间和支离破碎的都市生活给其内心带来的恐慌，他们把"永久保存他们的日常生活用品和附属的遗迹看作非常光荣的事情。他们乐于不断接受自己作为物品主人的印象"②。最后，狄更斯小说中，中产阶级家宅的地理位置开始郊区化和边缘化。狄更斯生活的维多利亚时期，城市化和工业化进程加快，大量的外来人口拥入伦敦，城市中心的居住环境日益恶化，城市中心成为繁华的商业区和富人住宅区，商业区的周围沦落为工人住宅区和贫困区，诸如伦敦当时最著名的圣贾斯尔贫民区；随着中产阶级自身实力的增强，他们逐渐形成独立的文化形态和价值观念，如追求舒适安静有品位的生活、注重家庭观念和家庭隐私、勤俭自律，等等；此外，市中心到郊区的公共交通设施逐步完善，如公共马车、铁路等的出现。这些主客观条件共同促成了维多利亚时期中产阶级住宅的郊区化。如《小杜丽》中，弥格尔斯的家宅就位于伦敦郊区的特威肯翰小镇上；狄更斯功成名就、跻身著名作家行列后，买下来的盖茨山庄也位于伦敦郊区罗切斯特镇附近。正如巴什拉所说，人类家宅的原型是"子宫""鸟巢"和"贝壳"，家宅是人类抵御外部打击的安身立命之所。因此，狄更斯小说中，中产阶级的家宅既是城市现代化的产物，同时也体现了新兴资产阶级面对短暂、瞬间、偶然的现代都市景观所产生的不安和恐惧以及保护隐私和私人财产的迫切愿望。

---

① Sally Mitchell, *Daily Life in Victorian England*, Westport conn: Greenwood Press, 1996, p. 111.

② [德] 瓦尔特·本雅明：《巴黎，19世纪的首都》，刘北成译，上海人民出版社2006年版，第112页。

三 铁路

铁路是现代工业文明的产物，也是现代性的标志，它联系着过去与现在、传统与未来、城市与乡村。铁路的流动性和现代都市日益加快的社会节奏十分合拍，因此，它成为现代性最合时宜的载体。正如美国文化历史学家沃夫冈·施瓦布什（Wolfgang Shivalbusch）所说："19 世纪最富戏剧性的现代性标志非铁路莫属。"[①] 文化地理学家约翰·厄里（John Curry）在《流动性》一书中也做出了同样的论断："火车使大批量人口依靠机械化工具高速移动，是一种巨大创新，火车因此成为现代性的标志。"[②] 铁路的物质形态由铁轨、车厢和火车站三部分组成。作为现代性载体的铁路压缩着时间、扩展着空间，推动着现代化和都市化的进程，使理性时间得到普及，改变了人们的价值观念、生活方式及时空体验；快速流通的火车使火车窗外的自然空间变成乘车者眼中的风景，而车厢内则是理性空间秩序的生产，每一位旅客都被编号，被安置在固定的位置之上，形成一种非流动的组织体系；火车站则是各个阶级或阶层自由流动的空间，也是它们之间展开对话的场所。

1825 年，由史蒂芬孙设计的世界上第一条铁路诞生于狄更斯所生活的英国，这条铁路连接了达灵顿和斯托克顿。随后，英国的铁路里程快速增长，铁路成为维多利亚时代英国最为主要的交通运输方式。"1825 年达灵顿—斯托克顿铁路通车，1830 年利物浦和曼彻斯特用铁路连接起来。到 50 年代，英国的主要铁路干线均已完成。"[③] 狄更斯经常乘坐火车外出旅行。他乘坐火车时还发生过严重的车祸，受到了

[①] Wolfgang Shivalbusch, *The Railway Journey: The Industrialization and Perception of Time and Space*, Oakland: University of California Press, 2014, p. xiii.

[②] John Curry, *Mobility*, Cambridge: Polity Press, 2007, pp. 92-93.

[③] 吕宁编著：《工业革命的科技奇迹》，北京工业大学出版社 2014 年版，第 88—89 页。

巨大的惊吓，长时间未能完全恢复。日后外出乘坐火车时，每当火车在交叉点上颠簸几下，狄更斯总是紧紧抓住椅子的扶手，脸色发白，额头冒汗。狄更斯在小说中，尤其是《董贝父子》一书中，对城市中的新兴事物——铁路给予了详细的描写，揭示了流动性的铁路与现代化社会政治、经济、文化之间的复杂关系。首先，在狄更斯小说中，铁路压缩着时间、扩展着空间，其通过准确的运行时刻表把每个地区都纳入现代化的轨道；快速流动的火车发出尖叫、咆哮的声音穿过各种障碍物，不顾一切地向前进，把各个地区、各个阶层的人统统都拖进现代化的轨道中。铁路把破败的城市郊区变成了新型城镇。城市空间规模扩张的速度堪比火车本身的速度，沿着铁路不断增长。铁路运行带来了标准时间的普及，自然时间让位于标准化的铁路时间，人们的日常安排都精确化、时间化。狄更斯在小说中形象地描写道："人们在乎的只是时钟上的铁路时间，太阳就已经让步了……这些征服一切的机车隆隆地日夜向远方奔驰，或者平稳地驰到它们的旅程终点，像驯服的龙滑行到指定的地方。那地方是以至多一英寸误差的精确度构筑起来接待它们的。"① 《董贝父子》中的卡克尔在逃跑过程中由于错过上一个班次的火车，只能等四点一刻的火车。在等待的过程中，卡克尔不停地看手表，在铁轨旁边踱来踱去。由此可见，铁路带来的标准时间的普及把我们每一个人都卷入了"进步"的链条之中。铁路的出现也改变了人们的价值观念和意识形态。铁路开始兴修的时候，人们都羞于承认拥有这条铁路，铁路正式运行之后，人们享受到了铁路带来的便利和好处，开始转变态度，铁路周围一带的人更是夸耀铁路的强大、发达。"这里的衣料店里有铁路的图案，这里卖报人的橱窗里有铁路杂本。这里有铁路旅馆，咖啡馆，寄宿舍，供膳食的宿舍；铁路图，地图，风景图，包装物，瓶子，三明治盒，时刻表；铁路出租马车和停车处；铁路公共马车，铁路街道和建筑，铁路的食客和寄

---

① ［英］狄更斯：《董贝父子》，祝庆英译，上海译文出版社1994年版，第274页。

生者，以及抱着各种打算的奉承者。"① 狄更斯并不是宗法田园社会的捍卫者，他对现代工业文明持有肯定的态度，他认为"兴修的铁路，从所有这可怕的混乱的中心，沿着它那宏达的通向文明和进步的旅程，光滑地延伸开来"。他肯定了铁路带来的新的、进步的空间秩序，但是并没有忽视铁路这个现代工业文明的产物对传统生产方式、社会组织方式的破坏以及对人身心健康的危害。狄更斯在《我们共同的朋友》中写道："铁路从菜农的菜畦间跨过，而眼看这些菜园子都要毁于铁路之下了"②；在《董贝父子》中写道："就在兴建的铁路旁边，有着肮脏的田地，牛棚，粪堆，垃圾堆，沟渠，菜园，凉亭，拍地毯的场地。牡蛎上市季节，牡蛎壳堆得像小山，龙虾上市季节，龙虾壳堆得像小山。一年四季，破碎的瓷器、枯萎的卷心菜叶都堆在高处"③。另外，狄更斯在小说《信号员》中塑造的铁路信号员的精神每天处于高度紧张的状态，重复机械地做着一项工作。"他们每八小时轮一次班，他们负责的信号房每天都有大约 500 辆火车通过，有些大站每天的火车吞吐量竟然超过了 1200 辆。数据表明，这些信号员每 3 分钟就要引导一辆火车通过，每 18 秒就要操控信号房的机械杆一次，每 14.4 秒就要发一次电报。劳动如此繁重，技术性如此之强，使得他们不可能毫无差错。"④ 长期的身体劳累，加上神经每时每刻都处于紧张的状态，使铁路信号员的精神世界产生了幻觉，最终，铁路夺走了信号员的性命。

四 城市贫民窟

恩格斯在《英国工人阶级的现状》中指出："19 世纪英国城市中

---

① ［英］狄更斯：《董贝父子》，祝庆英译，上海译文出版社 1994 年版，第 274 页。
② ［英］狄更斯：《我们共同的朋友》，智量译，上海译文出版社 1986 年版，第 43 页。
③ ［英］狄更斯：《董贝父子》，祝庆英译，上海译文出版社 1994 年版，第 83 页。
④ Pope, Norris, "Dickens's 'The Signalman' and Information Problems in the Railway Age", *Technology and Culture*, Vol. 42, No. 3, September 2001, pp. 436–461.

的贫民窟是城市中最糟糕地区的最糟糕房屋,最常见的是一排排的两层或一层的砖房,几乎总是排列得乱七八糟,有许多还有住人的地下室。这些房屋每所仅有三四个房间和一个厨房,叫做小宅子,在全英国(除了伦敦的某些地区),这是普通的工人住宅。这里的街道通常是没有铺砌过的,肮脏的,坑坑洼洼的,到处是垃圾,没有排水沟,也没有污水沟,有的只是臭气熏天的死水洼。"[1] 城市贫民窟是在现代化、城市化过程中出现的。工业革命后,英国的城市化进程加快,城市超越农村在国家和地区的政治经济生活中占有着支配性的地位。城市拥有更多的资源和机遇,大量外来人口拥入城市。此外,当时爱尔兰发生了地震,大量的爱尔兰人也拥入伦敦避难。1812年至1841年间,伦敦的人口增加了100万,总人口达200万,超过巴黎成为全世界最大的城市。大量人口拥入伦敦,给伦敦的住房、基础设施、城市公共服务造成了巨大的压力。为了工作方便,许多拥入城市的外来人口就聚居在城市中心附近,由于当时的英国社会奉行自由放任的经济政策,住宅的建造缺少统一的规划、设计和管理,工人的居住环境十分恶劣,因此,伦敦市内出现了许多贫民窟。作为一个人道主义作家,狄更斯在小说中对伦敦的贫民窟给予了关注,并揭露了其形成的社会原因。在狄更斯小说中,伦敦的贫民窟有以下几个方面的特征。

首先,19世纪伦敦的贫民窟十分拥挤、肮脏和破旧,一家三代好几口人拥挤在一个房间里。"一个人贸然随便到一所还有人住的房子里去找一个汤姆生先生,他必然会亲眼在任何中等面积的房屋里找到至少两三个姓汤姆生的人。"[2] 贫民窟"七日晷"中的一幢房子底层是杂货铺,"杂货铺老板同他的一家人住在店铺和店铺后面那间小起居室里。还有一个爱尔兰工人同他的一家人住在后厨房里。一个打散工的男人同他的家人住在前厨房里。在二楼前房住着另一个男人同他的

---

[1] 《马克思恩格斯选集(第四卷)》,中共中央马克思恩格斯列宁斯大林著作编译局编译,人民文学出版社1995年版,第103页。
[2] [英]狄更斯:《博兹特写集》,陈漪、西海译,上海译文出版社2013年版,第90—91页。

第五章 狄更斯小说空间的现代性特质

妻儿。二楼后房住着另一家人，这家的年轻妇女在家里承接绷架绣花活儿。三楼前房里的同其余的房客完全是楼下那些房客的翻版"[1]。这些从地下室到阁楼上都塞满人的贫民窟不仅拥挤还肮脏、破旧，贫民窟中没有一扇玻璃完整的窗户，墙快塌了，门框和窗户框是损坏的，门是没有的或者是用破板子钉做而成的；贫民窟内没有硬化过的街道，坑坑洼洼的路面上堆满了垃圾和煤灰。贫民窟"七日晷"中满是肮脏凌乱的房屋和街道、一长排一长排破裂和经过补缀的窗户，还有邋遢的男人、肮脏的女人、满身污垢的孩子、飞来飞去的羽毛球、喧嚣的板球、发臭气的烟斗、坏水果、多半坏了的牡蛎、衰弱的猫、抑郁的狗以及像骸骨似的家禽。与"七日晷"一样，《荒凉山庄》中的贫民窟"托姆独院"也呈现出一派破败的景象，房屋破烂坍塌、透风透雨，被煤烟熏得污黑。

其次，贫民窟环境恶劣，空气污染、水污染等危害着穷苦人的身心健康。工业革命开启了英国的现代化之路，同时也带来了诸如环境的污染、贫富差距的扩大等许多负面问题，这些负面问题给穷苦人造成的危害最大。第一次工业革命后，英国工业生产用的燃料主要是煤炭，伦敦市内烟囱林立，烟雾迷蒙，建筑物被熏得污黑，空气中都弥漫着刺鼻的气味。狄更斯小说中的贫民窟"七日晷"笼罩在烟雾之中，"在所有的街道拐角上闲荡的是一群群人，他们像是来到那儿要吸几口钻头觅缝地飘到那儿的新鲜空气似的，不过那股空气似乎已经筋疲力尽；再也没法强迫自己进入附近狭窄的小巷了"[2]。空气污染严重危害着穷苦人的身心健康，再加上无钱医治，许多穷人因感染肺结核等呼吸道疾病而去世。此外，英国当时还没有污水处理系统以及完整的地下排水系统，工业废水和社会废水都直接排入河流中，河流被严重污染。而伦敦当时的贫民窟没有自来水系统，生活用水还是引用井水和河水，被污染的水源容易滋生细菌和疾病，伦敦当时的许多贫民

---

[1] [英]狄更斯：《博兹特写集》，陈漪、西海译，上海译文出版社2013年版，第94页。
[2] [英]狄更斯：《博兹特写集》，陈漪、西海译，上海译文出版社2013年版，第91页。

窟大都出现过大规模的霍乱和伤寒等传染性疾病，许多贫苦人因此丧命。《荒凉山庄》中的贫民窟"托姆独院"因为人口流动性大、饮用水不卫生等出现了大规模的传染性疾病，穷人"乔"就是感染霍乱而死。

最后，贫民窟居民受教育程度低，道德沦丧，贫民窟中犯罪事件频繁发生。贫民窟内到处都是衣不蔽体、半裸上身的男人，骂骂咧咧的妇人，不停争吵的邻居，诈骗、盗窃、卖淫、酗酒、打架斗殴、家暴等伤风败俗的事件在贫民窟内经常发生。贫民窟"七日晷"中"除了一群群在杜松子酒馆附近荡来荡去以及在马路当中争吵的人以外，空地上所有的柱子旁都有人。他们懒洋洋地靠在柱子上，一连几个小时……住在店铺里的那个男人经常虐待他的家人……那个爱尔兰人每隔一晚都醉醺醺地回来见人就打、而二楼后房里的女人遇上任何事都要尖声叫嚷。楼房里一层与另一层之间结了仇；就是那位住在地下室里的人也不让步"①。

恩格斯在《英国工人阶级的现状》中认为，造成伦敦这样的都市出现无数个贫民窟的原因是社会生活和生产资料掌握在少数资本家的手里，资本家唯利是图、自私自利，无情地剥削无产阶级、践踏弱者。"更有甚者，资本主义社会的国家机器和法律制度还充当着资本家'抢劫'行为的保护伞。穷人没人关心，只能穿最差的衣服、吃最差的食物，住最简陋的房子。"② 狄更斯作为维多利亚社会良心的指向标和恩格斯的观点不谋而合，他也把伦敦贫民窟形成的原因归结于政府对贫困人口的不作为。在《荒凉山庄》中，狄更斯指出大法官庭的不作为使贫民窟"托姆独院"破烂不堪，每次托姆独院发生爆炸事故，人们只能在报纸上看到一小则新闻，相关机构并没有采取具体的救济措施。《奥立弗·退斯特》中位于泰晤士河附近的雅各岛是穷人居住的贫民窟，它之前是一个磨坊池，是附近居民的饮用水源，居住在伦

---

① [英]狄更斯：《博兹特写集》，陈漪、西海译，上海译文出版社2013年版，第95页。
② 《马克思恩格斯选集（第四卷）》，中共中央马克思恩格斯列宁斯大林著作编译局编译，人民文学出版社1995年版，第104页。

敦西区的富人们很少有知道它的存在的，大法官庭的拉锯战把曾经的磨坊池变成了到处都是腐物、垃圾和触目惊心的贫困景象的荒唐沟。

第四节 狄更斯小说空间的现代性危机

19世纪，现代性得到了长足的发展，其作用于城市，促进了城市的现代化转型和升级。伦敦出现了大批新兴的工厂、蜿蜒的铁路、高耸的烟囱、拔地而起的高楼大厦、熙熙攘攘的街道，泰晤士河上的万吨巨轮承载着物流、人流和信息流来往于世界各地，当时的伦敦是世界的政治、经济、金融中心。然而，现代化给城市带来诸多机遇的同时，也带来了许多弊端和危机，如权力和资本支配着城市的空间生产、城市中贫富差距逐渐扩大、资源分配不均、空间正义缺失、阶级严重分化、环境污染、失业人口增多、伦理道德失序等。城市人在物欲横流的都市生活中丧失了理想和信念，这在城市作家狄更斯的小说中均有体现。

一 权力和资本支配空间

权力、资本与空间是西方马克思主义空间理论的关键词汇，西方马克思主义空间理论家继承马克思主义政治经济学和阶级分析理论，把它们运用于城市空间研究。西方马克思主义空间理论家认为现代社会中权力和资本的并置生产出了现代城市空间，并把城市空间生产也纳入社会生产的领域。资本家以权力和金钱主导的"创造性破坏"式的空间生产，实现了资本的无限循环和增殖，同时权力和资本也主导着城市空间中的意识形态建设，把一切社会关系资本化、金钱化。城市作家狄更斯在文中生动形象地再现了权力和资本主宰的伦敦城市空间生产的过程及权力和金钱对空间生产关系尤其是亲情关系的异化。狄更斯的许多作品都是围绕一份"巨额的遗产"展开，中间还伴随着监狱、法庭、拖拖拉拉部之类行政机构的介入，在狄更斯小说中，权力和资本不但改变了城市空间的面貌,也异化了城市人之间的关系。

(一) 权力和资本主宰的城市空间生产

"空间生产"这个概念来自法国马克思主义地理学家列斐伏尔。他在《空间的生产》一书中指出:"'生产空间'(to produce space)是令人惊异的说法:空间的生产,在概念上与实际上是最近才出现的,主要是表现在具有一定历史性的城市的急速扩张、社会的普遍都市化,以及空间性组织的问题等各方面。今日,对生产的分析显示我们已经由空间中事物的生产转向空间本身的生产。"[①] 空间不再只是生产活动上演的舞台,还是生产实践的对象与生产实践的产物。承接马克思主义的生产实践观,列斐伏尔进一步指出,与资本主义社会其他领域的生产实践活动一样,空间的生产也是在资本和权力的作用下完成的,资本和权力锻造出来的现代城市空间一方面被用于保证资本的迅速流转及再生产的完成,另一方面则恰如一张意识形态之网,掌握资源和权力的资产阶级控制和领导着处于边缘地位的无产阶级。

狄更斯生活在 19 世纪的伦敦,当时的英国率先完成工业革命,开启了现代化历程,资产阶级在与贵族阶级的斗争中已经取得全面的胜利,他们在政治、经济等各个领域已掌握了领导权。然而,英国是一个历史悠久的君主立宪制国家,贵族阶级在政治方面还具有一定的领导权,虽然贵族阶级在资本强大的渗透下已经岌岌可危,但处于社会边缘地位的无产阶级也愈加贫困。伴随着英国工业革命而来的是伦敦城市化进程的加快、人口的激烈增长、城市内部空间的重新划分。伦敦是当时世界的政治经济中心,继白金汉宫、圣保罗大教堂之后,东印度公司、皮卡迪利广场、考文特花园等成为了伦敦新的地标性建筑。城市的飞速发展进一步加剧了贫富之间的差距,与富丽堂皇、熙熙攘攘、蒸蒸日上的富人居住的伦敦西区相比,穷人的聚居地伦敦东区越发贫穷。不同的阶级居住在不同的空间区域,贫富差距日益扩大,正

---

① [法] 亨利·列斐伏尔:《空间的生产》,刘怀玉等译,商务印书馆 2022 年版,第 54 页。

第五章　狄更斯小说空间的现代性特质

如列斐伏尔所说："空间已经成为国家最重要的政治工具……空间的层级和社会阶级相互对应，如果每个阶级都有其聚居区域，属于劳动阶级的人无疑比其他人更为孤立。"① 这些新的城市空间动态定会进入"闲逛者"狄更斯的视野，反映在其创作的文学作品中。

《小杜丽》中大金融家莫多尔位于坎汶迪希广场哈莱大街的房子十分豪华，狄更斯在文中这样描述："这是一座漂亮的房子，客厅就有好几间，一间里面还挂着金色的鸟笼……这个房间比小杜丽想象中的什么房间都华丽得多了，其实谁见了都会觉得它豪华的。"② 贵族阶级泰特·巴纳克尔位于格罗符诺广场马房街的家曾经是伦敦城最高贵的住宅区，是社会名流才配住的地方，现在却日渐衰落："房子正面已经倾斜、摇摇欲坠了，墙上是黑洞洞的小窗，从闻到的气味来看，这房屋仿佛是装了熏人的马房味的一个瓶子。"③ 中产阶级卡斯贝在格雷公馆的房子位于城市的次中心，"和克莱南太太的房子一样几十年没有任何变化，几乎也是那个阴沉沉的模样，房子里面是肃穆而恬静的，似乎将声音与动静一概关在了外面，室内的家具刻板庄严色调灰暗"④。与莫多尔和泰特·巴纳克尔位于伦敦繁华西区的房子不同，穷人普罗希尼居住的"伤心园"位于伦敦的郊区，这里曾经是皇家的狩猎场，现在则是烟囱林立的工业区。伤心园里住的都是穷苦人家，他们在伤心园业已枯萎的荣耀中搭起了自己的安身之所。伤心园里破落的街道如迷宫一般，弯弯曲曲、高低不平。伤心园里的居住条件十分简陋，一座大的房子被分开，分别租借给几户房客，普罗希尼一家六口人拥挤在一间客厅里，屋子里乱糟糟的，十分邋遢。从文中不同阶级居住空间的分布中，我们就可以大致勾勒出伦敦当时的城市规划图，且能从中看出阶级的分化和差异：伦敦城从中心到边缘、从西区

---

① ［法］亨利·列斐伏尔：《空间：社会产物与使用价值》，包亚明主编：《现代性与空间的生产》，上海教育出版社2003年版，第50页。
② ［英］狄更斯：《小杜丽》，金绍禹译，上海译文出版社1993年版，第231页。
③ ［英］狄更斯：《小杜丽》，金绍禹译，上海译文出版社1993年版，第327页。
④ ［英］狄更斯：《小杜丽》，金绍禹译，上海译文出版社1993年版，第328页。

到东区依次为繁华的商业区与大贵族聚居区域、大资产阶级聚居区域、中产阶级聚居区域、工业区与贫民窟。城市空间的生产最能体现统治阶级的权力在空间中的作用："在城市空间的生产过程中，统治阶级的权力主导一切。中心地区主宰边缘地区，权力起了关键作用。"[①] 在统治阶级权力的运作下，《小杜丽》中七个不同的具有代表性的城市聚居区域变成了一张关于权力操控的网络，生产出了一种关于阶级压迫与统治的空间，伦敦城市空间因此成为权力得以运作实施的场域，成为一种政治统治的工具。

（二）亲情关系资本化

在西方前资本主义时代，基督教规范着人们的言行举止，人们的家庭生活与社会生活都要在宗教许可的范围内进行，违犯了宗教禁忌的人不仅会被其他社会成员指认为"他者"而受到排斥，还要接受教会的审判和制裁。因此，在前资本主义社会，宗教是最主要的意识形态，它维系着社会的稳定与正常运转。进入现代社会，宗教式微，为了重新维护社会的稳定，新兴的资产阶级宣扬家庭主义，把家庭生活神圣化，试图让家庭取代前现代社会宗教的职能。此外，生产力的发展，物质生活的充裕，公共生活和私人生活相分离，也为资产阶级生活空间的独立提供了良好的契机。由此，在维多利亚社会，温馨、和谐的家庭生活被奉为最高的道德准则，也是衡量一个人是否成功的标志之一。维多利亚女王和阿尔伯德亲王以身示范，在全社会倡导家庭主义。生活在维多利亚时代的狄更斯也是一个不折不扣的家庭主义者，他在小说中宣扬家庭主义，小说中的好人往往拥有美满的家庭生活，而坏人往往妻离子散，得不到来自家庭的关怀。狄更斯理想中的家庭女主人是温柔娴淑、善于持家的"家庭天使"，家庭是治愈主人公精神创伤的最佳场所。然而，在资本和商品一往无前、横扫一切的大时代潮流下，家庭空间也不能幸免，维多利亚社会的家庭空间不再是一

---

① ［法］亨利·列斐伏尔：《空间：社会产物与使用价值》，包亚明主编：《现代性与空间的生产》，上海教育出版社2003年版，第62页。

个以血缘为基础、只讲究亲情和伦理的乌托邦，而是一个被商品和资本支配、体现着社会意识形态规训和父权制思想的空间场域。狄更斯在小说中写出了维多利亚时代家庭空间的复杂性，反映出了现代社会家庭空间内部存在的危机和风险。

　　婚姻是一个家庭传承、延绵的主要手段，而现代社会的婚姻却被打上了资本和商品的烙印，婚姻不再只建立在男女双方情投意合、你情我愿的基础上，而是增加了身份、地位、财富等许多附加条件。《董贝父子》中的伊迪丝被母亲斯丘顿太太以"千方百计给她找个好归宿"为借口嫁给了一个未来可以继承巨额财产的男子，结果，男子还未继承财产就暴病身亡，伊迪丝成了寡妇。斯丘顿太太又再次以"千方百计给她找个好归宿"为借口，强迫伊迪丝嫁给了董贝。在这桩婚姻中，斯丘顿太太看中的是董贝的巨额财产，而董贝看中的是斯丘顿太太家族的贵族身份，在这两桩婚姻中，伊迪丝只是一个具有使用价值和价值的"商品"。正如伊迪丝在文中对斯丘顿太太的控诉："他（董贝）明天将买下我。他考虑了他的这笔交易；他把它指给他的朋友看；他甚至还以此为骄傲……市场上没有哪个奴隶；集市上没有哪匹马，像我在这可耻的十年中这样给人看，求人买下，受到检查并且陈列出来。"[①] 与伊迪丝一样，《艰难世事》中的露意莎被父亲葛擂硬以"事实"为依据，以"功利主义"为原则嫁给了焦煤镇的大资本家庞德贝，在葛擂硬的观念中，婚姻中最为主要的是男女双方的财产和身份地位，即使露意莎二十岁，庞德贝五十岁也没有太大的关系，更何况露意莎和庞德贝结婚后，露意莎的弟弟汤姆还可以在庞德贝的银行谋得一个不错的职位。自然而然，不是建立在情感基础上的婚姻是不会幸福的，伊迪丝最后和董贝公司的经理卡克尔私奔，身败名裂，而露意莎则差点被花花公子赫德豪士玩弄。

　　此外，维多利亚社会中父权主宰着家庭空间。父权思想自古有之，

---

① ［英］狄更斯：《董贝父子》，祝庆英译，上海译文出版社1994年版，第487—488页。

即父亲在家庭空间中具有权威地位。维多利亚时代家庭中的父亲经常对其他家庭成员恩威并施，时而温情，时而冷漠。这种父权思想在国家层面则体现为国家的君主常常以臣民的"父亲"自居，对臣民的统治手段集保护与惩罚为一体。与封建社会的父权思想不同，维多利亚时代的父权思想以经济为基础，狄更斯小说中的许多主人公都是父权思想的受害者。《小杜丽》中的杜丽先生自称"马夏尔西狱之父"，他虚伪、自大，活在自己的幻想之中，没有尽到对家庭的责任。杜丽的儿子梯普浪荡不羁，大女儿芬妮则十分虚荣，一心想嫁入上流社会。家庭的重担全落在杜丽的小女儿小杜丽的身上，她小小年纪就外出做工，为了满足父亲的虚荣心，她每天都要给自己外出找借口，生怕父亲知道自己在外做工伤了自尊心。马夏尔西狱的门卫约翰·奇弗林对小杜丽心生爱慕，经常对小杜丽献殷勤，但小杜丽拒绝了约翰·奇弗林的求爱。为了维持虚荣、体面和继续接受约翰·奇弗林的殷勤，杜丽竟然劝自己的女儿和约翰·奇弗林保持暧昧关系。来自父权的压迫让小杜丽处于痛苦绝望之中。又如《我们共同的朋友》中的波茨纳普先生是一位专制、傲慢的父亲。波茨纳普教育女儿乔治娅娜要保持优雅、冷静、端庄的姿态，学会控制自己的情绪。然而波茨纳普家风的那份沉重压制着她，她没有快乐的童年。"波茨纳普小姐的一生，从最初在这个星球上露面的时候开始，从来都是处在一种阴沉沉的气氛之中；因为，波茨纳普先生认为他的女儿很可能在和其他年轻人相处中得不到什么益处，因此便被限于跟不是非常情投意合的岁数大些的人以及一些笨重的家具作伴。波茨纳普小姐对人生的最初看法主要从她爸爸的靴子上、从昏暗的客厅里胡桃木和黄檀木的桌子上，以及从她家那些黑色巨人似的穿衣镜上所反照出的生活影子中得来的，这种看法是阴沉暗淡的。"① 在乔治娅娜 18 岁那年，波茨纳普要通过举办宴会的形式给她按自己的标准物色一个乘龙快婿，结果，她差一点陷

---

① ［英］狄更斯：《我们共同的朋友》，智量译，上海译文出版社 1986 年版，第 187—188 页。

入拉姆尔夫妇和弗莱吉贝的骗局。

二 空间正义的缺失

"空间正义"是西方马克思主义地理学派的重要概念。城市空间是人类社会实践的产物，具有社会属性；而人是空间的主体，人与人之间复杂的社会关系必然会镌刻在空间之中，空间在某种程度上也是各种社会关系的集合和建构。正如大卫·哈维（David Harvey）所说："空间模式与道德秩序环环相扣。"[①] 空间正义就是基于空间的社会属性和秩序属性对空间生产过程做出的价值评定和判断。狄更斯生活的19世纪的伦敦处于工业化、城市化的高峰阶段，再加上维多利亚时代主推自由放任的经济和社会政策，城市空间生产的过程中，作为社会主体的人并没有协调好与各种社会空间之间的关系，因而空间正义是缺失的。这种空间正义的缺失在狄更斯小说中主要表现为各种社会资源尤其是教育资源分配不均、社会分化严重、阶层流动缓慢。

（一）教育资源分配严重失衡

教育公平关乎社会成员的身心发展，是社会成员实现自身价值的重要手段，也是社会稳定发展的保障。19世纪是英国教育发展、学校普及的时代，但教育不公在社会中依然存在，很多贫穷儿童依然被排斥在学校的大门之外，女性未能同男性一样享有受教育的权利，不同阶级背景的孩子在学校受到不同的待遇，贫穷学校的基础设施与贵族公学有着天壤之别等。作为一名具有人道主义情怀的作家，狄更斯对当时社会中存在的教育不公现象十分不满，他不仅在现实生活中出资兴办、资助贫困学校，在报纸、杂志上发文呼吁教育公平，还在小说中以学校为基石对各种教育不公现象给予了无情的揭露。

在狄更斯的小说中，教育不公首先表现为教育资源的不公。《远

[①] David Harvey, *Social Justice and the City*, Baltimore: Johns Hopkins University Press, 1973, p. 46.

《大前程》中的主人公匹普就读的乡村夜校位于沃甫赛先生的姑婆租的一间小房子内，这是一所很小的房子，沃甫赛先生占据着楼上的房子，楼下的房子既是学生的教室也是一间小小的杂货铺。教师沃普赛先生的姑婆在给学生上课期间总是处于沉沉酣睡的状态，学生每周付两个硬币，就是为了有机会观赏沃甫赛先生的姑婆睡觉。学生的文房宝贝就是一块破了的石板、一支半截头的石笔。《我们共同的朋友》中查理·赫克萨姆所在的贫民免费学校的情况更堪忧，这所学堂坐落在一个狼藉的庭院中的小阁楼里，招收学生不分年龄与性别，管理学生却分年龄与性别——男女生分在两处坐，又按不同年龄间隔开来，平均分组而坐，学堂里十分拥挤、嘈杂、混乱，狄更斯甚至把这所贫民免费学校形容为高地市场。《董贝父子》中的小董贝所在的勃林勃尔贵族寄宿学校却是另一番景象。勃林勃尔学校是一所朝海的漂亮房子，保罗·董贝住在面临大海的房子里，床位靠窗，还有挂着白帐子的漂亮小床。勃林勃尔学校的餐厅环境很阔气，每个学生面前都有一把大的银叉，一块餐巾。餐厅中的饮食很丰富，餐桌上汤、烤肉、煮肉、蔬菜、馅饼和干酪应有尽有。因此，在狄更斯的小说中，学校不只是故事发生的场景，还具有重要的表征意义。他在小说中通过对不同学校物理空间的对比描写，揭示了维多利亚时代教育不公这一个重大的社会问题。

　　与教育资源的不公相比，学校内部不同学生之间待遇的不公平现象更严重，危害也更大，它伤害了学生的自尊心，扭曲了学生的性格。《大卫·考坡菲》中的主人公大卫·考坡菲是一个遗腹子，因母亲再嫁，他在家里受到继父枚得孙先生和继父的姐姐枚得孙小姐的排挤，并在假期期间被送到寄宿学校撒伦学舍。在撒伦学舍，学生因家庭背景和出身被划为不同的等级，享受不同的待遇。学校由两部分组成，一部分是学生的活动区域，一部分是校长克里克的房子，学生住的房子和校长克里克住的房子有着天壤之别。"克里克先生住的那一部分房子，比我们住的那一部分房子舒服得多。他房外还有一个幽静的小花园儿。看惯了那个尘土飞扬的游戏场以后,再看到这个花园儿,真令人心旷神怡。那个游戏场,可以说是一片的沙漠,它老使我觉得,除了双峰驼或者单峰驼而外,其他的一切,到了那儿,都没有能觉得舒服自在的。"[1] 只有贵族出身、家庭富有的学生史朵夫和首席教师夏浦先生才能自由出入校长克里克的房子,和校长一起进餐,其他学生和助理教师麦尔先生的屋子安装的都是松木桌子,他们只能在满是油膻气味的餐厅就餐。体罚是校长克里克先生管理学生的主要手段,但是学校里有一个学生,他从来不敢招惹,那个学生就是史朵夫。相比之下,被叔叔收养的孤儿特莱得则是校长克里克手杖和尺子下的常客,经常被打得遍体鳞伤。特莱得很少有不挨手杖的时候,只有一个碰上了放假的星期一算是没有挨手杖,只是两只手挨了尺子。史朵夫煽动其他学生在课堂上公然嘲笑助理教师麦尔出身低下(麦尔的母亲住在布施安堂里,靠布施过日子),并和麦尔在课堂上发生了激烈的冲突。克里克辞退了麦尔,并对史朵夫表示了感谢,因为他给撒伦学舍挣了面子,保留了撒伦学舍的体面。特莱得没有和其他学生一起为麦尔的离开欢呼,不因为麦尔先生走了而在那儿擦眼泪,被克里克用手杖暴揍了一顿。史朵夫在撒伦学校"特权"一样的存在,严重影响了其他学生的身心健康发展,扭曲了其他学生的人格。有一次,史朵夫在教堂中笑起来,教堂司仪以为是特莱得,于是特莱得在公众的轻视下被押解出去,被拘留了好几个钟头,为了在史朵夫心中留下好的印象,获得他的赞赏,他答应永远不说出谁是真的"罪犯"。史朵夫赶走了撒伦学校的助理老师麦尔,周围的学生都附和着喝彩,对于麦尔老师的离开,大卫·考坡菲虽然心里很难过,但迫于史朵夫的威力,也热烈地参与了同学的欢呼。不公平的学校环境抹杀了学生质疑权威的勇气,羁绊了他们对公平、自由的向往,不利于学生的身心健康发展。

(二)社会分化严重、阶层流动困难

作为一个现实主义作家,狄更斯以伦敦为切入点,展现了维多利

---

[1] [英]狄更斯:《大卫·考坡菲》,张谷若译,上海译文出版社1980年版,第96页。

亚时代的社会面貌。伦敦的各个阶层都出现在狄更斯的小说中，尊贵的绅士们穿着镶金边的外套，佩着剑，他们争吵，他们决斗；富有的资产阶级头戴高帽子，身穿西服，手持怀表，趾高气扬地穿过熙熙攘攘的人群，他们脑海中只有一样东西，那就是"事实"；穷人则衣衫褴褛，像一群老鼠在街道上流窜，他们走起路来躲躲闪闪，在垃圾堆中觅食，互相挨着身子取暖，还遭到人们的驱赶。狄更斯在文中正是通过不同阶层生活状况的对比实现了对城市空间正义缺失的批评。

《我们共同的朋友》中赫克萨姆一家以在泰晤士河上打捞溺亡尸体、截获死者钱财为生，小说开篇就有一段赫克萨姆和其女儿丽齐在河上打捞垃圾的生活场景的描写，正如文中赫克萨姆与丽齐的一段对话所说："'我相信你是看见这条河，心里就恨'。'我不喜欢它，爸爸'、'好像你不是靠它过活似的！好像你吃的喝的不是靠这条河似的，你哪能够对你最好的朋友忘恩负义，丽齐？你在吃奶的时候，你烤的火就是从这条河上，从那些运煤船旁边拣过来的……'。"① 而在另一个空间场景中，维尼林先生和维尼林太太却在伦敦一个崭新的住宅区中一幢崭新的房子里举办高级宴会："维尼林家的每件东西都是簇新透亮的。他们的家具全都是新的，他们的朋友全都是新的，他们的仆人全都是新的，他们的黄铜门牌是新的，他们的马车是新的，他们的缰绳辔头是新的，他们的马是新的，他们的画像是新的……在维尼林家的房子里，从客厅里新绘上盾形纹章的椅子，直到有新式机件的大钢琴，再上楼，到新装的防火安全楼梯，所有的东西都是精工油漆、闪闪发光的。"②《荒凉山庄》中累斯特爵士与德洛克夫人有许多房产，他们在林肯郡有邸宅，在伦敦有公馆，"德洛克夫人的行踪飘忽不定，令人很难捉摸。那些消息灵通的时髦人士感到非常惊奇，因为他们简直不知道在什么地方才能见到她。今天，她在切斯尼山庄；昨天，她在伦敦城里的公馆；而明天，消息灵通的时髦人士充其量只能预言说，

---

① ［英］狄更斯：《我们共同的朋友》，智量译，上海译文出版社1986年版，第9页。
② ［英］狄更斯：《我们共同的朋友》，智量译，上海译文出版社1986年版，第12页。

第五章 狄更斯小说空间的现代性特质

她也许又出国了。"① 而靠在大街上扫地为生，被剥夺了法人权利的穷人乔则居住在一个叫"托姆独院"的地方，"这是一条很不象样的街道，房屋破烂倒塌，而且被煤烟熏得污黑，体面的人都绕道而行。在这里，有些大胆的无业游民趁那些房子破烂不堪的时候，搬了进去，把它们据为己有，并且出租给别人。现在，这些摇摇欲坠的房子到了晚间便住满了穷苦无靠的人。正如穷人身上长虱子那样，这些破房子也住满了倒霉的家伙，他们从那些石头墙和木板墙的裂口爬进爬出；三五成群地在透风漏雨的地方缩成一团睡觉；他们来来去去，不仅染上了而且也传播了流行病……"② 由此可见，社会分化已经到了十分严重的地步。

伴随着社会分化而来的是各个阶级之间的分化与隔绝，它们相互之间很少联系，底层人很难通过自己的奋斗晋升到上流社会，进而改变自己的命运。如《我们共同的朋友》中的贵族子弟尤金爱上了船家女丽齐，但他们这段跨越阶级的爱情并不被上流社会接受。在上流社会看来，一个出身良好、相貌英俊、颇有才能的年轻人娶一个后来做了女工的船娘是一种傻瓜行为，是要受到社会舆论谴责的。贵妇人蒂平斯太太在维尼林夫妇举办的上流社会宴会上还专门就这桩婚姻开了一次"批判大会"，在"批判大会"上波茨纳普说他对这桩婚姻毫无胃口，这桩婚姻让他反感和作呕、令他讨厌，对于这事他不想知道的太多。波茨纳普夫人认为，婚姻中的双方"必须地位和财产全部相当。一个习惯于社交界的男人，应该找一个习惯于社交界，并且能在其中应对自如的女人，要能——有一种自在而且优雅的风度——跟这相配"③。拥有五十万财产的承包商认为尤金不必通过与丽齐结婚来报答她的救命之恩，而可以给丽齐买一只船，再给她买一份数目不大的每年有固定收益的投资股票。狄更斯在《评论季刊》上发表过一篇评论性文

---

① [英]狄更斯：《荒凉山庄》，黄邦杰等译，上海译文出版社1979年版，第285页。
② [英]狄更斯：《荒凉山庄》，黄邦杰等译，上海译文出版社1979年版，第288页。
③ [英]狄更斯：《我们共同的朋友》（下卷），智量译，上海译文出版社1986年版，第583页。

章，文中谈道："伦敦一半活着的人不知道另一半人是如何死去的：事实上，藏红花山周围地区（伦敦的穷人居住区）不如牛津地块（伦敦的富人区）有名，那里的居民就更不用说了"①。当时伦敦西区（富人区）与东区及泰晤士河河滨的穷人区有着严格的界限，富人是冷漠的，对城市中穷人的生活状况漠不关心。《奥立弗·退斯特》中，狄更斯写道："在罗瑟赖思教堂挨着泰晤士河的这一段，运煤船的灰和成堆的矮房子喷出的烟把两岸的建筑染得最脏，把河上的船只染得最黑。靠近这一段，直到如今还存留着伦敦许多隐蔽的地方中最邋遢、最奇怪和最特别的一处地方，有大量伦敦居民连它的名称也完全不知道。"② 另外，狄更斯小说中的匹普等怀揣着"绅士梦"来伦敦打拼，这些企图挤入上流社会的年轻人鲜有成功的，当时社会的阶级固化状况可见一斑。

但是，狄更斯在小说中经常运用巧合等手法，让贫富两个世界的人发生关联，并造成不可逆转的损失和伤害，以提醒人们整个社会是一个有机体，消除贫富之间巨大的差距是整个社会的责任，否则全社会都会受到巨大的伤害。《荒凉山庄》中，狄更斯这样写道："有谁知道，在林肯郡的邸宅、伦敦城里的公馆、戴假发的'使神'和那个被剥夺法权的乔（他拿着扫把打扫教堂墓地的台阶时，心里曾经有过一线光明），和乔住宿的那个地方之间有什么关系？在这个世界的漫长的历史中，有许多本来是天各一方的人，莫名其妙地碰在一起了……"③ 然而，正是住在"托姆独院"感染了天花的乔通过某种途径把天花传入了上流社会。

---

① ［英］菲利普·柯林斯（Philip Collins）：《狄更斯与城市》，赵炎秋编选：《狄更斯研究文集》，蔡熙等译，译林出版社 2014 年版，第 254 页。
② ［英］狄更斯：《奥立弗·退斯特》，荣如德译，上海译文出版社 1984 年版，第 457 页。
③ ［英］狄更斯：《荒凉山庄》，黄邦杰等译，上海译文出版社 1979 年版，第 217 页。

结论 狄更斯

——大变革时代空间的书写者

狄更斯生活的维多利亚时代，大英帝国处于巅峰时期，它最先完成了工业革命，科学技术、经济总量及政治制度都领先于全球。它拥有世界上最广阔的殖民地，有着广阔的原材料产地和商品倾销市场，泰晤士河码头上的万吨巨轮每天繁忙地来往于世界各地，英国的首都伦敦则成为全世界的政治、经济和金融中心。在人们心中，伦敦是繁华、现代的象征，英国的城市人口超过了乡村人口，在世界范围内，这是首次一个国家的城市人口超过乡村人口，标志着人类社会城市时代的来临。不同于乡村社会，城市社会呈现了前所未有的流动性，城市中的人与人在这种变动不居的趋势中相互联系、相互融合。人类生存经验的变化导致了文学表现内容和表达方式的改变，文学家笔下描写的不再是往昔的神话和宁静的乡村，而是繁杂多样的城市景观。狄更斯就是处于这种变革时期的作家，他用脚步丈量伦敦的每个空间，用文学文本绘制伦敦的地图，伦敦这座混杂多样的大都市是他文学创作的原动力。狄更斯熟悉伦敦大街小巷的每一个角落，他通过敏锐的观察力和想象力对伦敦城市空间进行了全面的书写和呈现。狄更斯小说中的伦敦不仅有王宫、议会大厦、贸易公司、琳琅满目的商店、铁路、烟囱与火车站，还有污秽不堪的泰晤士河、弥天盖地的浓雾、破烂不堪的贫民窟、腐朽拖沓的大法官庭、肮脏破旧的债务人监狱、虚伪贪婪的贫民习艺所等。

狄更斯在小说中建构的这些空间场所不只是事件发生的背景、故事上演的舞台，也是一个动态的富含表征意义的空间场域。他在文中用空间谋篇布局、塑造人物形象、表达主题思想，空间是人类实践的对象，也是人类实践的产物，它必然会被打上人类实践活动的烙印。不同的生产主体居住的空间也不尽相同。另外，空间与时间是互为一体的，空间处在不停的发展变化之中，狄更斯在小说中运用空间的这些特征塑造人物形象、推动叙事进程。此外，通过空间的表征意义，狄更斯试图反映广阔的社会生活，再现维多利亚时代的风貌，唤起人们对贫富差距、空间正义缺失、环境污染等社会问题的关注。这或许就是狄更斯能跻身世界经典作家行列且狄更斯研究百余年来一直欣欣向荣的原因所在。

反观中国以及中国当代文学的发展状况，中国目前也处于现代化和城市化的高峰阶段，同样面临一系列问题：环境污染，贫富差距过大，空间正义缺失，权力和资本把城市变成了标准化、一体化、缺少人情味的荒漠，等等。但中国文学界却缺少狄更斯这样的良心作家，鲜有作品能够深刻再现城市化进程中人与人、人与空间、空间与空间之间的复杂关系，从而唤起人们的道德和良知去关注城市空间中的各种问题，让城市真正地变成一个自由、开放、包容、多样宜居的空间。当然，随着中国城市化和现代化进程的加快，中国当代文学的关注对象也从乡土转向了都市，但是与乡土文学相比，中国的城市文学并没有形成气候，存在着许多问题。城市文学应该是以城市这个特定的空间为描写对象的文学，它需要深刻地展现城市空间的生产、发展、变化对城市人的影响。此外，"城市人"这个大的集合体应该包含城市的各个阶层。首先，城市文学中的城市不应该是"背景"，而应该是"前景"，因此，中国当代文学中那些以城市为背景，以城市中的某个阶层为描写对象的文学不能称为城市文学，而只能称为类型文学。其次，城市文学中的城市不能虚空化、抽象化。20世纪90年代以来中国当代文学与商业和消费结盟，许多城市（都市）文学中的都市都是千篇一律地灯红酒绿、高楼大厦、明艳绝伦的都市人也陷入小情小爱、钩心斗角中不能自拔，仿佛拥挤、凌乱、嘈杂、贫苦是与城市无关的存在。最后，城市文学中的城市应该是鲜活的，是富有地方、时代特色的空间，出现在城市文学中的城市空间不应该千城一面、千篇一律。如北京的城市文化是胡同和大院孕育的世情文化与红色文化的混合体，而上海的城市文化则是租界和石门窟孕育的海派文化，它们出现在文学作品中一定是有差别的。正是因为狄更斯写出了伦敦的特色，后人才把伦敦称为"狄更斯的伦敦"。以上这些或许就是在当下我们继续研究狄更斯的价值和意义所在。

参考文献

一 狄更斯的著作

［英］狄更斯：《奥立弗·退斯特》，荣如德译，上海译文出版社1984年版。

［英］狄更斯：《巴纳比·鲁吉》，高殿森、程海波、高清正译，上海译文出版社1990年版。

［英］狄更斯：《大卫·考坡菲》，张谷若译，上海译文出版社1980年版。

［英］狄更斯：《德鲁德疑案》，项星耀译，上海译文出版社1986年版。

［英］狄更斯：《董贝父子》，祝庆英译，上海译文出版社1994年版。

［英］狄更斯：《荒凉山庄》，黄邦杰等译，上海译文出版社1979年版。

［英］狄更斯：《艰难时世》，全增嘏、胡文淑译，上海译文出版社1985年版。

［英］狄更斯：《老古玩店》，许君远译，上海译文出版社1980年版。

［英］狄更斯：《马丁·瞿述伟》，叶维之译，上海译文出版社1983年版。

［英］狄更斯，查尔斯：《尼古拉斯·尼克尔贝》，杜南星、徐文绮译，上海译文出版社1998年版。

［英］狄更斯：《匹克威克外传》，蒋天佐译，上海译文出版社1979

年版。

［英］狄更斯：《双城记》，张玲、张扬译，上海译文出版社2011年版。

［英］狄更斯：《我们共同的朋友》，智量译，上海译文出版社1986年版。

［英］狄更斯：《小杜丽》，金绍禹译，上海译文出版社1993年版。

［英］狄更斯：《远大前程》，王科一译，上海译文出版社2011年版。

Charles Dickens, *Barnaby Rudge*, London: Everyman's Library, 2005.

Charles Dickens, *Bleak House*, London: Chapman & Hall, 1997.

Charles Dickens, *David Copperfield*, Hertfordshire: Wordsworth Classics, 2000.

Charles Dickens, *Dombey and Son*, London: Everyman's Library, 1994.

Charles Dickens, *Great Expectations*, New York: W. W. Norton & Company, 1977.

Charles Dickens, *Hard Times*, London: Everyman's Library, 1992.

Charles Dickens, *Life and Adventures of Nicholas Nickleby*, London: Chapman & Hall, 1997.

Charles Dickens, *Little Dorrit*, Hertfordshire: Wordsworth Classics, 1996.

Charles Dickens, *Our Mutual Friend*, New York: W. W. Norton & Company, 1974.

Charles Dickens, *Tales of Two Cities*, London: Chapman & Hall, 1997.

Charles Dickens, *The Adventures of Oliver Twist*, London: Everyman's Library, 1992.

Charles Dickens, *The Life and Adventures of Martin Chuzzlewit*, London: Chapman & Hall, 1997.

Charles Dickens, *The Mystery of Edwin Drood*, London: Chapman & Hall, 1997.

Charles Dickens, *The Old Curiosity Stop Chapman*, London: Everyman's Library, 1997.

Charles Dickens, *The Posthumous Paper of the Pickwick Club*, Moscow: Foreign Languanges Publishing House, 1949.

二 其他中文论著（含译著）

［美］阿尔伯特·爱因斯坦：《爱因斯坦文集（第一卷）》，许良英等编译，商务印书馆 1976 年版。

［美］埃德加·约翰逊：《狄更斯——他的悲剧与胜利》，林筠因等译，天津人民出版社 1992 年版。

［美］爱德华·索亚：《后大都市——城市和区域的批判性研究》，李钧等译，上海教育出版社 2006 年版。

［英］奥威尔著，董乐山编：《奥威尔文集》，中国广播电视出版社 1997 年版。

［苏］巴赫金：《巴赫金全集（第三卷）》，白春仁、晓河译，河北教育出版社 1998 年版。

［苏］巴赫金：《小说理论》，白春仁、晓河译，河北教育出版社 1998 年版。

包亚明主编：《后现代性与地理学的政治》，上海教育出版社 2001 年版。

包亚明主编：《现代性与空间的生产》，上海教育出版社 2003 年版。

［英］贝克莱：《视觉新论》，关文运译，商务印书馆 1957 年版。

曹文轩：《小说门》，作家出版社 2002 年版。

陈晓兰：《城市意象——英国文学中的城市》，广西师范大学出版社 2006 年版。

［英］D. C. 米克：《论反讽》，周发祥译，昆仑出版社 1992 年版。

［英］大卫·哈维：《新帝国主义》，初立忠、沈晓雷译，社会科学文献出版社 2009 年版。

［美］戴维·哈维：《后现代的状况——对文化变迁之缘起的探究》，阎嘉译，商务印书馆 2003 年版。

［法］丹纳：《艺术哲学》，傅雷译，人民文学出版社1963年版。

［法］笛卡尔：《哲学原理》，方炜译，商务印书馆1998年版。

［英］F. R. 利维斯：《伟大的传统》，袁伟译，生活·读书·新知三联书店2009年版。

冯雷：《理解空间：现代空间观念的批判与重构》，中央编译出版社2008年版。

［美］弗雷德里克·詹姆逊：《文化转向》，胡亚敏译，中国社会科学出版社2000年版。

傅修延：《讲故事的奥秘——文学叙述论》，百花洲文艺出版社1993年版。

［美］格瑞特·汤姆逊：《洛克》，袁银传、蔡红艳译，中华书局2002年版。

［德］海德格尔：《存在与时间》，陈嘉映、王庆节译，生活·读书·新知三联书店1999年版。

［德］汉娜·阿伦特：《公共领域和私人领域》，汪晖、陈燕谷主编：《文化与公共性》，万俊人、曹卫东译，生活·读书·新知三联书店1998年版。

［日］和辻哲郎：《风土》，陈力卫译，商务印书馆2006年版。

［英］赫·皮尔逊：《狄更斯传》，谢天振等译，浙江文艺出版社1985年版。

［德］黑格尔：《美学（第一卷）》，朱光潜译，商务印书馆1979年版。

［德］黑格尔：《自然哲学》，梁志学等译，商务印书馆1980年版。

［美］亨利·詹姆斯：《小说的艺术：亨利·詹姆斯文论选》，朱雯等译，上海译文出版社2001年版。

侯维瑞、李维屏：《英国小说史》，译林出版社2005年版。

［法］加斯东·巴什拉：《空间的诗学》，张逸婧译，上海译文出版社2009年版。

［韩］金明求：《虚实空间的移转与流动——宋元话本小说的空间探

讨》，台北：大安出版社 2004 年版。

［美］卡伦·荷妮：《我们时代的病态人格》，陈收译，国际文化出版公司 2001 年版。

［美］卡斯腾·哈里斯：《建筑的伦理功能》，申嘉、陈朝晖译，华夏出版社 2001 年版。

［德］康德：《纯粹理性批判》，邓晓芒译，杨祖陶校，人民出版社 2004 年版。

康少邦、张宁：《城市社会学》，浙江人民出版社 1986 年版。

［德］莱辛：《拉奥孔》，朱光潜译，人民文学出版社 1979 年版。

［英］雷蒙·威廉斯：《马克思主义与文学》，王尔勃、周莉译，河南大学出版社 2008 年版。

［英］雷蒙·威廉斯：《乡村与城市》，韩子满、刘戈等译，商务印书馆 2013 年版。

李维屏：《英国文学思想史》，上海外语教育出版社 2012 年版。

［美］理查德·利罕：《文学中的城市：知识与文化的历史》，吴子枫译，上海人民出版社 2009 年版。

［美］理查德·沃林：《瓦尔特·本雅明：救赎美学》，吴勇立、张亮译，江苏人民出版社 2008 年版。

［美］刘易斯·芒福德：《城市发展史——起源、演变和前景》，倪文彦、宋俊岭译，中国建筑工业出版社 1989 年版。

龙迪勇：《空间叙事学》，生活·读书·新知三联书店 2015 年版。

［英］罗杰·斯克拉顿：《现代哲学简史》，陈四海、王增福译，南京大学出版社 2013 年版。

罗经国编选：《狄更斯评论集》，上海译文出版社 1981 年版。

［美］罗森布鲁姆等：《精神创伤之后的生活》，田成华等译，中国轻工业出版社 2001 年版。

［英］罗素：《西方哲学史（上卷）》，何兆武、李约瑟译，商务印书馆 2015 年版。

［德］马克思、恩格斯：《马克思恩格斯选集（第一卷）》，中共中央马克思恩格斯列宁斯大林著作编译局编译，人民文学出版社 1995 年版。

［德］马克思、恩格斯：《马克思恩格斯选集（第三卷）》，中共中央马克思恩格斯列宁斯大林著作编译局编译，人民文学出版社 1995 年版。

［美］马歇尔·伯曼：《一切坚固的东西都烟消云散了——现代性体验》，徐大建等译，商务印书馆 2003 年版。

［英］迈克·克朗：《文化地理学》，杨淑华、宋慧敏译，南京大学出版社 2005 年版。

［美］迈克尔·莱恩：《文学作品的多重解读》，赵炎秋译，北京大学出版社 2006 年版。

［英］米·斯莱特：《狄更斯与女性》，麻益民译，百花文艺出版社 1990 年版。

［荷］米克·巴尔：《叙述学：叙事理论导论》（第二版），谭君强译，中国社会科学出版社 2003 年版。

［荷］米克·巴尔：《叙述学：叙事理论导论》（第三版），谭君强译，北京师范大学出版社 2015 年版。

［法］米歇尔·德·塞托：《日常生活实践　1. 实践的艺术》，方琳琳、黄春柳译，南京大学出版社 2009 年版。

［法］米歇尔·福柯：《必须保卫社会》，钱翰译，上海人民出版社 1999 年版。

［法］米歇尔·福柯：《福柯集》，杜小真编选，上海远东出版社 1998 年版。

［法］米歇尔·福柯：《规训与惩罚》，刘北成、杨远婴译，生活·读书·新知三联书店 2003 年版。

［法］米歇尔·福柯：《话语的秩序》，肖涛译，中央编译出版社 2001 年版。

[法]米歇尔·福柯：《权力的眼睛——福柯访谈录》，严锋译，上海人民出版社1997年版。

[法]莫里斯·梅洛-庞蒂：《知觉现象学》，姜志辉译，商务印书馆2001年版。

[法]莫洛亚：《狄更斯评传》，王人力译，上海译文出版社1986年版。

[挪威]诺伯格·舒尔兹：《存在·空间·建筑》，尹培桐译，中国建筑工业出版社1990年版。

[瑞士]皮亚杰：《发生认识论原理》，王宪钿译，商务印书馆1981年版。

[英]珀西·卢伯克、爱·摩·福斯特、埃德温·缪尔：《小说美学经典三种》，方土人、罗婉华译，上海文艺出版社1990年版。

钱钟书：《钱钟书论学文选（第6卷）》，花城出版社1990年版。

[英]乔治·吉辛：《狄更斯的研究》，王忠祥译，社会科学文献出版社1989年版。

[法]热拉尔·热奈特：《叙事话语·新叙事话语》，王文融译，中国社会科学出版社1990年版。

任平：《时尚与冲突——城市文化结构与功能新论》，东南大学出版社2000年版。

[英]莎士比亚：《莎士比亚全集（三）》，朱生豪译，人民文学出版社1978年版。

申丹、韩加明、王丽亚：《英美小说叙事理论研究》，北京大学出版社2005年版。

沈贻炜：《影视剧创作》，浙江大学出版社2012年版。

[法]斯达尔夫人：《论文学》，徐继曾译，人民文学出版社1986年版。

孙江：《空间生产——从马克思到当代》，人民出版社2008年版。

[英]T. A. 杰克逊：《查尔斯·狄更斯——一个激进人物的进程》，范德一译，上海译文出版社1993年版。

童庆炳：《文学理论教程》，高等教育出版社2004年版。

童真：《狄更斯与中国》，湘潭大学出版社2008年版。

［德］瓦尔特·本雅明：《发达资本主义时代的抒情诗人》，王才勇译，江苏人民出版社2005年版。

汪民安：《身体、空间与后现代性》，江苏人民出版社2006年版。

［英］威廉·S. 霍尔兹沃思：《作为法律史学家的狄更斯》，何帆译，上海三联书店2009年版。

［美］韦恩·布斯：《小说修辞学》，付礼军译，广西大学出版社1987年版。

（唐）魏征：《隋书》，中华书局1973年版。

［英］沃尔特·E. 郝福特：《维多利亚时期的思想状态》，何明译，人民文学出版社2010年版。

伍蠡甫主编：《山水与美学》，上海文艺出版社1985年版。

［奥］西格蒙德·弗洛伊德：《超越唯乐原则》，《弗洛伊德后期著作选》，林尘等译，上海译文出版社1986年版。

［美］西摩·查特曼：《故事与话语》，徐强译，中国人民大学出版社2013年版。

［法］夏尔·波德莱尔：《波德莱尔散文选》，怀宇译，百花文艺出版社1992年版。

薛鸿时：《浪漫的现实主义——狄更斯评传》，社会科学文献出版社1996年版。

［古希腊］亚理斯多德、［古罗马］贺拉斯：《诗学·诗艺》，罗念生、杨周翰译，人民文学出版社1962年版。

［古希腊］亚里士多德：《物理学》，张竹明译，商务印书馆2009年版。

［法］亚历山大·柯瓦雷：《从封闭世界到无限宇宙》，张卜天译，北京大学出版社2008年版。

杨义：《中国叙事学》，人民出版社1997年版。

［苏联］伊瓦肖娃：《狄更斯评传》，蔡文显等译，广东人民出版社1983年版。

［美］约瑟夫·弗兰克等：《现代小说中的空间形式》，秦林芳编译，北

京大学出版社1991年版。

[美]詹明信：《晚期资本主义的文化逻辑》，张旭东编，陈清侨等译，生活·读书·新知三联书店1997年版。

[美]詹姆斯·费伦：《作为修辞的叙事：技巧、读者、伦理、意识形态》，陈永国译，北京大学出版社2002年版。

张德林：《现代小说的多元建构》，华东师范大学出版社1998年版。

张玲：《英国伟大的小说家——狄更斯》，北京出版社1983年版。

张世君：《〈红楼梦〉的空间叙事》，中国社会科学出版社1999年版。

张意：《文化与符号权力——布尔迪厄的文化社会学导论》，中国社会科学出版社2005年版。

赵炎秋：《狄更斯长篇小说研究》，社会科学文献出版社1996年版。

赵炎秋、刘白、蔡熙：《狄更斯学术史研究》，译林出版社2014年版。

赵炎秋编选：《狄更斯研究文集》，译林出版社2014年版。

周敏凯：《十九世纪英国功利主义思想比较研究》，华东师范大学出版社1991年版。

朱光潜：《谈美书简》，北京出版社2004年版。

三 其他英文论著

Adams James Eli, *Dandies and Desert Saints: Styles of Victorian Masculinity*, Ithaca: Cornell University Press, 1995.

Bachelard Gaston, *The Poetics of Space*, New York: The Orion Press, 1964.

Born Daniel, *The Birth of Liberal Guilt in the English Novel: Charles Dickens to H. G. Wells*, Chapel Hill: The University of North Carolina Press, 1995.

Bowen John & Patten Robert L., *Palgrave Advances in Charles Dickens Studies*, New York: Palgrave Macmillan, 2006.

Carter Harold & Lewis C. Roy, *An Urban Geography of England and Wales in the Nineteenth Century*, London: Edward Arnold, 1990.

Coleridge Samuel Taylor, *On the Constitution of Church and State*, London: William Pickering, 1839.

Collins Philip A. W. , *Dickens and Crime*, London: The Macmillan Press, Ltd. , 1994.

Curry John, *Mobility*, Cambridge: Polity Press, 2007.

Foucault Michel, *Discipline and Punish: The Birth of the Prison*, Sheridan, A. (trans.), New York: Vintage Books, 1979.

Friedman Susan Stanford, "Spatial Poetics and Arundhati Roy's *The God of Small Things*", in James Phelan and Peter J. Rabinowitz, eds. , *A Companion to Narrative Theory*, Malden, M. A. : Blackwell Publishing, 2005.

Garrett Peter, *The Victorian Multiplot Novel: Studies in Dialogical Form*, New Haven, C. T. and London: Yale University Press, 1980.

George Gissing, *The Immortal Dickens*, London: Palmer, 1925.

Hardy Barbara, *Dickens and Creativity*, London: Continuum, 2008.

Harvey David, "The Geopolitics of Capitalism", Derek Gregory, John Urry eds. , *Social Relations and Spatial Structures*, London: Macmillian, 1985.

Houghton Walter E. , *The Victorian Frame of Mind 1830 – 1870*, Oxford: Oxford University Press, 1957.

Jameson Fredric, *Postmodernism or the Cultural Logic of Late Capitalism*, Durham, N. C. : Duke University of Illinois Press, 1990.

John Foster, *The Life of Charles Dickens*, Dutton & New York: Everyman's Library, 1966.

Kennedy Dane Keith, *The Highly Civilized Man: Richard Burton and the Victorian World*, Cambridge: Harvard University Press, 2005.

Lefebvre, *The Production of Space*, Nicholson-Smith (trans.), Mai-den, M. A. : Blackwell Publishing, 1991.

Marcus Sharon, *Apartment Stories: City and Home in the Nineteenth Century Paris and London*, Berkeley, C. A. : University of California Press, 1999.

Mitchell Sally, *Daily life in Victorian England*, Westport, conn: Greenwood Press, 1996.

Morris Pam, *Dickens's Class Consciousness: A Marginal View*, London: The Macmillan Press Ltd. , 1991.

Oulton Carolyn, *Literature and Religion in Mid-Victorian England*, New York: Palgrave Macmillan, 2003.

Parsons Gerald, *Religion in Victorian Britain*, Manchester: Manchester University Press, 1988.

Reed J. R. , *Dickens and Thackeray: Punishment and Forgiveness*, Athens: Ohio University Press, 1995.

Shivalbusch Wofgang, *The Railway Journey: The Industrialization and Perception of Time and Space*, Oakland: University of Califor-nia Press, 2014.

Soja Edward W. , *Postmodern Geographies: The Reassertion of Space in Critical Social Theory*, London and New York: Verso, 1989.

Tambling Jeremy, *Going Astray: Dickens and London*, New Jersey: Pearson Education Limited, 2009.

Walder Dennis, *Dickens and Religion*, London: George Allen & Unwin, 1981.

Waters Catherine, *Dickens and the Politics of the Family*, London: Cambridge University Press, 1997.

Welsh Alexander, *The City of Dickens*, Oxford: Clarendon Press, 1971.

Williams Raymond, *The English Novel form Dickens to Lawrence*, London:

The Hogarth Press，1984.

四　中文期刊文献

程巍：《一场象征性的文化革命——反思西方 60 年代学生造反运动》，《外国文学》2002 年第 6 期。

黄大军：《西方传统空间观的历史演进——美学视域下的检视与反思》，《河北师范大学学报》（哲学社会科学版）2015 年第 5 期。

赖淑芳：《狄更斯童年创伤的再现》，《外国文学研究》2006 年第 3 期。

陆扬：《空间理论和文学空间》，《外国文学研究》2004 年第 4 期。

张静、范晓红：《西方和谐教育思想的历史嬗变及狄更斯的儿童教育观》，《江西社会科学》2010 年第 6 期。

赵炎秋：《狄更斯小说中的监狱》，《外国文学评论》2005 年第 2 期。

赵炎秋：《狄更斯与晚清中国四外交官笔下的英国监狱——狄更斯小说中的监狱研究之三》，《中国文学研究》2006 年第 4 期。

赵炎秋：《对于历史的道德叩问——狄更斯小说中的监狱研究之二》，《湖南师范大学社会科学学报》2006 年第 6 期。

赵炎秋：《可能世界理论与叙事虚构世界》，《文艺争鸣》2016 年第 1 期。

赵炎秋：《晚清与民国时期中国狄更斯学术史研究》，《清华大学学报》（哲学社会科学版）2014 年第 6 期。

赵炎秋：《叙事情境中的人称、视角、表述及三者关系》，《文学评论》2002 年第 6 期。

赵炎秋：《再论叙事速度中的慢叙——兼论热奈特的慢叙观》，《文艺理论研究》2003 年第 4 期。

智量：《浅论狄更斯的〈我们共同的朋友〉》，《外国文学研究》1985 年第 4 期。

邹建军、刘遥：《文学地理学研究的主要领域》，《世界文学评论》2009

年第 2 期。

五 英文期刊文献

Foucault Michel, "Of Other Space", *Diacritics*, Vol. 16, No. 1, 1986.

Morris, D. A., "The Bad Faith of Pip's Bad Faith: Deconstructing Great Expectations", *ELH*, Vol. 54, No. 4, 1987.

Mitchell, W. J. T., "Spatial Form in Literature: Toward a General Theory", *Critical Inquiry*, Vol. 6, No. 3, 1980.

McKnight Natalie, "Playing House: The Poetics of Dickens's Domestic Spaces", *Dickens Quarterly*, Vol. 20, No. 3, 2003.

Pope Norris, "Dickens's 'The Signalman' and Information Problems in the Railway Age", *Technology and Culture*, Vol. 42, No. 3, 2001.

Poon Phoebe, "Trust and Conscience in Bleak House and Our Mutual Friend", *Dickens Quarterly*, Vol. 28, No. 1, 2011.

Ronen Ruth, "Space in Fiction", *Poetics Today*, Vol. 7, No. 3, 1986.

Struchebrukhov Olga, "Bleak House as Allegory of a Middle-class Nation", *Dickens Quarterly*, Vol. 23, No. 3, 2006.

Tambling Jeremy, "Prison-Bound: Dickens and Foucault", *Essays in Criticism*, Vol. XXXVI, No. 1, 1986.

Wolf Sherri, "The Enormous Power of No Body: Little Dorrit and the Logicof Expansion", *Texas Studies in Literature & Language*, Vol. 42, No. 3, 2000.

Zoran Gabriel, "Towards a Theory of Space in Narrative", *Poetics Today*, Vol. 5, No. 2, 1984.

六 中文学位论文

蔡熙:《当代英美狄更斯学术史研究 (1940—2010 年)》,博士学位论文，湖南师范大学，2012年。
陈静：《压制、惩罚、异化：狄更斯主要作品中的空间视角》，博士学位论文，上海外国语大学，2013年。
陈燕：《十九世纪四十年代伦敦的社会治安问题》，硕士学位论文，上海师范大学，2013年。
方英：《小说空间叙事论》，博士学位论文，华中师范大学，2014年。
刘白：《英美狄更斯学术史研究（1836—1939年）》，博士学位论文，湖南师范大学，2012年。
闵晓萌：《狄更斯后期小说中的个体与制度》，博士学位论文，北京外国语大学，2015年。

七　英文学位论文

Bridgham, Elizabeth Ann, "Spaces of the Sacred and profane: Dickens, Trollope, and the Victorian Cathedral Town", *University of Virginia*, 2004.

Chamberlain, Erin Dee, "Servants, Space, and the Face of Class in Victorian Fiction", *Purdue University*, 2007.

Lee, Leslie Anne, "The Worst of Times: Child Abuse in Charles Dickens' Novels", *California State University*, 2013.

Wulick, Anna Michelle, "Speculative Ethics: Victorian Finance and Experimental Moral Landscapes in the Mid-century Novels of Oliphant, Trollope, Thackeray, and Dickens", *Columbia University*, 2010.

八　相关网站

http：//www.duxiu.com/
http：//literature.proquest.com/
http：//proquest.calis.edu.cn/

后 记

狄更斯是世界文学史上一位重要的作家。他一生艰辛劳顿、笔耕不辍，创作了15部长篇小说、数百篇短篇和中篇小说。此外，他还有大量的散文、评论、随笔和戏剧剧本留存于世，为后人留下了丰厚的文学遗产。从1836年狄更斯第一部正式发表的文学作品《博兹札记》问世到今天，180余年的时间，围绕着狄更斯和他的作品，有卷帙浩繁的评论文章、专著和传记问世，它们共同组成了繁荣的"狄更斯产业"。180余年来，每当有新的文学批评方法和文学思潮问世，狄更斯产业都会有所突破和发展。狄更斯研究源源不断、历久常新，这或许就是经典作家的魅力所在。

狄更斯生活的维多利亚时代是英国社会大变革和大发展的时代。它初步完成工业革命，从农业社会过渡到工业社会，人口剧增，城市化进程加快。生活在伦敦的狄更斯，很小就辍学步入社会，从泰晤士河河畔黑皮鞋鞋油厂的童工到维多利亚时代最负盛名的作家，一生都在和社会打交道。他是伦敦的社会"观察家"和城市的"闲逛者"。他的15部小说除了《艰难时世》大都是以维多利亚时代的伦敦为书写对象。他在小说中建构了各式各样的城市空间，诸如：高耸的烟囱、新建的铁路、蜿蜒的泰晤士河、林立的教堂、污秽不堪的贫民窟、繁忙的街道、腐朽的债务人监狱。这些空间在狄更斯小说中不只是故事发生的背景、人物活动的舞台，狄更斯在小说中还用它们谋篇布局、

后　　记

塑造人物性格、推动情节发展，表达思想情感等。在空间获得了自身独立价值，人文社会科学开始空间转向的今天，用空间理论重新审视狄更斯的小说，对其进行再解读与再研究，使经典作品在当下获得新的价值和意义是十分必要的。

2015年硕士毕业后，我考入湖南师范大学文学院，师从赵炎秋教授，攻读博士学位，赵老师是国内研究狄更斯小说的专家，其关于狄更斯小说的研究成果有很多，诸如在学界产生巨大影响力的《狄更斯长篇小说研究》《狄更斯研究文集》。受赵老师的影响和启发，我选择以狄更斯小说的空间研究作为我博士论文的研究方向。但是这并不是一项轻松的研究工作，180余年来，国内外研究狄更斯的学术成果汗牛充栋，博士论文写作期间收集、甄选、阅读相关学术资料耗费了我大量的时间，用夜以继日形容一点不为过。不过功夫不负有心人，我的博士论文《狄更斯小说的空间研究》2020年荣获湖南省优秀博士论文。这也算是对我攻读博士期间辛勤付出的一种肯定。

我从初中开始读狄更斯的小说到如今已经有20余年的时光，读狄更斯的小说已经成为我的生活方式，每天睡前都要翻阅几页。憨憨胖胖、性格洒脱、乐善好施的匹克威克，机智勇敢、精明老练的忠实仆人山姆，油嘴滑舌、骗吃骗喝的金克尔，等等，狄更斯笔下的人物形象还曾出现在我的梦境中。2018年博士毕业后，我入职郑州大学文学院，继续从事狄更斯小说的空间研究，发表了多篇论文。本书就是以我的博士论文为底稿，增加了新近几年的研究成果，修改而成。我深知本书还有很多的不足之处，热烈欢迎广大读者提出宝贵的批评意见，以便再版时修订完善。

王欢欢　谨识
2023年8月于郑州